KEITAI
SHOUSETSU
BUNKO
野いちご SINCE 2009

南くんの彼女
～(熱烈希望!!)～

∞yumi*

STARTS
スターツ出版株式会社

カバー・本文イラスト／海老ながれ

「南くん、好き！」

「……あっそ」

「南くん！　今日も好き〜！」

「へぇ」

「南くんってばぁ！」

「……うるっさい」

南瀬那♂
Sena Minami
×
Yuma Morisaka
森坂 佑麻♀

だって、好きなんだもん。

彼女になりたいんだもん。

登場人物紹介

好き好き

？

南《みなみ》 瀬《せ》那《な》

超絶クールな高2男子。
佑麻のことをウザがっているけど…？

親友

親友

両想い

宮坂《みやさか》 礼《れ》央《お》

南くんの親友。
茉央のことが好き。

片瀬《かたせ》 茉《ま》央《お》

佑麻の親友。
学年で1、2を争う美女。
ふわふわ可愛い女子。

大好き!!
森坂《もりさか》 佑麻《ゆま》
ちょっとおバカな
高2女子。
南くんに片想い中。
好き
好き
工藤《くどう》 俊哉《しゅんや》
佑麻のことが好き。
女の子に優しくてモテる。
嶋中《しまなか》 翔太《しょうた》
クラス委員。知的な好青年。
佑麻のことが好き。

☆contents

Chapter.Ⅳ

おまけ＊番外編

Chapter. I

南くんの彼女（熱烈希望!!）

４月中旬の風はまだ肌寒いけれど、春の甘い香りが風に乗って香る今日この頃。

教室の窓から差し込む日差しはポカポカと暖かい。

今日も私は……。

「南くん！　南くん南くん！」

「…………」

こんなにもたくさんの愛で満ち溢《あふ》れているのに、

「ねぇねぇ！　南くんってば！」

「……毎日、毎日うるさい」

どうして南くんは今日もこんなに冷たいのか……誰か教えてもらえませんか？

私、森坂《もりさか》佑《ゆ》麻《ま》。

この春、高校２年生になりました。

そして、この冷たい彼。同じく２年生で同じクラスの南《みなみ》瀬《せ》那《な》くんのことが大好きで仕方ないのです。が……。

「だって、好きなんだもん！　ちょっとでも近づきたいじゃん」

「これ以上、俺の気持ちがマイナスになる前に、俺に話しかけるのやめとけば？」

ご覧のとおり、まーったく相手にしてくれないの。もう逆にスカッとするほど。

どんなに『好き』を伝えても、返ってくるのは決まって

『あっそ』とか、『ふぅ～ん』とか、『へえ』……とか。

返事があればまだいい方で、最悪フルシカトの刑。

短髪の黒髪。ぱっちり二重に、笑うとできるえくぼ。

人懐《ひとなつ》っこそうな見た目なのに、じつは超クールで……。

あ、ちなみに身長は178cm！　この前やっと教えてくれたんだ。

あ、南くんを好きになったのは１年の時の春なんだけどね。

え、何？　長くなりそうだから聞きたくないって？

……まぁまぁ、そう言わず！

極力《きょくりょく》、手短かにお話しするからさ！

１年の春、まだまだ慣れない校舎の中を大量のプリントを抱えて走っていた私は、そのままうっかり大転倒。

その時、たまたま通りかかったのが、まだ話したこともない南くんだったんだよね。

普通、大量のプリントを抱えて大転倒した女の子がいたらさ？

『大丈夫？　ケガはない？』とか『どこまで運ぶの？　手伝うよ！』ってのが普通だと思わない？

でも、南くんはそんな期待を大きく裏切った。

出会って開口《かいこう》一番に言われた言葉は……。

『ばーか』

……その言葉と一緒に、犯罪級の笑顔を私に投下してきたの。

もう、ただ見惚《みと》れるしかなかった。

『え？　そんなことで好きになったの？』って親友の片瀬《かたせ》茉央《まお》ちゃんには言われたけど、キッカケなんて意外とみんな簡単なことじゃないかな？

　それからというもの、暇《ひま》さえあれば南くんに愛を伝えてきた。

　ストレートに『好きです』と伝えても、返ってくるのは決まって『あっそ』だし、ならば、と『南くん色に染めてください』って思いっきり変化球を投げてみても『…………』と、フルシカトの刑に処《しょ》されるのがオチだったけど。

　もうさ？

『面倒くさい』とか『うるさい』なんて、南くんにとってはきっと挨拶みたいなものなんだろう！と自分に言い聞かせて、日々ツレない南くんを追いかけてきた私。

　茉央ちゃん曰く『南くんは冷たすぎる』らしいけど、私はそうは思わない。

　だって、現に優しい南くんをたくさん知ってるもん！

　たとえば､放課後のサッカー部に南くんの応援に行くと、『また来たのかよ』なんて呆《あき》れ顔しながらも、『来るな』とは言わないし、ちょっとした休憩の時間を使って『暗くなる前に帰れよ？』って決まって心配してくれる……！

　ボールを追いかける南くんの背中がすごく好き。真剣な横顔はもっと好き。

　あぁ……この際、サッカーボールになりたいよ。

　それに、調理実習でたまたま南くんと同じ班になれたことが嬉しすぎて浮かれた私が、包丁でザックリ指を切っちゃった時だってね？

『ったく、バカ！』って怒鳴りながらも『見せて？』って、最後は優しく手当てしてくれた。

　もう、二度とこの手だけは洗ってたまるか！……って、割と本気で思ったなんて、南くんには内緒だぞ★

　（※安心してください。泣く泣く洗いましたよ）

　それに、文化祭準備で買い出し係に選ばれたクラスの女子に代わって『いいよ、俺が行く』って、突然南くんが買い出し係を買って出たことに驚いたっけ。

　あとから不思議に思って、理由を聞いたら『ペンキ頼まれてたから。女子には重いだろ』だって。

　女の子扱いなんて、私はしてもらったことないですよ!?って、やや不機嫌《ふきげん》になりつつも、そんな優しさにまたひとつ南くんへの好きが募《つの》った瞬間だった。

　南くんって分かりにくいけど、本当はとっても優しくて。

　素っ気ないけど、じつは誰よりも温かい、そんな人なんだ。だから私は南くんが大好き。

　一目惚れから始まって、もっともっと南くんを知りたくなって頑張ったのはいいけれど、結果、知れば知るほど、南くんへの好きが増すだけだった。

　私ばっかりこんなに好きで悔《くや》しいよ!!

　なんだよ、完璧《かんぺき》かよ!!

　天は南くんに二物《にぶつ》も三物《さんぶつ》も与えてやがるよ!!

　整ったキレイな顔で『ばーか』なんて罵《ののし》られて、あっさりうっかり一目惚れしてしまった私だけれど、南くんのかっこよさはルックスだけじゃないってことを、ぜひたくさんの人に知ってもらいたいんだ!!

……いや、だけど私だけが知っていたい気もする!!

あ〜〜!!　悩める乙女心〜〜〜!!

な〜んて、1年の頃から日々葛藤《かっとう》して過ごして来ました。森坂です。

……そして今に至る。

え？　進展がないじゃんって？

そう、それ！　それなの……ぜんぜん振り向いてくれる気配がないんです。

でも、私の中で南くんとの思い出は増えていくばかり。

南くんにスポーツドリンクを差し入れしたその次の体育のあとに『こないだのお返し』って、ぶっきらぼうに手渡されたスポーツドリンクとか。

後ろからいきなり奪い取って、私が届かない黒板の上の方をキレイに消してくれた南くんが『届かないならイス使えば？』なんて言いながら、再び私へと差し出した黒板消しとか。

化学の実験中、真剣に作業する南くんの横顔がどうしようもなくイケメン理系男子すぎて、鼻血放出寸前の私が『ねぇ、南くんがかっこよすぎて君もつらいんでしょ？』と、毎回うっかり話しかけてしまう人体模型くんとか。

全部全部、家に持ち帰ってコレクションしてしまいたいくらい、南くんとのエピソードつきレアアイテムたちはキラキラと輝き始める。

　このままじゃ学校中がキラキラしちゃうよ〜〜〜!!

　それなのに。

「はぁ……南くんが私を好きにならない」

「もうやめちゃいなよ〜？　佑麻ちゃん可愛いいんだから、南くんのこと諦《あきら》めたらすぐ彼氏できるって！」

　お昼休み、親友の茉央ちゃんと仲良くパンをかじりながらうなだれる私。

　茉央ちゃんの“可愛い”なんて、親友のひいき目であることは一目瞭然《いちもくりょうぜん》。

　そんな言葉に騙《だま》されるほどバカじゃないんだから。

　……とはいうもののニヤける。

　茉央ちゃんこそ、学年で１、２を争うほどの美少女で、そのくせ気取ってなくて、どちらかといえばふわふわな雰囲気の本当に可愛らしい女の子。

　そんな茉央ちゃんにも、好きな人がいるんだけど、それは……。

「ふたりとも、パンだけで足りるの？」

「わ！　びっくりした……宮坂《みやさか》くん」

　宮坂礼央《れお》。

　同じクラスで、南くんの親友。

　ちなみに、言ってしまえば、宮坂くんも茉央ちゃんのことが好き。

宮坂くんに『茉央ちゃんって、彼氏いるのかな？』な〜んて聞かれたのは１か月くらい前。

南くんを追いかけているうちに、宮坂くんと話す機会が増えた私。

そして、私と話すことで必然的に茉央ちゃんと話す回数が増えた宮坂くん。

もしかして？とは思っていたけれど……。

『いないよ！』と、ニタリ答えた私に『マジ？　俺、茉央ちゃんのこと気になってるんだよね。……あ、茉央ちゃんにはこのこと内緒な！』と、照れくさそうに人さし指を口元に当てた宮坂くんは笑った。

つまり、茉央ちゃんと宮坂くんはすでに両想いってわけだ。

早く付き合えばいいのに、じれったい。

ふたりは両想いだよ！って、何度も教えてあげようとも考えたんだけど……。

南くんに『ふたりの問題なんだから、あいつらが自分たちで行動しなきゃ意味ねぇだろ』と言われてしまった。

「足りるよ〜」

パンをモグモグしながら答える私。

「ほんと？　女子はやっぱり小食なんだね！」

「そ、そんなことないよ」

私には見向きもせず、茉央ちゃんだけに笑いかける宮坂くん。

　待って？　おかしくない？

　いえ。いいんです。私なんて空気も同然です。お気遣いなく。

　（※最初から気遣われてない）

「……俺も食べてこようっと。じゃ、茉央ちゃん、佑麻ちゃん！　またね」

　そう言って颯爽《さっそう》と消えていく宮坂くんは、当たり前のように南くんの机へと戻っていく。

　いいなあ。

　当たり前のように南くんと一緒にお弁当……食べたい。

　そんな私の呪いにも近い視線のせいか、振り向いた南くんと目が合う。

「……っ」

　口パクで『バーカ』と言われても、腹が立つどころか胸がときめく。

　あー、結構重症っぽいなー。

　なんて、他人事みたく考えてたら、南くんはもう宮坂くんとお弁当を食べ始めている。

「……アイコンタクト？」

「ん～、っていうか悪口言われたよ。口パクで」

　そんな私たちの様子を見ていた茉央ちゃんは、ニヤニヤと茶化《ちゃか》してくるけど、

「……ふたりってじれったいよね～！　南くんもきっと佑麻ちゃんのこと気になってると思うよ？」

　絶対、ないでしょ。

いやいや、そうであってくれたら!!って思って毎日過ごしてるけど、現実にそんなそぶり一切見受けられないもん。

たまに言葉を発したかと思えば『バカ』『うるさい』『何の用？』ときたもんだ。

あきらかに、好きな女の子への態度ではないでしょう。

いや、100歩譲って南くんが好きな子にそんな態度をとるとして、それはもう南くんあまのじゃくにもほどがあるでしょう。

「んー、慰《なぐさ》めありがとう。でも、絶対ありえそうにないよ、それ」

「そうかなぁ～？」

そうですっ。

悔しいくらい、眼中にないのですっ。

「茉央ちゃんこそ、宮坂くんに告っちゃえばいいのに」

ニヤッと口角《こうかく》を上げて笑ってみせる私に、顔をまっ赤にさせた茉央ちゃんは首をブンブン振る。

「無理だよ！　宮坂くん……モテるもん。今みたいに仲良くできてたら十分！」

「えー？　茉央ちゃん可愛いから宮坂くんもイチコロだと思うけどなぁ～」

“イチコロ”なんて、我ながら言葉のチョイスがなんか古い……。

「佑麻ちゃんっ！　ヤッホー」

「わっ！　び、びっくりした～」

茉央ちゃんと恋バナに花を咲かせていた私の肩に、後ろから両手がかけられ大きく肩を震わせた私。

「ごめん、驚かせちゃった？」

「工藤《くどう》くんって、神《しん》出《しゅつ》鬼《き》没《ぼつ》すぎ！」

　私の肩に手を乗せて笑っているこのメンズは、隣のクラスの工藤俊《しゅん》哉《や》くん。

　栗色《くりいろ》の髪の毛はストレートで、とても柔らかそうにふわふわしている。

　その整った顔で女子にとびきりの笑顔をばらまいては、黄色い声があちこちから聞こえてくる。

　何を隠そう、工藤くんと南くんは同じサッカー部。

　だから、ふたりは“瀬那”と“俊哉”で呼び合ってる。初めて聞いた時は不思議だったけど、サッカー部っていう共通点を見つけた時は『あぁ、なるほど』って思ったっけ。

「だって、佑麻ちゃん見かけたら声かけたくなっちゃうんだもん」

「もっと普通に話しかけてくれればいいのに」

　そう言って頬《ほお》を膨《ふく》らませれば、

「あ、その顔もかっわいい！」

　って。冗談言ってる場合じゃない。

「工藤くんって、佑麻ちゃんのこと好きだよね〜」

　サラッと発した茉央ちゃんの言葉に、

「うん、俺ね、佑麻ちゃん好き」

　これまたサラッと返された工藤くんの言葉。

「ま、またそうやってからかって！　工藤くんは女の子ならみんな好きでしょ」

少しだけ心臓がドクンと脈打《みゃくう》つのを感じたけれど、言われ慣れていない言葉に反応してしまっただけ。

「たしかに、女の子は好き。でも、佑麻ちゃんへの好きは特別なのになぁ」

「……っ、ありがとう！」

そんな工藤くんの言葉に、軽く舌を出してあっかんべーする私に聞こえてきたのは、

「佑麻」

「……え？　あ、はい！」

窓際の自分の席で宮坂くんとお弁当を食べている南くんの声でした!!

わわわ！　南くんから声かけてくれるなんて、めったにないよ？

そう、ちなみに南くん……私のこと名前呼びなんです！

初めて名前で呼ばれた日のことは忘れもしない。

あれは、南くんを追いかけて3か月がたった頃。次の授業までの休み時間に、茉央ちゃんと教室の隅っこで立ち話に花を咲かせていた私めがけて、

『佑麻』

と、半分夢のような、まるで耳元でささやかれているような声が突然降ってきた。

『み、南くん!?　……今、私の名前!!』

勢いよく振り返った私の視線の先には、なぜか口元に少し笑みを浮かべる南くんが、片足に重心をかけて立っていた。

『苗字忘れた。苗字で呼ばれてんのあんま聞かねぇし』

少し面倒くさそうにそう言う顔もまた、南くんのかっこよさを引き立てていて……あぁ、もうかっこよさが怖い。

耳に残る南くんの声が、私の体をどんどん火照《ほて》らせていく。

『も、森坂です！　森坂ですよ、南くん！』

今まで何度も自己紹介してきたけれど、覚えてくれるまで何度だってしますよ、南くん!!

『……長いからいい、佑麻で』

『〜〜っ!!』

荒ぶる私に再び聞こえた南くんボイスは、さらに私を胸キュンさせた。

理由はなんとも南くんらしいけど……名前で呼んでくれるのが嬉しくて『たった四文字だよ？』って言葉は全力で飲み込んだっけ。

ちなみにこの時の南くんの用件は『背中に値引きシールついてる、３割引』……でした。

おやつに持ってきたドーナツに貼ってあった値引きシール……！　はずかしいよ!!　マジか!!　いつの間に？　なんで背中に？　よりによって南くんに見られるなんて！と、このあとすぐまっ白に燃え尽きたのは言うまでもない。初めて名前で呼んでもらえたってのに、背中に値引きシールって……。こんなことがあっていいのでしょうか？

（※現実を受け止めきれない）

　それからというもの、南くんはサラッと私を名前で呼ぶ。南くんにとっては、本当にどうってことないんだろうけど、私は今でも、呼ばれるたびに失神《しっしん》寸前。

「どうしたの？　南くんっ！」

　光の速さで南くんの席へと向かった私に南くんは、

「……お茶、買ってきて」

「佑麻の分も買っていいから」そう言って500円玉を差し出した。

「……よ、喜んで!!」

　南くんのお茶を買いに行けるなんて！

　おっつか〜い〜おっつか〜い〜嬉しいなぁ〜。

　はしゃぐ私を見て、宮坂くんは、「ほんと、好きだね」って言うけれど……。

「…………」

　南くんは冷めたしぐさで無言のまま。

　あぁ、もう!!　その無言で見つめてくる感じも、また最高にたまらないっ!!

「うん、南くん大好き！」

　当たり前でしょ？とでも言うように言葉を発した私を、南くんは机に頬杖をつきながらただ黙って見ていた。

　宮坂くんはそんな南くんと私を交互に見て、なぜかクスッと笑った。


　そのあと、初めてのおつかいを済ませた私は、お茶とおつりを南くんに渡すべく南くんの席へ。

「み〜なみくん♪　はい！　お茶とおつりです！」

　ルンルン気分のまま南くんに両手を差し出せば、南くんは私の右手からお茶だけを受け取った。

「サンキュ。それは佑麻にやる」

“それ”と言いながら、南くんが私の左手にのっているおつりに視線を向けるから、

「え、そんな……悪いよ！　受け取れない！」

　私は慌てて、左手をもう一度南くんへズイと差し出した。

「いいって」

「でも……、自分で買うより高い買い物になっちゃうよ？」

「しつこい」

「あ、ありがとう！　じゃあお言葉に甘えて……一生大事にするね!!」

「……頼むから早く使ってくれ」

　結局、私の遠慮は南くんの優しさによってあっさり溶かされてしまい、おつりは頂くことに……。

　でも、南くんにもらったお金なんて使えるわけないじゃん!!と、とりあえずポケットティッシュを取り出しておつりを包んでお財布に入れました。

　お守りにしよう♪


「さっきの、おつかいじゃなくてパシリだよ？」

　――ド―――ンッ。

「お、おつかいだもん」

　茉央ちゃんの投下した爆弾に、心臓をえぐられつつも、

あくまでもあれはおつかいだもん！と強く対抗。

「ふぅ〜ん、まぁ佑麻ちゃんがいいならいいんだけどね？」

そう言うと、スマホへと視線を下げてしまった茉央ちゃん。

「ね、ねぇ……手っ取り早く南くんに意識してもらう方法って、ないかな？」

そんな茉央ちゃんに、再び声をかける。

「ん〜。やっぱり、南くんも男の子だからね〜？」

「……と、言いますと？」

人さし指を口元に当てて、何やらニヤリと悪い顔をした茉央ちゃん。

「……やっぱり、色仕掛《いろじか》けじゃないかな？」

「い、色、色仕掛け!?」

「そう！　色仕掛け。佑麻ちゃんメイク薄いし、バッチリしたらもっと可愛くなるよ〜！　やっぱり、普段と違ったらちょっとはドキッとするんじゃない？」

ふむふむ。

なるほど……。

「茉央ちゃん！　ナイスアイディア！　明日からさっそく頑張ってみる!!」

待ってろよ〜〜！　南くんっ！

色仕掛けだよ、南くん

朝、いつもより１時間も早く起きた私。

「っよし！」

鏡に映る自分を見て思う。

我ながら上出来。よく頑張った！

いつもはビューラーして、マスカラ塗って終了！のメイクも……今日は違う。

ちゃんとCCクリーム塗《ぬ》ったし、マスカラも多めに塗ったしアイラインも引いたし、リップの上からお気に入りのグロスも塗ってみた。

胸まである髪も、今日はヘアアイロンでゆるっと巻き髪にした。

休日しかやらないことを、学校にしていくって……結構勇気がいるなぁ。

「南くん……可愛いって思ってくれるかな」

そう、すべては大好きな南くんにドキッとしてもらうため。

「おはよ〜、茉央ちゃん」

「おはよ〜、って!!　佑麻ちゃん可愛い！　可愛すぎる！」

教室に入っていつものように、いちばんに茉央ちゃんに挨拶をする。

「ほ、ほんと？」

「うん！　南くんもきっとドキッとするんじゃない？」

なんて、コソッと耳打ちされて顔がほころぶのが自分でも分かる！

チラッと南くんの席を見れば、まだ来てないみたい。

「佑麻ちゃん!?」

「あ、おはよう、工藤くん」

声をかけられ振り向けば、驚いた様子の工藤くん。

「佑麻ちゃんがすっげぇ可愛い！って廊下で男子が噂してて、来てみたらこれだもん。びっくり！」

「普段から可愛いけど」と、付け足してニコッと笑う工藤くんは、やっぱりイケメンなんだよね〜。

「噂？」

「そう、すっげぇ可愛いって、男子が佑麻ちゃんのこと話してるの聞いて、いても立ってもいられなくて会いにきちゃった」

「そんなに、いつもと違うかな？」

そりゃ多少のメイク効果はあったとしても、普段とそんなに変わった気はしない。

巻き髪だから印象違うのかな？

……でも、そんなに男子が噂してくれるなら、あの無関心な南くんも可愛いって……言ってくれないかなぁ。

なんて、甘い期待を胸に南くんの登校を待つ。

「ＨＲ《ホームルーム》終わったら声かけてみなよ！」

「う、うん……！」

茉央ちゃんにうなずいて自分の席に座る。

あぁ、もう。変な緊張感に内臓プレスされてる〜〜!!

「あ、南くん。えと、おはよう」

「…………」

　HRが終わり、待ちに待った10分休み。

　意を決して声をかけた南くんの反応は……いつにも増して冷たい。

　いや、無視されるなんてことは日常《にちじょう》茶《さ》飯《はん》事《じ》だし慣れっこのはずなんだけど、なんていうか、南くんのまとってる冷気が３割増し？

「……あの」

「……何？」

　やっと返事がもらえたかと思えば、冷たくバッサリと切り捨てられる始末。

「ど、どうかな？　今日はちょっと頑張ってみたんだけど!!」

　くるんっとした毛先をつまんでニコッと笑いかけてみる。

　さすがの南くんだって、きっと……いや、絶対可愛いって言ってくれるに決まってるよね!!

「……興味ない」

「えっ!?」

　そんな夢のような展開を想像していた私の耳には、本当に本当に興味ないのが伝わってくる南くんの声が届いた。

「誰のためにやってんの？」

「み、南くんに可愛いって！　少しでも思ってもらいたくて頑張ったに決まってるじゃん!!」

苦手な早起きだって、今日は苦じゃなかった。南くんに可愛いって言ってもらうためにって……それだけであんなにもルンルンした。

「……へぇ。俺のため？」

「そ、そうだよ、南くんのため」

南くんのキリッとした目つきに息をのむ。やっぱり、南くんは１ミリも私のことなんか好きじゃないんだろうな。

「……なら、やめれば？」

「え？」

「俺じゃなくて、他の男たちに可愛いって噂されてどうすんの？」

そう言いながら、少しずつ私へと距離を詰めてくる南くんに、心臓はドクドクと脈を打って……。

し、し、死ぬ!!

「べ、べつに好きで噂されたわけじゃ……」

「ちょっと男子にチヤホヤされたからって……あんま調子乗るなよ」

「……っ」

そんなつもりなんて少しもなかったのに、なんでこんなに冷たい言い方をするんだろう。

ただひと言、南くんに「可愛い」って言ってほしかっただけなのに。

「まぁ、チヤホヤされたいなら別だけど？　俺は興味ない」

そう言いながら、南くんは自分のワイシャツの袖《そで》でグイッと私の唇をなぞる。

「〜〜っ！」

「……ばーか」

　そう呟《つぶや》いて、動けなくなった私を見て満足げに笑うと、そのまま行ってしまう。

　南くんのワイシャツは、ほんのりピンク色に染まって、私の唇からグロスは落ちていた。

　……やっぱり、南くんは手強《てごわ》い。

　さっきは南くんの言葉ひとつであんなにも悲しい気持ちになったのに、今は南くんの行動ひとつにこんなにも胸がドキドキさせられている。

　悔しいけど……やっぱり南くんってすごい。私がどんなに頑張ったって、南くんはいつも私より１枚も２枚もうわてなんだもん。

「……もう、大好き……」

　南くんの後ろ姿にポツリ呟いても、届かないもどかしさと、いつか届いてほしいっていう願いが交差《こうさ》するマイハート。


「えぇー！　南くんが発熱!?」

　おはようございます。

　南くんに色仕掛け作戦が失敗してから、明日で１週間が過ぎようとしています。

　今日も、私は元気です。ところが……。

「そうなんだよ、南の奴、昨日の夜から熱が出てるらしくて」

「そ、それは大変だ！」

　朝、HRが始まる少し前に、めずらしく担任が私を呼んだ。

　そして、南くんがまだ来てないことを疑問に思っていた私に、先生はすぐにベストアンサーをくれた。

「……で、帰りに南の家にこれ届けてくれないか？　明日までの提出なんだが、先生、渡し忘れてて……」

「はいはいはいはい!!　届けまーす！」

「いやー、森坂ならそう言ってくれると思ってたよ！　じゃ、頼むな？」

　こんなチャンスある？

　先生から南くんちの地図と、書類の入った封筒を手渡され、ニヤニヤが止まらない。


　──ピンポーンッ。

　たぶん、ここであってるはず……？

　ふぅ、インターホンを鳴らす指が震えたのは初めて。

　早く放課後になれ！と１日中この時を楽しみに過ごしてきたものの、いざこうして南くんの家の前にいる状況に胸がドキマギしています。

　──ガチャッ。

「……何してんの？」

「あ、南くん！　えと、こんにちは？」

　てっきり南くんのお母さんが出てくる展開を予想してたから、こうして顔を見て話せるなんて思ってなかったけど。

「……だから、何してんの？」

「えと、先生に頼まれて……それで、これ。明日までに提出しなきゃいけない書類みたい」

　そう言いながら差し出す茶封筒。

　南くんは無言で中を確認して「あぁ、部活のやつか」とボソッと呟いた。

　南くんはサッカー部。そういえば先生も遠征《えんせい》の参加申込書とか言ってたっけか。

「あと、これ。熱があるって聞いたからよかったら」

　ここへ来る前にスポーツドリンクと、プリンやゼリーなどなど……熱があっても食べられそうな物を買ってきたんだけど、南くんって、甘い物大丈夫かな？

「……わざわざサンキューな」

「っ！」

　一瞬ためらったようにも見えたけど、南くんは私から袋を受け取ると、めったに見せてくれない笑顔で笑った。

「……早く治してね？　会えないの寂《さみ》しいから」

　って、何言ってんの私！　と思ってはみたものの……はずかしいなんて感情は今さら、かな。

　普段から散々、気持ち伝えてるんだもんね。

「……ふっ、明日には治る」

　私の言葉に、少しだけ柔らかく笑った南くんに思わず目が点になりかけた。

　南くん、熱のせいかな？

　いつもより雰囲気がおだやか。

「……うん。南くん体つらくない？　もう入って休ん、わっ！」

　私が言い終わる前にフラッとよろけた南くんの体を慌《あわ》てて支えたのはいいけれど……。

「み、南くん……!?」

　とっさに南くんと抱き合う形になってしまっていることに気付いた。

　ま、待って待って!!　突然のことに頭が回らない。

「佑麻……いい匂《にお》いがする」

　私の肩に頭をのせてうなだれる南くんに、内心ドキドキしすぎて鼻血出そう!!　とか思ってるけど、絶対悟《さと》られたくない～。

「え!?　……あ、でも今日は香水、つ、つけてないよ？」

　平常心。

　落ち着け、私。

　軽く腰に回された腕や、肩にのせられた頭、いやもうなんか、南くんの全身から熱が伝わってきて、こっちまで熱が上がりそう。

「……ん、シャンプーの匂いがする」

「っ！」

　分かっててやってます!?

　何？　熱に浮かされてる南くんって、こんなに甘々なんですか!?

　てか、もう離してくれなきゃ心臓の音！　聞こえちゃうし！　ってかほら、もう平常心保てない！　頭から湯気が出そう！

「……っと、わりぃ」

　いろんなことを脳内でグルグル考えていたら、南くんの体が離れていく。

「あ、ううん。ゆ、ゆっくり休んでね！」

　……寂しい。

　抱きしめられてたら抱きしめられてたで、ドキドキしすぎて死にそう!!って思うのに……。

　離れていくと離れていったで、寂しすぎてなんだか寒い気がしてきた。

「……とりあえず、サンキュ。気をつけて帰れよ」

　めずらしく優しい南くんの言葉を聞いて思うのは、明日になってこの出来事が全部嘘でした～ってことがありませんように、ってこと。

「ううん、心配してくれてありがとう!!　南くんこそ、お大事にね!!」

　あー、今なら空も飛べそう。

　南くんが『気をつけて帰れよ』だって!!

　ってか、抱きしめられたよね!?　そ、それに『いい匂い』って……あーもう幸せすぎる。

　南くんには、色仕掛けなんかよりも自然体がいちばんなのかもしれない。

　やっぱり、大好きすぎるんですが。いつになったら振り向いてくれます？


「えぇぇええぇぇえ!!」

「うるっさい」

　翌日、朝。

　登校してきた南くんに、『昨日、あれから大丈夫だった？』って聞いたら、『は？　昨日？　あれからって何？』って。

　南くん、高熱のせいで私が家まで書類届けた記憶もないとか言うんですけど!!

「ね、嘘でしょ!?　さすがに少しくらい覚えてるでしょ!?」

「ぜんぜん」

　──ち───ん。

「じゃあ、あのハグも？　『いい匂い……』も？　『気をつけて帰れよ』も？」

「……頭イカれた？」

　あぁ～!!　こんなことだと思ったんだよね！　あんなにおいしいだけの話で終わるわけないって……。

　だから夢じゃないことを祈《いの》ってたのに。

　南くんの記憶に残ってないなんて、夢と同じじゃん！

「うぅ～。……でも、熱下がってよかったぁ」

「……ふっ、会えないと寂しいんだもんな？」

「うん、南くんに会えないと寂し……ん？　南くんやっぱり昨日のこと……」

「覚えてない」

「う、嘘だ～!!」

　ちょっと弱みを握《にぎ》れたかも……なんて思ったけど、南くんは、まだまだ手強そうです。

覚悟してね、南くん

　朝のHRを終えた私は、１時間目に控《ひか》える大嫌いな数学をどうにか乗りきれますように……！と、授業までの休み時間を使って南くんを目に焼きつけています。

「……で、何？」

「え？　今日も南くんかっこいいな～って」

「飽きないな、ほんと」

　今日ももちろん、全力で南くんに愛をお届けしている私。南くんに『やめれば？』と言われて以来、もちろん化粧も巻き髪もやめました。

　あ、でもだんだん暑くなってきたから最近は髪を結んでることも多いんだけどね。

　胸まである髪も、この際ボブまで切っちゃおうかなってくらい……初夏の訪れを感じる今日この頃。

「南くんに飽きる日なんて、何回生まれ変わっても来ないよ」

「そんなの分かんねぇよ」

「えー？　あ、でも逆に南くんが私のこと好きになる可能性は大アリだね！」

「お前の思考回路どうなってんだよ」

　え？　……南くん回路で溢れてますけど。

　冷たさは安定だけど、前よりちょっと、いや確実に返事をくれるようになった南くん。

　このままいけば恋仲だって夢じゃない!?って思ってるんだけど……。

「ね！　ね！　南くん？」

「……ん」

「私のことついに好きに」

「ならない」

　ちょっと！　なんで食い気味なの？

　やっぱり、かなり手強い南くん。

「もー！　絶対絶対、好きって言わせてみせるから！」

「へぇ……やれるもんならやってみれば？」

　余裕そうなその表情に、また胸は高鳴って……あぁ、ますます南くんを好きになる勢いだよ。

「っ、やってやる！」

　……と、宣戦《せんせん》布《ふ》告《こく》したものの。

「南くん、じょうず～！」

「南くんって料理とかするの？」

「料理できる男子なんてかっこいい！」

　４時間目の調理実習なう。

　なんなの、あの人気ぶりは。

　いや、たしかにあのルックスで料理までできちゃったらそりゃかっこいいよ!?　かっこいいけど。

　私以外にあんなにチヤホヤされちゃってさ、何よ！　鼻の下、伸ばしちゃって。

　（※伸ばしていません）

「調子に乗ってんのはどっちだ！」

この前、メイクをして登校した時に南くんに言われた言葉を思い出して、ひとりで悶々《もんもん》とボウルの中の卵をかき混ぜる。

今日の課題で作っているのはクッキー。

お菓子作りなんて、女子らしさをアピールする絶好の場!!って意気込んでたのに、南くんの女子力を見せつけられて撃沈《げきちん》。

挙句《あげく》、取り巻き多いし？

同じ班になりたかったよぉ～。

「まぁまぁ、そう肩を落とさないで佑麻ちゃん！　クッキーあげるんでしょ？」

「茉央ちゃん……でも、もらってくれるかも微妙だし。これ以上傷つきたくないって気持ちも……」

あるんだよね～。

そう呟きながら再び南くんの班へ視線を向けると。

「あ、浅井《あさい》さん……もっとヘラで切るように混ぜた方がいいよ」

「……え？」

「……こんな感じで」

「あ、ありがとうっ」

同じ班の子に、後ろから抱きしめるような姿勢でレクチャー中でした。

「あっちゃ～」

「あれは、まずいね」

　突然現れた宮坂くんと、私を覗《のぞ》き込みながら気まずそうに声を発する茉央ちゃん。

「……南くんのバカ。もう知らない」

　いや、いっちゃえば私たち、付き合ってもないし？　さらにいっちゃえば私、ほぼフラれてるし？

　つまり、ヤキモチ妬《や》く資格もないんだけどさ。だからって、この感情がなくなるわけでもなくて。

「み、南くん深く考えてないだけだよ……気にしなくていいと思うよ？」

「そうそう、瀬那って変なとこ鈍いからさ……？」

「無理!!」

　どうにか私の怒りを鎮《しず》めようとするふたりの言葉に、不機嫌丸出しにして答えてしまった。

「で？　結局、あげなくていいの？」

「うん、いいの」

　かれこれ５回は聞かれた茉央ちゃんからの問いかけに、まったく同じ返事を並べる。

　きっと、南くんは私からもらわなくてもたくさんもらうはずだし、それにきっと私たちの班が作ったクッキーなんて“料理人・南くん”のお口には合わないだろう。

　（同じ班のみんなごめん）

「渡すだけ渡してみたらいいんじゃないかな？　後悔、しない？」

「大丈夫！　ありがとう、茉央ちゃん」

心配そうに私の顔を覗き込んでは、ため息をつく茉央ちゃん。

私なんかのことでこんなにも一緒に悩んでくれる茉央ちゃんが大好き。

放課後、帰る準備をしていると……。

「佑麻ちゃん！」

「……あげないよ」

名前を呼ばれ振り向けば、ニヤリと笑う工藤くんがいた。

「まだ何も言ってないじゃん？」

と笑う工藤くんの目的は、調理実習で作ったクッキーだってことが一目瞭然。

工藤くんは、いつも調理実習のあとにやってきてはお菓子をねだってくる。

「言わなくても分かるよ、なんとなく」

「うん、今日はクッキー作ったんでしょ？　ちょうだい」

ほら結局、おめあての品はクッキー。

……と、いつもならここで「南くんにあげるからダメ」って言うところだけど、今日は南くんにはあげないと決めている。

つまり、カバンの中にあるクッキーは行く当てがないってわけだ。

もちろん茉央ちゃんは宮坂くんにあげていたし、宮坂くんの作ったクッキーを茉央ちゃんはもらっていた。

その光景を見て、微笑ましいなぁ〜って気持ちと祟《たた》ってやる～！って気持ちの狭間《はざま》で揺れたのは私の心です。

「……あげる、クッキー」

「っえ!?」

私の言葉にびっくりしたのか、工藤くんは大きく目を見開いた。

「だから工藤くんにクッキーあげる。ちょっと待って……」

ガサガサとカバンからラッピングされたクッキーを取り出し、「はい」と差し出す。

「……え、本気？　今日は瀬那にはあげないんだ？」

そんな言葉と共に、工藤くんの視線はカバンを片手に教室を出ていこうとしている南くんへ向けられた。

「……っ」

不意に南くんと目が合って、慌てて逸《そ》らしてしまうのは調理実習の時のヤキモチがまだ処理しきれていないから。

あーあ、困った。

こんなことでいちいちヤキモチなんて妬いてたら愛想尽《あいそつ》かされる。

分かってはいても、どうしようもなく南くんへの気持ちが溢れちゃう。

「何？　ついに瀬那はやめて俺にする？」

「い、いいから早くもらって」

なかば強引に押しつけるように、工藤くんにクッキーを手渡した瞬間、南くんからの痛いくらいの視線に気付く。

でも、その視線へ振り向くことはできなかった。

早く家に帰りたい。今はただそんな思いだけが私を動かしていた。


「……はぁ」

「やっぱり、素直に南くんにあげた方がよかったんじゃないかな？」

　生徒玄関へ続く廊下を、茉央ちゃんと歩きながら、気付いたらため息なんかついてる。

「ううん。いいの」

　正直、ぜんぜんよくないんだけど、そうでも言ってなきゃもう、なんか泣きそう。

　どうしてこうもうまくいかないかなあ。

　そもそも好きな人と両想いでした～なんて、夢物語ばかりを普段から愛読してるせいで、頭の隅っこでは『南くんも私のことが……』なんて淡《あわ》い期待をしていたことも反省しなければならない。

「……あ、佑麻ちゃん」

「ん？」

　茉央ちゃんの声に視線を上げれば、下駄箱にもたれてこちらに視線を向けている人影があった。

「……み、なみくん」

　――ドクンッ。

　だ、誰のこと待ってるんだろ？

　もしかして、浅井さん……とか？

　え、南くんって浅井さんのこと好きなのかな？　……でも、浅井さんに対しての南くんの態度……あきらかに優しかったよね。

　そんなことを考えながら、自分の下駄箱へ上《うわ》履《ば》きを入れる。

　な、な、なんで？　南くん、すっごいこっち見てない？　見てるよね？

　もしかして……私に用事、とか？

　私のこと……待ってたとか!!

「……片瀬」

「……え？」

　南くんが声をかけたのは、私……の隣の茉央ちゃんだった。

　自分に用事かも。なんて、勘違いすぎてはずかしい。

　穴があったら入りたい。いや、全力で穴を掘ってでも入りたい。

　そんな思いから、急いでローファーに履き替える。

　そんな私の動きを制するように、南くんは再び口を開いた。

「悪いんだけど、佑麻、借りていい？」

「えっ」

「……あ、うんうん！　分かった！」

　南くんの声に、ローファーへと注がれていた視線を勢いよく上げれば、まっすぐ私を見《み》据《す》える南くんに心臓が跳《は》ねる。

「……先、帰るね！　頑張れ！」

「ま、茉央ちゃん……」

私にだけ聞こえる声で小さく耳打ちして、茉央ちゃんは先に玄関を出ていってしまった。

仕方なく南くんと向かい合う私。

それと同時に、下駄箱にもたれていた南くんも私へと向き直る。

「……あ、の。何でしょう？」

やっとの思いで発した言葉に、自分がどれだけ緊張してるのかを教えられたよ。

今日もやっぱりかっこいい南くん。

大好きで仕方ない南くん。

そんな南くんが、調理実習で他の子に優しくしているのを目撃してしまった今日。

間違いなく、悪い日だよね。

これから南くん、何て言うんだろ。

そんなことを思いながらも、やっぱり大好きな南くんに見つめられて顔が赤くなるのが自分でも分かった。

「……クッキー」

「へ？　クッキー？」

……あ。

いつもだったら南くんにあげるはずなのに、工藤くんにあげたこと……怒ってる？

いやいや、そんなわけない。

だってそれじゃ、南くんが工藤くんにヤキモチ妬いてることになるもんね。

「……やる」

「あぁ、南くんのクッキー……って、えぇ!?」

「なんだよ」

「え、だって!!　南くんのクッキーだよね？　これ……」

　南くんが差し出したのは、今日の調理実習で作ったであろうクッキー。

　まさか、南くんからクッキーをもらえるなんて夢にも思ってなかったから、なかなかそれに手を伸ばすことができない。

「俺のじゃない方がよかった？」

「いやいや！　そうじゃなくて、だって……南くんが私にクッキー？　浅井さんにじゃなくて？」

　私がなかなか受け取らないことにイライラを募らせ始める南くん。

「なんで浅井さん？　お前にやるって言ってんのに。……いらねぇならいい」

「あ、ちょっ！　待って待って!!　ほしい！　ほしいです。南くんのクッキー！」

　帰ろうとする南くんの腕を必死につかんで、今度はクッキーがほしいと懇願《こんがん》するはめに。

「えへへへ」

「キモい」

　結局、クッキーをくれた南くん。

　なんで？って気持ちの方が大きいけど、それでもやっぱり、素直に……。

「嬉しいんだもん、すごく」

「……あっそ」

　すごくすごく嬉しいんだよ？　ちゃんと伝わってる？

　あー、こんなことならやっぱり南くんにクッキーあげればよかった。なんて、今さら遅いんだけど。

「そ、そうだ！　南くんの好きな食べ物って何？」

「……タコ焼き」

　た、タコ焼き！　初めて知った。南くんがタコ焼き食べてるところ……うん、かっこいい。

　よし、今度作ってこよう。タコ焼き。クッキーのお礼も兼《か》ねて、ね？

「……南くん、タコ焼き好きなんだ〜」

「好き」

「……〜〜っ！」

　す、す、好きって！　南くんが好きって言った〜！

　(※タコ焼きの話です)

「本当バカだよな、お前」

「……タコ焼きになりたい」

「勝手にしろ」

「……ぜひ、食べられたい」

「変態」

　今日、初めて南くんからもらい物をしました。しかも、南くんの手作りクッキー。

　ヤキモチ妬いて、勝手にひとりでモヤモヤしたけど、そんなことも忘れるくらい、今すごく嬉しい。

「ところで、なんで私にクッキーくれたの？」

もらったクッキーから、視線を南くんへと移した私に、

「……さぁ？」

南くんが少し間を空けて曖昧《あいまい》な返事をするから、余計気になってしまう。

正直に教えてくれてもいいのに、とばかりに南くんの顔を覗き込めば、すぐに伏《ふ》し目がちに逸《そ》らされてしまってあえなく失敗。

って、……あれ？　よく見れば南くん、耳までほんのり赤く染まってる。も、もしかして！　南くん照れてる？

「ふふ……いっか。理由はどうであれ、南くんのクッキーもらえたんだもんね」

赤く染まった南くんに、口元のゆるみが収まらない。

でも､照れてる？なんて聞いたら南くん怒りそうだから、心の中だけにしまっておこう。

せっかくもらったのに「クッキー返せ！」とか言われかねないもん!!　それだけは絶対に嫌～！

「何、ひとりで笑ってんだよ」

「いや、嬉しいなぁと思いまして」

でも、南くんからもらったクッキーなんて、もったいなくて食べられないよ。これは観賞用にしよう。そうしよう！

毎日寝る前に南くんだと思って話しかけよう！

「……食えよ？　飾っとくとか、なしな」

「っ！　南くんってエスパー？」

「…………」

呆れたような南くんの顔は、「お前の考えそうなことな

んて、だいたい想像つくわ」とでも言いたそうだけど。

訂正《ていせい》します。

今日はとってもいい日でした!!

★Chapter. I　ハイライト南くん★

Chapter. Ⅱ

体育祭だよ、南くん

「うわぁあああ～、あづーい」

「佑麻ちゃん、声に出さないで。暑さが増す」

だって、だって！

炎天下の中、何が悲しくて体育祭なんかやらなくちゃいけないんだ。

「みーなーみーぐーん」

「暑苦しい、黙って」

――ち―――ん。

そうですか、そう来ましたか。

「佑麻ちゃん、めげないめげない」

「宮坂くん、ありがとう」

今日は、ぜんぜん待ってない体育祭です。

べつに運動は人並みにできるけれど、何が苦手ってこの暑さの中、なぜ走る必要があるのか？ってところにポイントはあって、それは間違いなく茉央ちゃんも同じだろう。

「もう帰りたい」

「茉央ちゃん、頑張ろう？」

「み、宮坂くんがそう言うなら……」

それにしても……。

「本当かっこいい」

宮坂くんが、茉央ちゃんに会いに来てくれたおかげで、必然的に南くんも私たちのもとへやってきた。

　白のハチマキがクールな南くんをより一層引き立ててる。

「やっぱり、好きだなぁ〜……」

「……さっきから心の声漏《も》れてる」

「えっ!?」

　南くんの冷たい視線にハッとして、慌てて自分の手で口をふさぐ。けど考えてみれば、聞かれて困ることなんてないんだけどね？

「南くん、頑張れって言って？」

「……嫌だ」

「いいじゃん！　じゃなきゃ体育祭ボイコットしてやる！」

「……勝手にしろよ」

　面倒くさい。そのひと言に尽きる。そんな顔して南くんがそっぽ向くから、もう今日の体育祭、完全にやる気が出ない。終わった。


「集合〜！」

　しばらくして、先生のかけ声でみんな駆け足で整列を始める。

　あー、やだ。始まる。

　ムダに列を整えた行進から始まって、１発目のラジオ体操。

　それが終われば、気が遠くなるような長い、校長先生の気合いが入りすぎたスピーチ。

「それでは、皆さん！　スポーツマンシップに則《のっと》って、今日は精いっぱい頑張ってください！」

……いいよなぁ、校長先生たちは楽しく見てるだけだもん。

この炎天下で走る側の身にもなってほしい。

「最初の競技は２年生男子による借り物競争です」

アナウンスが流れて、南くんを探す。そういえば、宮坂くんが、南くんは借り物競争に出るって言ってたっけ。

応援しなきゃ!!

あわよくば私のことを借りに来てくれないかな。

なんて、淡い期待を抱いてみたり。

「あ！　南くん！」

「何？」

借り物競争の列に並ぼうとする南くんをやっとのことで見つけ、声をかける。

ダルそうに振り向いて私を見おろすその視線ですらかっこいい。これ、罪だよね？　ね？

「頑張ってね！　いつでも一緒に走れるように準備体操しておくから～」

「絶対お前とは走らない」

「えぇー！　なんで？　なんでなん……」

「うっさい」

うぅ、撃沈《げきちん》。

応援虚《むな》しく……でも、無視はされなかったし！　進歩だよね……？

うん！　進歩です！


「位置について、よーい……」

——パーンッ。

いよいよ、南くんの番。

勢いよく走り出す南くんだけど、やっぱり本気を出しきっていない模様。

“ダルい”そんなゼッケンを背中に貼って走ってる感じ。

南くん『好きな人』って紙引いて、私の所まで走って迎えに来て!!

ついに南くんが箱に手を突っ込んで紙を１枚引いた。

——ドッドッドッドッ……。

心臓の音がやけにうるさくて、体全部が心臓になったみたい。

「……っ！」

紙の内容を確認した南くんと一瞬、交わった視線。

でも、それはすぐに逸らされて……。

「……一緒に走ってくれる？」

「あ、はい！」

南くんが声をかけたのは、すぐそばにいた１年生の可愛い女の子だった。

「……なんで」

口にしてから、ハッとする。

『なんで』なんて分かりきってることじゃん。

南くんが、私を好きじゃない。

ただそれだけのことなのに、どうしてこんなにも胸が苦しいんだろう。

紙には何て書かれてたのかな？

南くんと一瞬、目が合ったのは気のせい？

南くんが手を引いて走った後輩は……南くんのことを好きになったりしない？

変な不安ばっかり募っていく。

気付けばとっくに南くんはゴールしたみたい。もう南くんの姿も、一緒に走った後輩の姿もなくて、南くんのゴールする大事な瞬間を見逃したことに落胆《らくたん》。

「……南くんの、バカ」

「誰がバカだよ」

小声でボソッと呟いた言葉に、すぐ横で南くんの声が聞こえて思わず目を見開いた。

「な、なんでいるの？」

「……たまたま通りかかった」

「そうなんだ」

競技が終わったばかりの南くんがたまたま……通るにしては、ちょっと不思議な位置に私はいるけれど、南くんがたまたまって言うのなら、きっとそうなんだろう。

だって、南くん私のことを好きじゃないし、わざわざ私に声をかけるために来てくれた……なんて都合のいい夢物語だよね。

「変な時は自分の都合のいいように考えるくせに、自分に会いに来たのかも……とか考えねぇの？」

「だって、南くんだよ？　私に会いに来るなんて99%ないよ」

「……へぇ」

　出た。南くんの「へぇ」。

　何かあるとすぐそれ。告白に対しても繰り出すほど多用してくる。

「スーパーポジティブはウザいけど、ネガティブはもっとウザい」

「……っ、どのみちウザいんじゃん」

　あーあ、もう！

　たかが３文字の言葉になんで泣きそうになってんの、私。

　ウザいなんて、言われ慣れてるくせに。

　頭の中はさっき、南くんが後輩の女の子の手を引いて走ってる場面が延々《えんえん》リピートされてて、自分でも嫌になるくらいショックを受けてる。そりゃもう隠しきれないほど。

「次の競技は、２年生女子による……」

　アナウンスが流れてホッとする。

　南くんから逃げる口実ができた。

　……南くんから離れたい。

　そんな思いをしたのは今が初めてかもしれないなぁ。

　南くんって出逢って１年がたった今でさえ“離れたい”なんて思えるほど近い存在じゃないから。

「私、行かなきゃ。またあとでね！」

　いつもどおり平然を装ってはみても、バカみたいなテンションを取り戻すこともできず、逃げるように南くんに背を向けた。

「佑麻」

「……はい！」

　そんな私を、また南くんが呼び止めるから思わず敬語になっちゃったことをはずかしく思いながらも振り返る。

　そこには、フッと柔らかく笑って
「頑張れよ」

　なんて言う南くんがいたから。

「が、頑張る!!」

　今までのモヤモヤなんて、どこへやら。

　あぁ、なんて単細胞《たんさいぼう》なんだろう私。

　そう自分でも思ってるのに、南くんが笑ってくれたことが、『頑張れ』って言葉がどうしようもなく嬉しくて、舞い上がってしまう。


　南くんに別れを告げ、自分の順番を待つ。

　さっきの南くんの応援、思い出すだけでニヤけちゃう。

　始まる前はおねだりしても言ってくれなかった『頑張れ』。

　どうせ言ってくれるなら、あの時言ってくれればよかったのに。そしたらラジオ体操だって、誰より頑張った自信がある。

　……それにしても、暑い。

　さっきからずっと頭がガンガンして、たまに視界がまっくらになる。

　これは熱中症というやつ？

「佑麻ちゃん、大丈夫？　さっきから顔色悪いよ？」

　２列前に並んでいた茉央ちゃんが、気付けば隣に来て背中をさすってくれている。

「……んー、ちょっと熱中症っぽいかも。でも、これ終わればしばらく出番ないから大丈夫！」

「本当？　すぐに休んだ方が……」

「大丈夫！　終わったらちゃんと休むから」

「ね？」と私に念押しされ、茉央ちゃんは「そこまで言うなら」と渋々もとの列へ戻っていった。

　ちゃんと見ててくれてありがとう、茉央ちゃん。

　バカな私は、茉央ちゃんみたいなしっかり屋さんが友達ってことで本当救われてる。

　とりあえず、これを無事に終えたら水分補給しよう。

　考えてみれば朝から何も飲んでないや。

　茉央ちゃんに大丈夫って言ったからには、熱中症なんかになったら絶対怒られちゃう。

　それは避けたいです。

　（※茉央ちゃん怒ると鬼怖）

　……って思ってたのに、やばいかも。もうすぐ自分の番。

　頭はクラクラして、なんだか目の焦点も合わないんだけど。

「やっば」

　小さく誰にも聞こえない声で呟いてみても、当たり前だけど、誰も気にとめることはない。

「位置について、よーい……」

　――パーンッ。

　私の前の走者が走りだして、ついに次は自分。

　スタートラインに立つべく、立ち上がろうと試みた私は、いきなり目の前がまっ白になって、それに伴い頭もまっ白になる。

　うわぁあ～、最悪。

　どうなってんの、これ。

　ただただ、白い。

「……ったく、バカ」

　ふと、近くで南くんの声が聞こえた気がして必死に目を凝《こ》らすけど、やっぱりただ白いだけで他に何も見えない。

　次の瞬間、体がフワッと宙に浮くような感じがして、私はそのまま意識を手放した。

　――見渡す限りの白い……天井？

　あれ？

　たしかに、私はさっきまでグラウンドにいて……体育祭のまっ最中だったはずなのに。

　気付けば保健室のベッドの上。

　頭がクラクラして、いきなり視界がまっ白になって……それで……。

「熱中症よ。ちゃんと水分摂《と》らなきゃダメじゃない」

　私の考えていたことが分かったかのようなベストアンサーありがとうございます！ってタイミングで、白衣姿の保健室の先生、森川《もりかわ》先生が登場して、私にスポーツドリンクを手渡す。

　色白で少しぽっちゃりな可愛らしい先生で、生徒の間でも人気者。

「あ、あの……ごめんなさい！　ありがとうございます」

　受け取りながら、申し訳なさと情けなさでいっぱいになる。

　あーどうしよう茉央ちゃんに怒られる。

　そんなことばかりを考える。

「お礼なら、南くんに言ってあげるといいわ。グラウンドからここまで運んでくれたのも、スポーツドリンク買ったのも南くんだから」

「えっ!?　み、南くんが……」

　ニコッと笑った森川先生は、青春っていいね〜と、どこか遠い目をしてるけど。

　今の私は、あの薄れていく意識の中で聞こえた南くんの声が本物だったんだって……ただそんなことばっかり考えて、ニヤける。

　すごい、ニヤける。嬉しい。

「もう顔色もよさそうだし、それ飲んで戻りなさいね？」

　森川先生の言葉にうなずきながら、スポーツドリンクに口をつける。

　冷たくておいしい。

　あー、生き返った。

　……南くんに、会いたい!!

会って、ちゃんとお礼言わなきゃ。

「先生、ありがとうございました！　戻ります！」

もう倒れないでね〜と、先生のゆるい声に見送られて保健室をあとにすれば、目指す場所はただひとつ。

大好きな南くんのもとへ。

本当に熱中症で倒れたの？ってくらいの全速力で走る。

きっと、まだ南くんの競技じゃないはず……。控《ひか》え席にいないかな？

校舎を出て、グラウンドを見渡す。南くんセンサー反応しろぉ!!

——ピコンッ。

「いた！」

やっぱり、次の競技まで時間あるから控え席にいた。

こんな炎天下でも相も変わらずクールな南くんの姿を見つけ、自然と笑みをこぼすのは、私です。

「……はぁ、はぁ……み、南くん！」

グラウンドの端っこをひたすら走って、南くんのいる控え席へとたどり着いた頃には、肩で息をするほど呼吸は乱れていたけれど。

不思議と苦しくはない。

「…………」

私を見つけても、表情ひとつ変えない南くんに、本当に私を保健室まで運んでくれたのか？と疑問に思いつつも、

「あ、あの……重かったよね！　嫌だったよね！　でも、わざわざ運んでくれて本当にありがとう！　覚えてないけ

どすごく嬉しい！　……あ、スポーツドリンクもありがとう！」

言いたいことを息継ぎするのも忘れて南くんに投げつける。

「……はぁ」

「……？　南くん、本当ありが……」

「バカなの？」

「……へ？」

ため息をつかれたことにもめげずに、再度お礼を言おうと口を開けば、イスに座っていたはずの南くんが、すぐ目の前にいた。

「……なんで、具合悪いって気付いて、すぐ保健室行かねぇの？」

「は、走り終わったら水分補給しようと思っ……」

「しかも、さっき倒れたばっかなのにそんな全速で走ってくんな」

「わっ！」

さっきから言いたいことの途中で言葉を遮《さえぎ》ってくる南くんに、ひと言物申したいのに。

私の腕を引っ張って、自分が座っていたイスに私を座らせてくれる南くんの優しさに胸がキュンってして、もう、何も言えなくなる。

こうやって、結局優しいのが南くんだから……これまで諦められず南くんに片想いをしているわけだけど。

こんな思わせぶりな態度ばかりの南くんに一体、私の心臓はどこまで持つのか心配。

「……南くん、大好き！」

「うっさい。黙ってろ」

「でも好きなんだもん」

「ほんと、それしか言えねぇのかよ」

　言えない。

　南くんのこと、大好きで仕方ない。

　この気持ちはずっと変わらない。もし仮に、南くんに嫌いだからもうかかわるなと言われたら、さすがの私もつきまとうのはやめよう。

　でも、好きな気持ちはきっと、ずっとずっと変わらない。

「心配してくれてありがとう、南くん！」

「はぁ？　自惚《うぬぼ》れんな。誰が誰を心配したんだよ」

「南くんが、私を！」

「ない」

　――ガ――ン。

　つ、冷たい。保健室まで運んでくれたくせに冷たすぎる。

「でも……」

「ん？」

「俺が頑張れって言ったせいで、保健室行くの我慢したんなら……って。ちょっと罪悪感」

「……ち、違うよ!!　南くんの応援が嬉しすぎて自分の体調不良に気付かなかったんだよ！」

　そう言ってからハッとする。

　あれ？　南くんの顔が曇ってる。

どうして？

「それって、結局俺のせいじゃん」

「……？　だから、違うって！　南くんは私の生きる源です！」

あ～!!　今あからさまにウザそうな顔した!!

私の言葉に、眉間《みけん》にシワ寄った～!!

「はぁ。……体育祭終わったら教室で待ってろよ」

「な、なんで？　南くん、まさか私に告白したりす……」

「しねぇよ！」

あぁ、なんだ。

やっぱりか……想定内だよ。

「送る」

「あー、なるほど。送ってくれ……るぅ!?」

うるさい！と言いたげに軽く私を睨《にら》むと、次の競技のスタンバイあるから……と消えていく南くん。

う、嘘だ。

あの南くんが、自分から私を送るって言ってくれる日が来るなんて……。


結局、体育祭は総合３位。

んー、なんとも微妙な順位だ。

せめて準優勝とか……優勝って言葉がほしかったなぁ。

（※熱中症のためほぼ参加していません）

「ね、南くん！　勝ちたかったね！」

隣で珍しく私の歩幅に合わせて歩いてくれている南くん

に問いかける。

「べつに。勝ち負けに興味ない」

　おぉ～！　どこまでもクール！　もうなんか、発する言葉がかっこいい！

「あ！　そういえば南くん、借り物競走の時……お題何だったの？」

　そう、じつはずっと気になっていた。

　可愛い後輩の手を引いて走る南くんが今でもはっきり脳《のう》裏《り》に焼きついて離れない。

「……何？　気になってたわけ？」

　そりゃ、気にするなと言われる方が無理でしょ、あのシチュエーション。

　激しく落ち込みすぎて泣きそうだったし。

　コクコクうなずく私に、フッと笑ったあと、南くんは、平然と答えた。

「……好きな人」

「えっ!?」

「だから、お題。好きな人だった」

　う、嘘だ。

　じゃあ、南くんの好きな人って……あの可愛い後輩の女の子……？

　漫《まん》画《が》の世界ならば、完全に白目を向《む》いた主人公の顔面に青筋を数本引いて、頭上にはフォントサイズ大きめで【ガーン!!】の文字でも書かれているに違いない。

「……そ、っか」

人は本当にショックな時、思ったよりも言葉が出てこないもんなんだな。

いや、分かってたんだよ。

南くんが私のことを、これっぽっちも好きじゃないってことは。

でも、南くんに好きな人がいないなら、ゆっくりでも南くんに好きになってもらえるように頑張ろうって……思ってたのに。

これじゃ、本当にただの南くんのお邪魔《じゃま》虫。

あー、どうして今まで気付かなかったんだろう。南くん、あの子のこと好きだったんだ。

「本当は、後輩」

「……ん？」

ひとり悶々《もんもん》と頭を抱えて難しい顔をしていたであろう私に、南くんはサラッと呟いた。

「……どんな反応するか試しただけ。本当のお題は“後輩”だった」

「え！　えぇ！　後輩……好きな人じゃなくて後輩!?」

だからそうだって、と面倒くさそうに呟くと少しだけ歩くスピードを速めた。

「あ、待って！　……じゃ、じゃああの子のこと好きなわけじゃ」

「ない」

〜〜っ!!

よかったぁあああ!!

　思わず、駆け足で南くんを追いかけながらガッツポーズ。

　そんな私を横目で見て、

「本当にさっきまで熱中症だったのかよ」

　と、呆れるように呟く南くん。

　でも、薄《う》っすらと笑みが浮かんでいるように……。

「何見てんの？」

　見えたのは、気のせいらしい。

「ま、待って～～！」

　まじまじと覗き込んだ私をひと睨みして、スタスタと歩く南くんを追いかける。

　もっともっと、南くんとの距離が縮まりますように。

　いつか、南くんが私のことを……ふふふ。

クラス会で……南くん？

「これにしなよ〜！　すごい似合う！」

「えー!!　無理無理！　こんな露出度《ろしゅつど》高いの着れない〜！」

　只今、大型ショッピングモールwith茉央ちゃん。

　近々開催予定のクラス会で、海に行くことになったので、せっかくだし！と、南くんに披露《ひろう》する水着選びに付き合ってもらってるんだけど……。

「絶対、露出させた方がドキッとすると思うよ？」

「うぅ〜……で、でもはずかしいし……」

　茉央ちゃんがゴリ推《お》ししてくるのは、白のビキニ。

　胸の前でハートのチャームを留《と》める感じになってて、なけなしの谷間を強調するにはもってこい。

　いや、待て待て！

　きっと、南くんのことだから私のなけなしの谷間なんて見たくないはず。

　慰謝料請求《いしゃりょうせいきゅう》されたら……どうしよ。

「じゃあ、他の子たちが高露出で南くんに媚《こ》び売ってる間も、佑麻ちゃんはスクール水着でも着て水辺でビーチボールで遊んでる？」

　っぐは！

　そ、それは避けたいです。

「……買います。買わせてください」

「よろしい」

やっぱり、たまに茉央ちゃん恐ろしい。

そして、やってきました、クラス会当日。

もうすぐ夏休みなんだから夏休みに入ってからでも、と思ったけど、クラスのみんなは盛り上がっちゃってて、何やら夏休み前に恋人を作りたい！と意気込んでる人が多数いるらしい。

私も……この機会に南くんとグッと近づきたい～！

「……ちょっと、佑麻ちゃん！　パンツ脱ぎかけでガッツポーズしてどうしたの？」

あ、そうだった。

海に着いた私たちはさっそく、水着に着替えることになり、海の家に併設《へいせつ》された更衣室で着替えている最中。

「え！　あ、アハハ……って！　茉央ちゃん可愛い～！可愛いよ！」

茉央ちゃんを見れば、淡いピンク色に、白のフリフリレースがとっても可愛いビキニ！

これも、先日のショッピングモールで買ったんだけど、やっぱり似合うなぁ～。

「えへへ、私も宮坂くんにアピール頑張るから！　佑麻ちゃんもしっかり南くんにアピールするんだよ」

そう言う茉央ちゃんに、これでもかってくらい力強くうなずく！

よし、絶対絶対可愛いって言わせてやるぅ！

ま、眩《まぶ》しい……。

青い空は雲ひとつない快晴で、青い海はどこまでも限りなく雄大《ゆうだい》。

水平線が分からないくらい、ふたつの青は限りなく澄《す》んでいる。

そして……。

「佑麻ちゃん！　似合う～!!　可愛い！」

「ほんと！　スタイルもいいし、羨《うらや》ましい～！」

「そ、そうかなぁ～っ!?」

私はクラスメイトたちにまんまと乗せられています。

だって、お世辞《せじ》でも嬉しいじゃん？　ス、スタイル良いなんて！

はずかしかったけど、思いきってビキニにしてよかったかも！　なんて。

「へへへ、へへへへ」

ニヤける。ゆるみっぱなし。

クラスの男子たちは、BBQ《バーベキュー》の準備といって炭起こしだったり、食材調達だったり、いろいろとやってくれていて、『女子は肉が焼けるまで遊んどけば？』と、クラス委員の嶋中《しまなか》くんが言ってくれたのでお言葉に甘えました。

あざ～っす!!

嶋中くんって、好青年で知的でサラサラな黒髪をなびかせてる、いわゆるイケメンなんだけど、冷たい印象はゼロ。

むしろフワッと柔らかい優しい感じの男の子で、女子からの人気は南くんと１、２を争うくらいなんだよね。

まぁ、分からんでもない……でも私は南くん一筋《ひとすじ》でっす!!

「佑麻ちゃ〜ん！　茉央ちゃ〜ん！」

「一緒に海入ろ〜！　冷たくて気持ちいいよ〜!!」

すでに海に入っている女子たちはキャッキャと水しぶきをあげてはしゃいでて、大きな声で私たちに声をかける。

「佑麻ちゃん、どうする？」

茉央ちゃんの問いかけに、青ざめる私。

「や、私はまだいいかな〜。茉央ちゃん入ってきなよ！」

私の言葉に「？」を頭に浮かべながらも「じゃあ、先入ってるね！」と海へと駆けていく茉央ちゃん。

……そうなんです。

私、泳げないんです。

挙句《あげく》、過去に溺《おぼ》れたこともありまして、海はあまり得意じゃないのです。

「……どうしよ」

とはいえ、茉央ちゃんも海へ行ってしまった今、ビーチに女ひとりの可哀想《かわいそう》な奴と化した。

こうなったら仕方ない。

男子チームと炭の火起こしでもするか。

……海に入らないなら水着いらないだろって？

だって、南くんに見てもらいたかったんだもんよー!!

（※南くんは、あなたのビキニ姿を求めていません）

「……あ、あの〜。私もこっち手伝ってもいい？」

火起こし中の嶋中くんへと近寄り問いかければ、驚いたような顔をされたあと、パッと目を逸らされる。

　え!?　何、やっぱりダメ？

「森坂は……海は、いいの？」

「あ、うん……本当は海苦手で」

　そう答えれば「なるほどね」と笑ったあとで、

「火起こしは、水着じゃ危ないから……南たちと食材の下ごしらえしてもらえる？　野菜切ったり」

　と、後ろのパラソル下を指さした。

　み、み南くん!?

　さっきはどんなに探しても見つけられなかったのに。

「材料調達班、さっき遅れて着いたみたいだね！」

「っ！」

　そんな私の思っていることが分かったのか、嶋中くんはニコッと笑って「よろしくね」と私の肩にポンと触れた。

「み〜な〜み〜くん！」

　ルンルンと、スキップで南くんのところへ駆け寄る。

「……っ」

　ん？　一瞬すっごい眉間にシワ寄らなかった？

「おはよう！　いい天気でよかったね！」

「……なんでいんの？」

　え！　いやいや、同じクラスだもん、いるよ！

「だって、クラス会だし……!?」

　南くんの他にも男子メンバーが５人いて、ピーマンや玉ねぎを不器用ながら切っている。

「そうじゃなくて……はぁ」

「？　……あ、みんな！　私やるよ！」

　南くんの深いため息はいつものこと、とあまり気にせずに近くにいた男子と代わって野菜を切っていく。

　――トントントントントン。

「おぉ！　さすが女子っ！」

「こ、これくらいみんなできるよ！」

　なにげなく作業する私を、まじまじと見つめる男子の視線に緊張してしまう。

「……つつーか、森坂細くね？　折れそう」

「へ？　……な！　そんなことない！」

　ふと、近くにいた男子の手が私の腕へと伸ばされて、あと少しで触れる……そう思った時。

「っわ、わぁ!?」

　それを阻《はば》むかのように、反対側の腕が引かれて、バランスを崩《くず》し、そのまま私の体は……。

「みみみ、南くん!?」

　気付けば南くんの腕の中にスッポリと収まってしまっていた。

　ひぃ～～～～!!

　ひょえ――――――!!

　誰か、誰か誰か助けて！

　死ぬ！　息できない！　無理！

　南くんの腕の中。香る南くんの匂い。

　周りにいつ男子たちはもちろん、南くんの顔さえ見えないこの状況で、聞こえてくる周りからの「おぉ～!!」だの

「ヒューヒュー」って冷やかしに、カアァッと顔が熱を帯びていくのが分かる。だけど……。

「……その体型でその水着は無理あるだろ」

「っ!!」

　耳元で発せられた南くんの声は低く、告げられた言葉は私の心を凍《こお》らせるには十分すぎて、私は声を出すこともできずに、ただ立ち尽くす。

　マジか、みんなに可愛い、スタイル良いとチヤホヤされて浮かれてた。

　いちばん褒《ほ》めてほしかった南くんに褒めてもらえないんじゃ、何のために買ったノォオオ──!?

「……パーカー着とけば？」

「パ、パーカーなんて持ってきてな──」

　私の言葉を遮って、南くんの腕とは違う、でも暖かい何かに包まれる。

「脱ぐなよ」

「……南くんの匂いがする!!」

「キモい、いいから黙って着てろ」

　肩にかけられた南くんのパーカー、フワッと香る南くんの匂いに、さっきまでのブルーはどこへやら。

　めっちゃときめいています!!

　そのあとすぐに、南くんは私から離れて作業に戻ってしまった。

『ちゃんと前のファスナーも閉めろよ』

　と、どこまでも限りなく私の体に興味がないらしい南くんに従ってファスナーを上げた。

パーカーとはいえ、メンズのパーカーはワンピースのようになって、ほとんど水着を着てることを忘れてしまうほど。

でも、南くんのパーカー……。

「ぐへへ……幸せ」

安い幸せだと言われてもいいもん！　だって好きな人の匂いがする好きな人のパーカーを、好きな人に着てろって言われたら……。

ねぇ!?　どうよ!?

そりゃもうニヤけるっしょ!!

「おーっし！　火ついた！」

なんて、よだれ垂《た》らす寸前の私。そんな中、嶋中くんの声が聞こえてきて、いよいよこれからBBQスタートです！

「で、なんで佑麻ちゃんここにいるの？」

「だ、だって……」

それからBBQは進み、それぞれお肉やウィンナーを頬張る。

南くんのパーカーを着たまま、私はレジャーシートの上に茉央ちゃんと体育座りをしている。

見つめる先には……。

「南くん、お肉焼けたよ～！」

「あ、うん。ありがとう」

「ねぇねぇ、南くんの好きなタイプってどんな子？」

「……んー、どんな時も俺だけ見ててくれる人……かな」

「えー！　何それ言うことまでイケメン！」

　水着姿の女子に囲まれてる南くん。

「はぁ〜……」

　無理だ。

　だって、水着姿見せてパーカー着てろって言われる私と、水着姿のまま南くんに笑顔を向けることができる彼女たち。

　これ、勝ち目ないやつ。

「佑麻ちゃん、南くんのパーカー着てるのに浮かない顔だね〜！　私なら優越感《ゆうえつかん》で舞い上がるところだよ」

　隣でぐるぐるウィンナーを頬張りながら、茉央ちゃんは私にそんな言葉をかけるけれど、その視線の先には常に宮坂くんがいる。

「茉央ちゃん、行ってきなよ！　宮坂くんの所。私なら大丈夫だから！」

　女子に囲まれてる南くんを見ながら、あからさまにテンションだだ落ちの私のために、茉央ちゃんはずっと隣にいてくれていた。

　きっと、宮坂くんの所、行きたいよね。

　茉央ちゃんってば、私のことなんてほっといてくれていいんだよ!!

「で、でも！　いいの、私は今、佑麻ちゃんといたい気分だから」

「私は茉央ちゃんと宮坂くんを応援してるんだよ？　私の

ためを思うなら頑張ってアピールしてきて!!」

ね？と首をかしげれば、茉央ちゃんはふわりと笑った。

「ありがとう。少しだけ行ってくる！　……すぐ戻るからね！」

そう言って立ち上がった茉央ちゃんの背中にエールを送って見送る。少しの寂しさに襲《おそ》われる私だけど、そんな気持ちに勝るくらい温かい気持ちにもなった。

早く両想いだって気付けばいいなぁ。

それで、茉央ちゃんと宮坂くんには幸せになってほしい。心からそう思う。

……にしても、ひとりは心細い。

目の前には相変わらず女子に囲まれてる南くん。

反対を見れば、楽しそうに話す茉央ちゃんと宮坂くん。

そして、それを少し離れた場所で見守る私。

何これ。

ジュースも空になったし、注ぎに行こうかな～……なんて思ってた頃。

「森坂、ちゃんと食べてる？　はい、これ持ってきたから食べて。あと、ジュースも」

「わ、ありがとう！　嶋中くん」

ナイスタイミングで登場したのは、嶋中くん。

さすがクラス委員、周りがよく見えてるんだろうなぁ～なんて感心していると、ストンッと、隣にそのまま腰を下ろした。

さっきまで茉央ちゃんがいたそこに、今度は嶋中くんがいる……なんて不思議な光景なんだ！

　でも待てよ。これは救世主じゃない？

　考えてみろ、佑麻。

　お前は今、まさかのぼっちという哀《あわ》れな存在。つまり、嶋中くんが隣に座ってくれた今、ぼっちから解放されるんだぞ!!

　ありがとうございます！

　じつは心底寂しかったんですぅ！

　と、心の中でひれ伏しながら、この際だから仲良くなろうと考える。

「嶋中くんは、なんでクラス委員になろうと思ったの？」

「んー、好きでやってるわけじゃないよ。誰もやらないと話し進まなくてHR終わらなそうだったから」

「そうなんだ……それでもみんなのことまとめててすごいなぁっていつも思ってたんだ〜！」

「そうかな？　俺は南に冷たくされてもめげない森坂の方がすごいと思うよ」

　そう言って、クスッと笑うと爽《さわ》やかな笑顔で見つめられる。

　や、やばい！　気にしてなかったけど、嶋中くんスーパーイケメンじゃん!!

　もちろん、南くんには負けるけど……。

「み、南くんって手強くて……モテモテだし」

　今日はいつものウザいくらいのアタックもできずに、指をくわえて見てる始末。

「フッ、たしかにかっこいいしね」

「そう！　そうなの!!　分かってくれる？　南くんって本当に中身までかっこいいんだ!!」

　思わず嶋中くんの手を取り熱弁《ねつべん》する私に、一瞬驚いた顔をした嶋中くんはパッと私から視線を逸らす。

　あれ、この感じ……さっき南くんにもされたような？

「森坂って、無自覚なの？」

「え？　何が？　無自覚？　……いやいや！　南くんを好きなのはとっくに自覚済みっ!!」

　言い終わる前に、いきなりグイッと手首をつかまれ引き寄せられる。

　なななななんじゃこの状況〜!!

　至近距離すぎるんですけどっ。

「その自覚じゃないんだけどね」

「〜〜っ！」

　何事もないかのようにニコッと笑われ、私の心臓が南くん以外にドクンドクンと速くなるのを感じている。

　こ、これじゃ南くんに合わせる顔がないよぉ！

「そのパーカー、南のだよね？　来た時、あいつが着てるの見た」

「あ、うん……たぶん、私の水着姿なんて見たくないってこと……かな」

　言っててかなり虚しいけど、ハハッと笑って見せれば。

「森坂の水着姿……可愛いかったのに。もったいないよ？　南のパーカーなんか脱いじゃいなよ」

「〜〜っ!! い、いや……あの」

　そんな直球な言葉と、目と鼻の先にある嶋中くんの顔にタジタジ。

　ど、どどどうしよう。

　どうにかこの状況から抜け出さなきゃ、心臓が持たない!!

「ねぇ、森坂……」

　そう言いながら、私の着ている南くんのパーカーのファスナーに手がかけられる。

「あ！　まっ、嶋中く……」

「おい、変態。勝手に人のもんに触るな」

　——ドクンッ。

　顔を見なくても分かる、この声はまちがいなく……私が大好きな人。

　その声の主は、そのまま私の背後からファスナーへと手をかけていた嶋中くんの手を払いのける。

　ってか……人のもんに触るなって!!

　そ、それって私のことですか!?

　南くんっ!!

　いまだに状況を把《は》握《あく》しきれないながらに、脳内はバラ色。

　ついに、ついについに！　南くんの『俺のもの』宣言キタァー!!

「……それ、俺のパーカー」

　そうそう!!　これ、南くんのパー……ん？

　パーカーの話かよ!!

そうだった、南くんがわざわざ私に触るな！って言うために来てくれるわけがない。

でも、そんなに触れられたくないほど大切なパーカーなの？

……それを、私に貸してくれてるの？

そ、それは、それでおいしい!!　キャ――!!

「ふぅん、大事なんだ。パーカー」

何か試すような嶋中くんの視線に、眉間にシワを作る南くんは、

「とりあえず、返してもらう」

「っぅわ！」

それだけ言うと、私の手首をグイッと引き寄せムリヤリ立たせるとそのまま歩きだす。

短時間で多くのことが起こりすぎた時、人は何ひとつ理解できないまま流される。(by佑麻)

「あ、またあとでね！　嶋中くんっ！」

引きずられるように南くんについていく私は、チラリと後ろを振り返り、嶋中くんへと手を振る。

それを見た嶋中くんは、クスッと笑みをこぼしながらも手を振り返してくれた。

何がどうなってるんだろう。

ない頭をフル回転させたって、答えにたどり着くはずもなく……。

「み、南くん……パーカー返そうか？」

少し人けのない海辺まで連れてこられた私は、南くんと

ふたりきり!!　なんてはしゃぐ気にもなれず……。

　ただ沈黙が続くこの状況から抜け出したくて声を出す。

「は？」

　ひぃ!!

　な、なんで怒ってんの！

　だって、嶋中くんに触られて怒るくらい大切なパーカーを、私が借りて着てる方が不自然っていうか……。

「大事なパーカーなんでしょう？」

「……つーか！　……はぁ。いいから着とけ。水着でいられる方が無理」

　――グサッ。

　マジか、マジですか。

　嶋中くんに触らせたくないほど大事なパーカー。

　私に貸してくれてる理由は、水着姿を見るよりマシだから、ですか。

「あ、私……服に着替えてくるよ！　だからパーカー返す!!」

　そうだ、そうしよう。

　そしたら南くんの大事なパーカーは返せるし、水着姿を見せなくても済む。

　パーカーを脱いで南くんに手渡せば、盛大《せいだい》なため息が聞こえてきて思わず身構える。

「俺の許可なく脱ぐな」

「……へ？」

　そう言って再び肩にかけられる南くんのパーカー。

「……似合ってんじゃねえの？　馬子《まご》にも衣装」

「〜〜っ」

そう言って笑う南くんは、いつもの意地悪な笑顔でも小バカにした笑顔でもなくて、言葉とは裏腹にすごく優しい顔で私を見下ろしているから、心臓鷲《わし》づかみにされた気分だよ!!

「……分かったら着とけ」

「南くん……大好き大好き大好き大好き!!」

「うっさいから」

ニヤニヤが止まらない。

あの冷徹《れいてつ》を極《きわ》めた南くんが、水着を褒めてくれました。

南くんが何を考えてるのか……。

イマイチ謎が多くて、くじけそうになる日だってたしかにあるけど。

たま〜に投下される南くんの優しさに虜《とりこ》にされて。

結局、気付けば全力で南くんに愛を伝えている私はいつか報われるのかな？

「おいしそ〜！　お肉っ！」

そのあと、南くんとBBQへと戻った私は、おいしそうに焼けたお肉たちを前に大はしゃぎ中。

「ほら、箸《はし》」

「ありがと！」

クラスの男子が手渡してくれた割り箸を受け取り、さっそく食べようとする。

「いっただきま〜っ、あぁ!?」

が、私が網《あみ》の上から選んだおいしそうに焼けたカルビは、なぜか突然横からやってきた南くんに横取りされて、一瞬で私の箸から姿を消した。

「んまっ」

意地悪な顔で、私の箸から横取りしたカルビを頬張る南くんに、私の思考はフル稼働。

だってよく考えてみてよ。私の箸で南くんがカルビを食べたんだよ？

つまり何？　……この箸で食べたら……南くんと間・接・キッス♥？

ヒャー!!　やばい。幸せすぎで鼻血出そう。

あーこの箸絶対捨てない。

南くんと箸を交互に見ては、目をキラキラと輝かせて満悦の表情を隠せない私。

「南くん!!　こ、この箸で食べてもいいの？　間接キスだけどいいの？　っていうかもっと食べる？　食べさせますよ！　喜んで！」

これを聞いた南くんが、いつもの冷たい南くんに戻って『うるせぇ』と呟いたのは言うまでもない。

そして、割り箸を持って帰りたいと駄々をこね、茉央ちゃんに「それはマジでキモい」と言われたので泣く泣く捨てたのも言うまでもない……。

でも、南くんにパーカー借りたり、水着を褒めてもらったり、お肉あーんしてあげたり。

とっても幸せなクラス会になった。

夏祭りに行こう、南くん

「どうだった？」

「ギリギリ補習は免《まぬが》れたよ〜」

「よかったね！　佑麻ちゃん、あんなに頑張ったもん。大丈夫だと思ってた」

「うぅ〜、茉央ちゃんのおかげだぁ」

　夏も本番を迎えた今日この頃、学校中が夏休みへと気持ちをワープさせている。

　そして、夏休み前の最難関。期末テストの結果が今日返ってきたわけなのです。

　いつもいつも何かしらひとつは赤点があった私が、今回は意地でも遊びたい！という一心で茉央ちゃんに勉強を教えてもらい、見事、赤点回避!!

　ついでにいえば、夏休みの補習も回避したのだ。

　どうだ、見たか！

　森坂佑麻、やればできる系女子。

　フハハハハハ。

「これで、夏祭り行けるね！」

「夏祭り……もうそんな時期だねぇ」

　茉央ちゃんの言葉に、教室のカレンダーへと視線をやる。10日後の８月１日は地元の夏祭り。毎年花火も上がりにぎわう、みんなが心待ちにしているイベント。

「南くんも誘って、宮坂くんと４人で行こうよ！」

「えっ!?　み、南くんと？」

　茉央ちゃんのいきなりの提案に驚いたけど、

「クラス会の時に、宮坂くんが４人で行かないか？って、誘ってくれたんだ」

　と嬉しそうに笑う茉央ちゃんに、こっちまで笑顔が溢れてしまう。

　これは協力するしかない。

　この夏祭りで宮坂くんと茉央ちゃん……恋人同士になればいいんだけどなぁ。


「あ、佑麻ちゃん！　ちょっと……」

「宮坂くん？　どうしたの？」

　帰りのHR開始前の10分休み、トイレへ行こうとしていた私は宮坂くんに呼ばれて廊下で立ち止まる。

「あのさ……その、祭りの時……ふたりにしてほしいんだよね。茉央ちゃんと」

　宮坂くんは言いにくそうに、少しだけ頬を染めている。

　なーんだ、そんなことか！と安心した私は任せて！と笑ってみせる。

「ほんと？　サンキュー佑麻ちゃん！　……その代わり、瀬那を祭りに誘う方法、教えてあげる」

「……？　南くんを、お祭りに誘う方法？」

　首をかしげた私に、宮坂くんはコソコソッとその方法を話し始めた。

　宮坂くん曰く、「最近の瀬那を見てる限りだと、かなり有効だと思うよ？」って。

「……本当にうまくいくかな？」

「絶対、大丈夫！　とりあえず騙《だま》されたと思って試してみて」

　そう告《つ》げるなり、早々に教室へと戻っていく宮坂くん。

　試してみるしか……ないか。

　ってか、宮坂くんが南くんを誘ってくれればいいのに。そしたら断られる確率だって低いんじゃ……。

　そんなことをぼんやり考えていたら、あっという間に放課後になっていた。

「南くん!!」

　教室を出ていこうとしている南くんをロックオン。

　慌てて声をかけて、ダルそうに振り向く南くんに駆け寄った。

「何？」

「南くん、夏祭りに行きたい」

「……勝手に行けば」

　だよね。やっぱりそうだよね。

　大丈夫、想定内だから。

　宮坂くんの作戦はまだまだこれから。

「一緒に」

「やだ」

　ほ、本当に宮坂くんの予想パターンそのままだ!!

　もしかして……本当に成功しちゃうのかな？

「だ、だよね。諦める」

作戦その1。

潔くきっぱり諦めたかのように振る舞う。

「……何、その気持ち悪いくらいの潔《いさぎよ》さ」

お？　おお？　反応あり!!

いい感じじゃない？

これ、OKもらえるんじゃ……。

「いや、だって……いつもしつこくしてたら、南くんに愛想尽かされちゃいそうだし」

作戦その2。

あえて控えめに出てみる。

「へぇ。いい加減、俺の迷惑も考えられるようになったわけだ」

そう言いながら、ニヤッと笑う南くんは余裕そうな表情で控えめ発言をする私を見おろす。

あぁ、その顔ですらかっこいい。

ときめきメーター振りきるんですけど！　もうときめき値、測定不能ですけど！

よし!!

作戦その3。

南くん以外の名前を出してみる。

「うん……今回は工藤くん誘うことにする！　引き止めてごめんね」

「…………」

あれ、宮坂くんの作戦では、ここで南くんは確実に「俺が一緒に行く」って言ってくれるはずだったのに、南くんは口を開くことなく、ただ鋭《するど》い視線で私を殺しにかかる。

　やばい、殺《や》られる。

　まとってるオーラだけでも、命が危ない。

「なんで俊哉誘うわけ？」

「み、宮坂くんに茉央ちゃんとのキューピット頼まれてるの……だからふたりっきりにしてあげたくて。でも私もひとりだと心細いし、だから工藤く……」

「何時？」

　私の言葉をよくよく遮ってくる南くんは、不機嫌そうな顔この上なく、ポツリと単語で問いかけてくる。

　もちろん、単細胞この上ない私は瞬時にその単語だけで何を聞かれてるのか理解するのに時間がかかる。

「……だから、祭りは何時からだって聞いてんだよ」

「えっ！　南くんもしかして一緒に行ってくれるの？」

「……さぁ？　ただ聞いてみただけ。質問に答えろよ」

　相も変わらず鋭い視線で私を見つめてくる南くんには、クラス会での甘い雰囲気は何ひとつありません。

　こんなはずじゃなかったのに、宮坂くんの嘘つき～!!

「８月１日の18時に神社の鳥居《とりい》前に集合って……宮坂くんが言ってました」

「ふぅん、気が向いたら行ってやるから、俊哉は誘うな」

「き、気が向いたら!?」

　それじゃ、南くんの気が向かなかった場合は？　私ぼっち!?

　クラス会でもぼっちを味わったのに、夏祭りでもぼっちを味わえと!?

そんな鬼畜《きちく》なことって、ありですか？

とは、思いながらもここは惚れた弱み。

「わ、分かった。工藤くんは誘わない」

南くんの気が向くことを祈ってしまう私は、結局、大きな賭《か》けに出てしまいました。

「遅いな、瀬那の奴」

「18時に鳥居前って伝えたんだよね？」

「うん、一応。気が向いたら来てくれる……って」

あれよあれよと夏休みはやってきて、今日は約束の夏祭り。

只今《ただいま》の時刻、18時10分。

約束の時間から10分が経《た》っても、南くんは来る気配がない。

「気が向いたらってなんだよ！」

はぁ……とうなだれる宮坂くん。

そうだよなぁ。

せっかく隣には浴衣《ゆかた》姿の可愛い茉央ちゃんがいるっていうのに、夏祭りに行くのおあずけさせられてるんだもんね。

よし……。

「あ、南くんからだ」

私はそう言うと、スマホでメッセージを確認するそぶりを見せる。

いや、実際はメッセージなんて届いてないんだけどね？

ってていうか、南くんの連絡先すら知らないという悲劇。

「なんだって？」

「えーっと……あと10分くらいで着くみたい！　だからふたりは先に行ってて？　私は南くんが来たら一緒に行く！」

「ね？」と宮坂くんに目配りすると、宮坂くんはコクンとうなずいて茉央ちゃんへと向き直った。

「茉央ちゃん、先行ってようか」

「え、でも……佑麻ちゃんひとり置いてくのは……」

「あー！　もう、私はぜんぜん大丈夫！　すぐに南くん来るから！」

茉央ちゃんは私と南くんがお互いの連絡先を知らないのを知ってる。だから、まだ何か言いたそうな茉央ちゃんをムリヤリ宮坂くんへと押しつければ、

「じゃあ、何かあったら連絡してね！」

「またあとで、合流な！」

そう言って宮坂くんと茉央ちゃんは、仲良くお祭りへと歩いていく。

やっぱり、お似合いだなぁ〜。

今日はふたりのキューピットだもん、これでよかったんだ。

南くんの気が向くことを祈って、気合い入れて浴衣まで着てきちゃったのに。

バカみたいだ。

分かってたはずなのに、大きな賭けに出たばっかりにつ

らい結末を迎えてしまった私。

「……やっぱり、工藤くん誘えばよかった」

なんて、後悔してたりして。

でも、南くん以外の男の人と夏祭りに来たって仕方ないって、頭のどこかではちゃんと分かってる。

「へぇ、俺より俊哉がいいわけ？」

「そうじゃないけど、でも……っ!?　南くん？」

鳥居前にひとり、しゃがみ込んでいた私の前には私服姿の南くんが見える。

あれ……ついに幻覚《げんかく》まで見えてる？

「でも、何？」

「わ、私……南くんに会いたすぎて、南くんの幻覚まで見えるようになっちゃった」

それでもいい!!

いつでも会いたい時に南くんに会えるもん!!

「何わけ分かんないこと言ってんの。本当バカだな」

そう言いながら私の手を引っ張り、立ち上がらせた南くん。私服姿は、海でも見たというのに、いつもの制服姿と雰囲気が違って心臓がもちそうにない。

「……ふふ」

「キモい。いや、マジで」

いいよ、キモくても。

南くんが来てくれたことがこんなにも嬉しいんだから、今の私にはどんなキツい言葉も効かない。

「宮坂くんと茉央ちゃんは、先にふたりでお祭り行ったよ。

気持ちが通じ合えばいいなあ」

　ふふっと再び声を漏らした私に、

「ま、大丈夫だろ」

　と、南くんはめずらしくまともにお返事をくれました。

「私たちも行こう！」

　南くんに笑いかけて歩きだすと、すぐに私の腕は南くんに捕《とら》えられた。

「祭りは行かない」

「へ……？」

　今なんて？

「だから、祭りには行かない」

「や、やだやだ!!　なんで？　だって、せっかく南くんのために浴衣着てきたのに！　南くんと一緒に夏祭りに行けないなんて意味ないよ！」

　５歳児のように駄々《だだ》をこねる私は、そのまま南くんの左手を握りブンブン振り回す。

「ねー、南くん！　ちょっとだけ行こうよ〜！」

「……俺のために、水着の次は浴衣かよ」

　そんな私を呆れたように見つめている南くんの目はどこか優しい。

「え？　……うん」

「俊哉と来てたとしても、浴衣だったんじゃねぇの？」

　たしかに、そう言われれば否定はできない。せっかくだから、って着てたかもなぁ。

「……ほらな。来てよかった」

「え？」

「……なんでもない」

　え？　素直に聞こえなかったのに!!

　結局、何度聞き返しても南くんが二度と教えてくれることはなく……。

「南くんのケチ、どケチ」

　ふて腐《くさ》れる私をよそに、南くんはめずらしく楽しそうに笑っている。

「みみみ南くん!!　分かってないでしょ!?　南くんの笑顔は犯罪級なんだから!!　そんな簡単に笑わないでっ！」

　直視できない！

　か、かっこよすぎる……。

　やっぱり、笑うとできるえくぼは人懐っこそうに見えるのになぁ。

　どうしてこんなにもクールなんだ、南くん。

「じゃあ、お前には二度と笑わない」

「ぇぇええ!!　ち、違う！　そういう意味じゃなくて……や、やだ！　笑ってくれなきゃやだよ〜！」

「今日はよく駄々こねる日だな」

　再び南くんの腕をブンブン振って、自分の失言を取り消してくれと請《こ》う私に、南くんはまた言葉とは裏腹《うらはら》に優しく笑うから。

「〜〜っ！」

　あぁ、また恋に落ちた。

　いや、落ちっぱなしなんだけどね。

　常にいちばんの深みにいて、抜け出せた試しがないんだけどね？

「行くぞ」

「え……!!」

「え、じゃなくて。祭り行きたいんでしょ？」

　違う、違うんだって南くん!!

『祭り行きたいんでしょ？』じゃなくて。

「み、南くん！　ててて、手が……っ」

　大きな南くんの手に、すっぽり包まれる私の手。ひんやり冷たいその手は、私の体温を落ち着かせるかのようにギュッと握られている。

「今日だけな」

「そ、それは……今日だけ南くんの彼女になってもいいってことですか？」

「……自惚れんな」

　はい、違いました。

　でっすよね〜!!

　じゃあ手なんて繋《つな》がないでほしい！　ドキドキしすぎてお祭りどころじゃない。

「そういえば、礼央たちはどうする？」

「あ、あとで合流しようって……」

「ふぅ〜ん、する？」

　にぎわう人混みの中、それでも繋がれている手を見て思わずニヤける。

「え？　……する？って？」

「だから、礼央たちと合流。今頃、付き合うことになってるかもよ、あいつら」

　そんな南くんの言葉に、素直に「あ！　そっか！」と思う。

　じゃあ、合流なんてしたら邪魔だよね。

　でも、南くんとこのままふたりってどうなんだろ？

　私的にはデートみたいで、すっっっごい嬉しいんだけどなぁ～。

「じゃ、じゃあ……帰ろうか？」

「佑麻はそれでいいの？」

　下駄《げた》を履いている私に合わせて、ゆっくり歩いてくれていた南くんの足が止まって、自然に私も歩くのをやめた。

「……わ、私はぜんぜん！」

　ってのは、強がりだけど。

　今の状況だけでも私には信じられない奇跡《きせき》であって、これ以上を望むのは……。

「佑麻って、本当に俺のこと好きなの？」

「え……っ」

　なんでそうなるの？

　好きだよ、いやもう好きなんて言葉じゃ言い表しようがないくらいに大きくなったこの気持ちを、日々どうすれば南くんに伝えられるか……。

　そればっかり考えてるのに。

「グイグイ押してくるかと思えば、変なところはいつも引き気味《ぎみ》でさ。それって、計算なわけ？」

……えっと、南くんは何の話をしてるんだっけ。

計算なんてできる頭があれば、数学でいつも赤点ギリギリなんて取ってない。

「……好きだよ、すごく」

「だったら常に全力で落としにこいよ。中途半端《ちゅうとはんぱ》な想いなんかじゃ、俺は落とせねぇから」

南くんは、クールで毒舌《どくぜつ》で、私のことなんかちっとも好きじゃない。

だけど時々すごく甘くて、それに引き換え私の胸は苦しくて……。

永遠に、私の手には届かない。

そんな人だと思うんだ。

私、これでも全力で南くんにぶつかってるつもりなのに。これ以上、どうすればいいんでしょうか？

「はい」

「あ、ありがとう」

結局、せっかくだから花火を見てから帰ろうと言われ、私たちは待ち合わせ場所だった鳥居のある神社の石段に座り込んだ。

手には、南くんが買ってくれたカキ氷。

私はイチゴミルクで、南くんはレモン。

『全力で落としにこいよ』

頭の中では、さっきの南くんの言葉がエンドレス再生されてて、私の気持ちが、もしかしたら１ミリも伝わってないのかなって思うと、胸がギューって苦しくなる。

「私たちしかいないね」

「穴場だな」

「……うん」

　ど、どうしよ。

　会話続かないんですけど!!

　南くんは普段からこんなもんだし……いつも私って何話してるんだっけ？

　テンパりすぎて、頭が回らない。

　な、何か話さなきゃ!!

「……じ、神社のね、石段に座ってキスするの」

「は？」

　突然話しだした私に、カキ氷を食べる手を止めて私へと視線を向けた南くん。

「昔読んだ漫画でね、主人公の女の子が好きな人を夏祭りに誘うんだけど、その男の子、約束の時間になっても来なくて。結局、花火始まっちゃうの。女の子は、ひとりで神社の石段に座って花火を見てるんだけど、そこに男の子が遅れてやってきて、文句を言う女の子に『もう黙ってろ』って、そのまま花火が打ち上がるのと同時にキスするの」

　……言い終わってハッとする。

　私は何を言ってるんだ!!

　思わず昔読んだ大好きな漫画の大好きなワンシーンを思い出してつい口走ってしまったけど……１歩間違えば、私がキスしたいって言ってるみたいじゃん!!

「……あ、違っ！　い、今のなし！」

「ふぅ〜ん、強引なのが好きなわけ？」

　違っ!!

　いや、南くんになら何されても、って……。

「そ、そうじゃなくて！　そんな漫画あったなぁ〜って、懐かしくなっただけ、です」

「……あっそ」

　──ヒュ──────ド──ンッ。

「……あっ」

　タイミングが良いのか、悪いのか。

　花火が夜空に打ち上げられて、私たちを照らした。

「……始まった、な」

　南くんの言葉にうなずいて、私は石段から立ち上がる。

　さっきまでのことなんて何ひとつ忘れて、ただ目の前に広がる花火に夢中になる。

「キレイ〜!!　ね、南くん！　あれハートの形だよ！」

「あ？　いや、モモだろ」

「え!!　どう見てもハートだよ！」

　モモって南くん！

　花火大会でわざわざモモの花火を打ち上げて誰が喜ぶんだってーの。

「あ！　今度はニコちゃんだ！」

　どんどん打ち上げられる花火を、南くんの隣で見ている。

　それが、夢みたいで嬉しくて、終わらないでと願った。

「そろそろフィナーレかな？」

このまま終わらないでほしいと祈った打ち上げ花火を見上げて、つい寂しさに襲われる。

「だな」

「そういえばこの前のクラス会で嶋中くんがね？　夏休みにみんなで花火しようって！　嶋中くんの家の前に川が流れてるみたいで、それで嶋中く……」

「佑麻」

不意に名前を呼ばれて、石段に座っていたはずの南くんの気配をすぐそばに感じて振り返れば……。

――――っっ!!

何かが唇《くちびる》に触れる感触……。

そして、すぐに離れていく。

「え……」

すぐ近くには南くんの整った顔があって、キスされたんだと気付くまで時間がかかった。

「嶋中、嶋中うるさいんだけど。少し黙ってろ」

「〜〜っ」

な、なななな、何!?

あまりの出来事に何も言うことができず、ただ南くんを見つめる。

な、なんでこんなことになったんだろう？

南くんにキスされたよね？

夢？　全部夢？　……あー、ダメだ、鼻血出そう。

どんな気持ちでキスをしたの？　とか、これは夢じゃないよね？　とか、いっぱい聞きたいことはあるのに、私は金魚のようにただ口をパクパクしている。

　ひとつ言えるのは……私にとって間違いなく最高の夏になった、ってこと。

★Chapter.Ⅱ ハイライト南くん★
…
似合ってんじゃねぇの?

Chapter.Ⅲ

噂のライバル？と、南くん

「え！　夏休み中、何もなかったの？」

「……えっと、うん」

長いはずの夏休みはあっという間に終わって、ついに新学期を迎えました。

始業式の日にすでに授業も始まるうちの学校。私は茉央ちゃんといつものようにパンをかじりながら昼休みを過ごしています。

あの夏祭りの日、家に帰ってから茉央ちゃんに電話をかけた。

合流しなかったことの謝罪と、南くんにされたキスのことをひとりでは抱えきれなくて……。

一通り話しを聞いてくれた茉央ちゃんは、『夏休み中に、南くんからお誘いとかあるかもよ？』ってアドバイスをくれたんだけど、実際、そんなお誘いは一度もなく……嶋中くんたちとの花火にも、南くんは来なかった。

って、その前に南くんの連絡先も知らないんだけどね。

「なんでぇ？　絶対、嶋中くんの話聞くの嫌だからキスした、イコール、ヤキモチ妬いたってことでしょう？」

普段、おだやかな茉央ちゃんがめずらしく荒ぶっている姿を見て思わず笑ってしまう。

「ちょっと、佑麻ちゃん笑い事じゃないよ？　ファーストキス奪っといて何のアクションもないなんて、男としてどうかと思う！」

　……うん、たしかに言われてみれば。

　キスされて動けなくなった私とは打って変わって、南くんは本当に何もなかったみたいに、いつもの南くんに戻ってしまった……。

「あ、でも私……ファーストキスじゃないよ？」

「え!!　佑麻ちゃん、初めてじゃなかったんだ！」

　うん、だって私。

「小さい頃、お兄ちゃんが私のこと可愛がりすぎてしょっちゅうチュッチュされてたみたいでね？　だから……」

「佑麻ちゃん……それはカウントしないんじゃないかな？」

　茉央ちゃんの呆れ顔に、内心ヒヤリとしながら目をパチクリさせるけど、じ、じゃあ私のファーストキスの相手は、お兄ちゃんじゃなくて……みみみ南くん!?

　ひぃぃいい〜〜〜〜!!

「あ、でも……もし南くんにキスの話されたら、それ、使えるかもしれないよ」

「と、言いますと？」

　何やら悪だくみする茉央ちゃんが、私の耳元でコソコソと話し始める。

「南くんが初めてじゃないから、気にしないでって、南くんに言うの。絶対効果があると思う！」

「……？　そんなことでいいの？」

「案外、南くんには“そんなこと”じゃないかもしれないよ！」

茉央ちゃんは楽しそうに笑うけど、私にはイマイチ分からない。

でも、ここは茉央ちゃんを信じてみよう。どんな効果があるのかな……？

「あ、それからね」

「うんうん、それから？」

茉央ちゃんが言いづらそうに、話を切り出すから、私はピンと来てしまった。

夏祭りの日こそ、本当にただ純粋にお祭りを楽しんだだけみたいだったけど、

『夏休み中に、もう一度ふたりで会うことになったんだ』

と、茉央ちゃんのうちに遊びに行った日に嬉しそうに話していた。

つまり、そこでふたりは……。

「あのね、宮坂くんと付き合うことになったんだ」

ほら！　ビンゴッ！

「おめでとう!!　茉央ちゃ～ん!!」

よかったぁ。やっと両想いだってことに気付いてくれて自分のことみたいに嬉しい。

「ありがとう、佑麻ちゃん!!　佑麻ちゃんと南くんと４人で遊びに行ける日が来たらいいね、って宮坂くんと話してるんだ」

「私も、頑張らないとね！」

私の言葉に、緊張がとけたようにホッとした顔をする茉央ちゃん。きっと、自分だけ先に幸せになったことに少し

罪悪感を覚えてたのかもしれない。

「茉央ちゃんの幸せは、私の幸せだからね？」

　だから、心の底から喜んでいいんだからね!!

　宮坂くん、私の大好きな茉央ちゃんをどうぞよろしくお願いします。

　放課後、いつものように荷物をまとめて、ふと南くんの席に視線を向ければ、相変わらずキレイな顔で、同じく荷物をまとめている模様。

　南くんとの関係は、夏休み前と何ひとつ変わらず、南くんの中で私とのキスは気まぐれにすぎなかったのかもしれない。

　そんなことを考えていた時……。

「おい、あれ桃城《ももしろ》の制服じゃね？」

「おっ、マジだ！　てかめっちゃ可愛い！」

「校門前って誰か待ってんのか？」

　窓際《まどぎわ》にいた男子数名が窓から校門の方を見ながらザワザワと話し始めて、

「っ！」

　その声に弾《はじ》かれたように、窓の外へと視線を向けた南くんは、ハッとした顔をしてそのままカバン片手に早足で教室を出ていってしまった。

「……南くん？」

　南くんが去った教室で、噂されている校門前へと視線を向ければ……。

「わぁ、可愛い子……」

　校門前に立っていたのは、桃城女学園の制服を着た黒髪ミディアムヘアの女の子。

　桃城女学園は有名な女子高で、顔良し頭良し、もちろんスタイル良し。

　そんな子たちが集まっていて、入学試験も才《さい》色《しょく》兼《けん》備《び》を競《きそ》うような内容になっていると聞いたことがある。

「やっぱ、ただよう女子力が違う」

　そんな桃城の子が、なぜこんなところにいるのかと疑問に思いながらも、私は自分との女子力の差に感動さえしている。

　やっぱ、名門女子高は品があるなぁ～。

　そんなことを思いながら、再び自分の席に戻った私はカバンへと手を伸ばす。

「……おい、あれって南じゃねぇの？」

「うわ、マジかよ！」

「え、じゃあ……あの桃城の子って南の彼女？」

　帰ろうとしていた私は、そんな男子の声に再び窓際まで走る。

　う、嘘だ！　そんなわけない!!

　だって、南くん彼女がいるなんてひと言も言ってなかったのに……。

「……っ！」

　校門前、桃城の子と親しそうに笑い合うのは、やっぱり私の大好きな南くん。

「南、彼女いたの？」

　突然、背後から声をかけられたけれど、振り向かずとも嶋中くんの声だと分かる。

「私も……、し、知らなかった」

「……そっか」

　嶋中くんは、私の肩にポンッと軽く手をのせそのまま帰ってしまった。

　そして南くんとその子も、そのまま一緒に見えなくなった。

　ど、どどどうしよう。

　南くんを好きになってからいちばんつらい。

　あいにく、茉央ちゃんと宮坂くんは今日は一緒に帰るからと、ふたり仲良く先に帰ってしまっているし。

　きっと、そのまま放課後デートを楽しむんだろう。

「……うぅ〜……」

　ひとりの帰り道、思い出すのはさっきの校門前での光景。

　めったに笑わない南くんが、あの子には屈託《くったく》のない笑顔を向けていた。

　それがやけに鮮明に脳裏に焼きついて離れてくれない。

　あー！　もう、私の脳にはどんだけの高品質フィルムが搭載《とうさい》されているんだ!!

　普段は、南くんの貴重な笑顔とか、鋭いまなざしとか、鼻血ものの横顔……etc.を焼きつけるのに役立ってたはずなのに今はこんなにも迷惑してる。

　やっぱり、彼女なのかな？

前に南くんに好きな子がいるか聞いた時、南くんは否定しなかった。

好きな子……っていうか、彼女!?

でも、お祭りでのキスだって……彼女がいるならなんでしたの？　出来心？

そんなことってアリなのかな。

私が南くんのこと好きだから、なんでも許してくれるって思ったの？

……どのみち、南くんに彼女がいるのなら、私の思いを南くんに押しつけることはやめなくちゃね……。

翌日の朝。

「えぇ！　何それ！　だって、夏祭りで佑麻ちゃんにキスまでしたんだよね？」

「……う、うん」

茉央ちゃんに、昨日の出来事を報告すると、めずらしく激《げき》おこ状態の茉央ちゃん。

「信じられない!!　男として最低だよ、南くん！」

「……でも、最初から相手にされてなかったし。ほら！最後の思い出をくれた、のかも」

言ってて泣きそうになる。

茉央ちゃんの目には相変わらず怒りの感情が揺れてて、それだけでも私の心は救われるというものです。

ちなみに南くんはというと、いつもどおり……ほんといつもどおりで、なんだか考えてる私がバカバカしくなるくらい。

「……はぁ、もう南くんなんてやめて、新しい恋しようよ！　佑麻ちゃんには幸せになってほしい！」

　そう言って泣きそうに笑う茉央ちゃんに、私は静かにうなずいた。

　とはいえ、南くんに迷惑だって言われても、きっと私の気持ちは変わらない。

　それだけはこの先も断言できる。

　だから、余計……つらい。

　どんなに思っても叶《かな》わないなら、いっそ忘れてしまえたらどれだけラクだろう。

　南くんの彼女になりたい……なんて、やっぱり高望みだった。いつか振り向いてくれるかもしれないなんて、絵《え》空事《そらごと》だった。

　今日の授業は、ずーっと南くんのことばかりを考えて過ごした。って、それはいつものことなんだけど。

　私にしてはめずらしくネガティブなことばかりを考えて、勝手に落ち込んで、泣きそうになって、そんな自分に嫌気がさして……その繰り返し。

　だけど、どんなに考えてもやっぱり、南くんのことはこれっぽっちも嫌いになれなくて、それがまた私を苦しめる。

　そして、あっという間に迎えた放課後に安心したのもつかの間、私は今、絶賛震えています。

「佑麻、俺のこと避けてる？」

「え？　さ、ささ避ける？　なんで私がそんな……」

　いつもどおり帰ろうとしていた私は、教室を出てすぐの廊下でなぜか南くんという大きな壁に阻まれている。

　こんな人通りの多い場所で軽い壁ドン状態を繰り広げる私たちを、誰も気にとめない。

　（※正確にはカツアゲされているいじめられっ子的な絵）

　きっと、「森坂、今度は何やらかして南の逆鱗《げきりん》に触れたんだ？」くらいに思われているだろう。うん……。絶対そう。しかも、とっさに発した言葉は避けていることを肯定《こうてい》するような動揺っぷりで……。

「ふぅん。怒ってんのかと思った」

「えっ!?　なんで？」

　避けていたことを怒られるのかと思いきや、いきなり顔を歪《ゆが》ませた南くんに、ドギマギを隠せない私。今、絶対に挙動《きょどう》不審《ふしん》だと思う。

「……夏祭りの、アレ」

　気まずそうに呟かれた言葉に、一瞬でまっ赤になる私は“アレ”を勝手に“キス”に変換しちゃったけど、間違ってないよね？　ね？

「あ、えっと……？」

「怒ってない」そう答えようとしてハッとする。

　そういえば茉央ちゃんに言われてたんだった。初めてじゃないこと強調しなきゃ。

　っていっても小さい頃にお兄ちゃんと、なんだけどね？

「べつに怒ってないよ、初めてじゃなかったし」

「っ!?」

嘘をついてるわけじゃないから、意外にもサラッと言葉は出てきた。

そんな私を見て目を見開く南くんて、失礼だと思うんだけど。

私が初めてじゃなかったこと、そんなにびっくり?

「……なんだ、それ」

「え? ちょ、南く、ん」

私に背を向けて歩きだす南くん。

自分から話しかけてきたくせに、なんだよ!! ばかー! 南くんのあほー! ハゲ~!!

(※もちろんハゲていません)

南くんが階段を下りていくのを見届けて、ふぅと息を吐く。

南くん……なんか怒ってた?

練習着だったし、今日は部活かあ。昨日は、部活休んだのかな?

わざわざ、あの子のために。

黒い感情が心の中に渦《うず》を巻いて、このモヤモヤから早く解放されたい!!って叫んでる。

靴を履き替えて外に出れば、夏から秋へと少しずつ季節は変わり始めている。

もう少し涼しくなってくれればなぁ~、なんてあえて関係ないことを考えながら校門を出たところで、

「……っ!!」

私は呼吸すら忘れて足を止めた。

目の前には、昨日南くんと笑い合っていた桃城の制服を着た女の子。

うっわー!!　まつげ長!!　色白!!

ほっそ――!!

「あ、あの……すみません」

「へっ!?　あ、……は、はい！」

しまった……と、思った時にはもう遅い。なんで私、立ち止まったりなんかしちゃったんだろう。

バカだ。正真正銘《しょうしんしょうめい》のバカだ。

南くんの彼女かもしれない子に、自ら足を止めて声をかけられるって何事？

「２年の、南瀬那はご存知ですか？」

「あ、うん！　クラスメイトなの……えっと、用事かな？」

やっぱり、南くんに用事かあ。

いや、当たり前じゃん。彼女だもん。

それにしても腹立つくらい可愛いな。やっぱり南くんほどのイケメンには、これくらいの可愛い子がお似合いだよね。

「本当ですか？　よかったぁ。……これ、スパイクなんですけど、忘れちゃったみたいで届けに行きたくて……」

「あぁ～……ス、スパイク！　南くんならもう部活向かったから、グラウンドの奥にいると思うよ？」

「ありがとうございます！　助かりました」

ニコッと微笑みかければ、それを遥《はる》かに上回る可愛い笑顔を返されて胸に何かが刺《さ》さる。

ハートを射《い》止《と》められてる場合か、私！

そのまま、その子はグラウンドへと駆け足で向かっていってしまい、私の心にはいろんな想いが交差する。

あー、南くんとあの子はいつから付き合ってたんだろう？とか。

スパイク届けてもらうくらいだから、両親公認の仲なのかな～とか。

やっぱり、ぜんぜん勝ち目ないなぁ、とか。

南くんって、ズルいなぁ……なんて。

そんなことばかりをグルグル考えていた私は、気付けば自宅前に立っていた。

こんなボーッとしてて、よくも事故に遭《あ》わずに帰ってこれたな自分。

よくやった!!

と、イマイチよく分からない理由で自分を褒めて少しでもモチベーションを上げようと必死。

――ピロン♪

ん？

部屋に着くなり、スマホが鳴る。

【今日、廊下で佑麻ちゃんのハンカチ拾ったよ！　明日クラスに持ってくね。探してたら困ると思って報告まで！】

工藤くんだ……。

ハンカチ？　どこで落としたんだろ？

制服のポケットを確認しても、ガサガサとカバンを漁ってみても、たしかにない。

　そのハンカチは、入学祝いにおばあちゃんがくれたんだけど、ローマ字で“yuma”と名前の刺繍《ししゅう》が入っている。

　よかった、拾ってもらえて。

【お気に入りだったからすごく助かりました（>_<）　ありがとう、工藤くん】

　それだけ打って、送信。

　茉央ちゃんのオススメは工藤くん。

　チャラチャラしてそうに見えて、意外にしっかりしてるし……面倒見もいいし、それでいて童心《どうしん》を忘れない。

　きっと、私のことも大事にしてくれる……とか何とか。

　でも、工藤くんの私に対する“好き”は、完璧に妹を可愛がるような表現。

　いや、鈍感《どんかん》とか天然とかじゃなくて。

　これは間違いないと思うの。

　とりあえず､明日工藤くんからハンカチ受け取らなきゃ。


　翌日、昼休み。

「佑〜麻ちゃん！」

「あ、工藤くん」

　てっきり朝イチで来てくれるのかな？って思ってた私は、休み時間になるたびに隣のクラスの工藤くんを待っていた。

　べつにハンカチはいつでもいいんだけど、来てくれたタイミングで私がトイレ……とかだと、申し訳ないし。

「ごめん！　朝イチで返しに来るつもりだったんだけど、

寝坊してさっき学校来たんだ！　……はい、ハンカチ」

　なんだ、工藤くん寝坊したのか。

　半日勝手にソワソワしてただけだけど、このソワソワを返せと言いたくなった。

「ありがとう、工藤くん！　これおばあちゃんにもらったもので、大事にしてたの！」

「よかった、拾ったのが俺で。部活の休憩時間に教室に忘れ物取りに来たら廊下に落ちててさ！　“yuma”って名前見てすぐに佑麻ちゃんのだって分かった」

「そっか、工藤くんもサッカー部だもんね。本当にありがとう！」

「どういたしまして」

　そんな言葉と同時に、頭をポンポンと撫《な》でられる。

　ほら見て、茉央ちゃん！

　これは、妹にするみたいなポンポンだよ。確実に私、妹ポジションだよ。

「じゃ、またね！」

　そう言って爽やかに帰っていく工藤くんに軽く手を振って、

「ね？　あの感じは妹をあやしてる感じでしょう？」

　一緒にいた茉央ちゃんに同意を求めるけど……。

「えー？　好きな子に触れたいっていう男心じゃない？」

「……違うんだってばぁ」

　んん～、やっぱり茉央ちゃんにはこの感覚が伝わらないかぁ。

「森坂と工藤って、どんな関係なの？」

「わっ！　って、嶋中くん。べつにただの友達だよ」

　いつも突然現れるな、嶋中くん。

　いや、神出鬼没加減なら工藤くんも負けてないけど。

「友達、ね。俺のこともちゃんと友達だと思ってくれてる？」

「もちろん！　嶋中くんとも友達だよ！」

　なんでそんなこと聞くの？と、不思議に思いながらも笑顔で答える。

「よかった。まずはちゃんと段階踏まないと、ね？」

「……ん、段階？」

「こっちの話」

　嶋中くんは、さっき工藤くんにされたみたいに私の頭をポンポンと撫でて廊下へと消えていった。

　でも……違う。

　なんか、工藤くんのそれとは何かが違って胸がくすぐったくなった。

　……なんだこれ。


　それから数日たったある日の休み時間。

「茉央ちゃん、私ちょっとトイレ行ってくる」

「うん、行ってらっしゃ～い」

　教室を出て、廊下の突き当たりがトイレ。

　そこに向かって歩いていた私は、後ろから声が聞こえて足を止めた。

「おい」

「っ！」

　それは間違いなく、南くんの声で……。

　最近……そう、桃城の女の子が現れるようになってから私はさりげな～く、バレない程度に南くんを避けていた。

　会いに行く機会を減らしたり、見かけても声をかけないことも増えたし、南くんに「好き」と伝えることはもちろんしなくなった。

「何びっくりしてんだよ。人をバケモノみたいに」

「……い、いきなり声かけられたからびっくりしただけ！　どうしたの？」

　平常心だ、佑麻。

　ここで取り乱したら、ここ最近避けてたことを南くんに勘づかれちゃうもんね。

　しばらく、冷めた目つきの南くんに見つめられ、「私は容疑者か！」とツッコミたくなるのをひたすら我慢する。

　ななななな、何ですか!!

　その視線だけで、私の心臓がどれだけ過労《かろう》状態に陥《おちい》るか南くんは分かってるの？

「……なんで、避けてんの？」

　バレてるー!!

　避けてたのバレてるー!!

「え……っと、何のこと？　私、ぜんぜん避けてな、っ！」

　ここは、廊下の突き当たり。

　突き当たった先には、トイレと空き教室がふたつ。

　つまり、教室側からは死角《しかく》になるわけです。

「み？　みみみみ!!」

「いや、“み”しか言えてねぇし」

だって！　だってだって!!

目の前にはドアップで南くんの顔があって、私の顔の両サイドに南くんの腕。

つまり、私は今……。

「か、壁ドンっ」

「……で、なんで避けてんの？」

無理、無理無理!!

「〜〜っ！」

こんな状況で、いや、こんな近くで言葉を発するなんて私にはできない！

どうにかこの状況から抜け出す術《すべ》はないか。

考えれば考えるほど見失う。

「……言え。じゃないとキスすんぞ」

ちょっと待て〜〜い!!

それは、それはそれでおいしいです！

……じゃな――い!!

ズルい。ズルいズルい。

こんな状況でそんな言葉を使うなんて。

だって、南くんにはさ。

「……彼女、いるんでしょ？」

声が震える。

南くんの返事が怖い。

本当はもっと早く直接聞いておくべきだったのに、それができなかった。

　だって「そうだよ」って言われた時に、私の恋は確実に終わるんだよ？

　いくら私でも……つらすぎる。

「い、いいの！　南くんに彼女がいるって知らないでつきまとってた私が悪……」

「何言ってんの？」

「……え？」

　なおも、すぐそばにある南くんの顔。

「俺、彼女なんかいないけど」

「えっ……だって、桃城の可愛い……」

　嘘だよ！

　南くんに彼女がいないなんて、そんなの最高に嬉しいけどさ？

　だって、見たもん。

　南くんがあの子に優しく笑ってるところも。

　あの子が南くんに忘れ物を届けに来たところも。

　南くんの言葉に軽いパニック。

「桃城？　……あぁ」

　南くんは、それだけ呟くとその整った顔でニヤリと笑う。

『あぁ』ってことは、やっぱり心当たりあるんじゃん。

　あー！　もう、ズルい！

　かっこよすぎてズルい！

「……妹」

「うん、……ん？　え？　何？」

パッと離れた南くんに、少しの寂しさを感じるも……それより、今、南くんが何て言ったかの方が重要で。

「だから、桃城の。あれ、妹だから」

「え、私がヤキモチ妬いてた相手って……南くんの妹!?」

……そっか。

なんだ、南くんの妹だったんだ。

どうりで可愛かった。

なんだ……妹……よかった。

よかったぁああああ!!

「へぇ、妹相手にヤキモチね」

「や、違っ！　……違くない、です」

フッと笑う南くんは「避けてた理由はそれか」と、ひとり納得したように呟いて、それから、

「もう避けんなよ」

なんて言うから、あぁ、またそばにいてもいいんだ！って、南くんに「好き」を伝えてもいいんだ！って嬉しくて仕方ない。

もう避けないと誓《ちか》った私に、南くんは満足げに笑う。

なんか、南くん……やけに笑うじゃん。何これ、悔しいくらいにキュンキュンする。

「南くんがお兄ちゃん……かぁ」

「見えないって言いたいわけ？」

いや、南くんをお兄ちゃんに持てるって、それはそれで羨ましいっていうか……。

「んー、南くんはお兄ちゃんがいそうなイメージだった。

それで、そのお兄ちゃんも絶対かっこいいの！」

　ひとり妄想《もうそう》の世界に入る私。

「……兄貴もいるよ」

「え!?　見たい!!」

　南くんのお兄ちゃん！　会ってみたい！　絶対絶対絶対かっこいい!!

　想像上だけでもこんなにかっこいいんだから、実物はどれほどのものだろう。

　南くんとふたり並んだらよだれ出そう。

「絶対見せない」

「っんな、ケチ～!!」

　ちょっとくらいいいじゃん！　妹ちゃんもあんなに可愛いんだから絶対美男に違いない。どんだけ美形な家系なんだ。

　私ももう少し美形な家系に生まれたかったよおぉお!!

　(※あ……パパ、ママ大好きだからね)

「ふっ、お前……似てるんだよな。妹がかわいがってるトイプードルに」

「え？　ト、トイプードル……複雑。ちなみにど、どこが？」

　せめて妹に似ててほしかった。

　ペットね！　ペットの方ね！

　だと思ったよ、私があんな可愛い妹に似てるわけなかったよ！

「ちょっと目離すと、すぐ知らない奴に可愛がられてるあたり？」

私の質問に、少しの沈黙のあと、クスッと笑いながら答える南くん。

ちょっと目を離すと、知らない奴に……可愛がられてる？

うん、トイプードルの場合は安易《あんい》に想像がつくよ。

道端《みちばた》とかで通りすがりの人に「可愛いね〜」って、ワシャワシャされてる感じのやつでしょ？

その人間バージョンって……。

「……それは、どういう意味ですか？」

控えめに聞いたら、鬼畜な南くんでも教えてくれるかも、なんて。

「……知らね」

私の考えはどこまでも甘かった。

「え、ちょ！　南くん！」

そのまま私には背を向ける南くんを慌てて引き止めれば。

「トイレ……行かないともう授業始まるけど？」

「っぬぁ!?　もうそんな時間！」

トイレに来たことをすっかり忘れてた。って、南くん行っちゃったし!!

話し逸らされた。

本当、どこまでもズルい。

でも、本当よかった。南くんに彼女がいなくてよかった。

私の恋は、まだまだ終わりそうにありません!!

今までごめんね、南くん

「ってなわけだから、しっかり頼むぞ」

　担任の声が遠くで聞こえる。

　私は、ただ黒板を見ながら、そこに書かれている文字を繰り返し脳内で読み上げる。

《文化祭実行委員》

　・嶋中翔《しょう》太《た》

　・森坂佑麻

　何度見返しても、やはり……そう書かれている。

　おかしい。そんなわけない。

　だって、嶋中くんは学級委員だし分かるけど……私はなんで実行委員なんかに選ばれなきゃいけないわけ？

「なんだ森坂、納得いかない顔して」

　担任は私の顔に“Why”の文字を発見したらしく、ニヤリと口角を上げた。

「先生！　意義あり！　私、実行委員なんてやりたくありません！」

「ほぉ……そうか。授業中に堂々と居眠りした挙句、実行委員はやりたくない、か。いい度胸だな」

　え？　誰が居眠り……？

　いや、待てよ。

たしかにＬＨＲ《ロングホームルーム》中に、遠くから担任の声が聞こえてきて……ボンヤリする意識の中で黒板を見たら、そこに私の名前が書いてあって……。

「そうか、実行委員が嫌なら放課後毎日のお手伝い（雑用）を１か月……で、今回の居眠りは許してやってもいい」

「……やります。やらせてください実行委員」

くそぅ!!

なんて鬼畜なんだ!!

でも、嶋中くんも一緒だから心強いかも。話したことない人だったら大変だったな。

いや、いちばんはやっぱり南くんと一緒がよかったんだけど……。

そんな思いで南くんへと視線を向ければ、お決まりの口パクで「ばーか」と言われてしまう。

あぁ、南くん……なんでそんなにかっこいいの。

「じゃ、さっそく今日の放課後に嶋中と森坂は残ってくれよ。仕事がある」

「はい」

「……はーい」

なんだよ、結局放課後居残りじゃんか！　先生の雑用だろうが実行委員だろうが、結局、居残りじゃんかー!!

ちらりと助けを求めて茉央ちゃんへと視線を向ければ、「頑張って」と苦笑いを返されてしまった。

そうだよね、茉央ちゃんは放課後、大好きな宮坂くんとデートがあるもんね。

　ふたりの恋路は邪魔できない。

　人の恋路を邪魔する奴は牛にでも踏んづけられて死んじまえって言うもんね。

　（※間違い倒している）

「森坂、よろしく」

「あ、うん！　よろしくね、嶋中くん」

　大丈夫、私には救世主、嶋中くんがついている。文化祭までの１週間……乗り越えてみせる!!

　文化祭のことを考えてたら、なんだか少しワクワクしてきた。

　なんだ結構、頑張れるかも。


「ねぇ、嶋中くんとふたりで大丈夫？」

「え？　なんで？」

　これから帰りのSHRを済ませれば放課後という時に、茉央ちゃんは心配そうに話しかけてきた。

「んー、なんていうか……嶋中くんって佑麻ちゃんのことねらってるっぽいから」

「ね、ねらって？　……ないない！　工藤くんといい、嶋中くんといい、みんな仲良くしてくれてるだけだよ」

　うんうん。

　これといって、口説《くど》かれたような記憶もないし。

　態度だって、みんなに平等に見える。

　それに何より、私を好きになるような点が見当たらない!!

「そうかなぁ？　や、でも男気に欠ける南くんより、嶋中くんの方が……」

「え？」

「なんでもない！　こっちの話。一緒に残れなくてごめんね？　明日、話し聞かせて」

「ぜんぜん、デート楽しんで！」

　私の言葉に笑顔を残した茉央ちゃんは、自分の席へと戻っていく。

　茉央ちゃんくらい可愛かったら、そりゃモテモテな展開だってあるだろうに……。

　ポーチから鏡を取り出して自分の顔を覗く。

　うん、平凡☆　イェイ。


　そして、すぐに訪れた放課後。

「今日はとりあえずみんなに書いてもらった文化祭の出し物のアンケートの取りまとめ、頼むな！」

「はい」

　先生からクラス分のアンケート用紙を受け取り返事をする嶋中くんの隣で、まだ少しだけ実行委員を不服《ふふく》に思っている往生際《おうじょうぎわ》の悪い女は私です。

　当たり前のようにクラスのみんなはそれぞれ遊びに繰り出したり、部活に励《はげ》んでいる。

　ガランとした教室には、私と、嶋中くんのふたりだけ。

「ちゃちゃっと終わらせようか」

「そうだね」

でも、不思議と居心地は悪くない。きっと嶋中くんの優しい空気が教室を包んでくれてるんだろう。

やっぱり、この人はとてつもない包容力《ほうようりょく》に溢れてる。

お兄ちゃんにするなら、嶋中くんみたいな人がいいなぁ。

「森坂？　……どうかした？」

「えっ！　あ、ごめん……」

ボンヤリしてたらしい私は、嶋中くんの声でハッとした。

「俺のこと好きになった？」

クスッと笑う彼は、やっぱり南くんにも負けないくらいのイケメン。

きっと、他の子がこんな笑顔を向けられでもしたら１発K.Oだね！　うん。

あ、もちろん私は南くんだけ。

他の男の人にドキッとすることなんて……ない、こともなかったような。

「違うの、お兄ちゃんにするなら嶋中くんみたいな人がいいなぁって」

「お兄ちゃん……ねぇ」

「ほら、嶋中くんって包容力に溢れてるでしょ？　だからお兄ちゃんだったら」

「べつに、彼氏でもよくない？」

「え……」

アンケート用紙から顔を上げた嶋中くんと不意に目が合って逸らせなくなる。

「包容力……。俺が森坂の彼氏になったら全部包んでやるのに」

「っな!!　……まぁ、でも嶋中くんの彼女になる子は幸せだろうね」

　からかわれたんだって分かってても、やっぱり多少はドキッとしてしまうものだ。

　ごめんね、南くん！

　でも、私が好きなのは南くんだけだからね!!

「ね、森坂は南のどこが好きなの？」

　どこって……？

　そんなの語りだしたらキリがないよ!!

　南くんの好きなところを挙げろ……なんてテストがあったらどこまでも書ける気がするから怖い。

　いや、その前にきっと時間が足りなすぎる。あと、解答用紙も。

「……そんなの全部だよ!!」

「南くん、南くん……ってさ？　俺、結構妬いてるんだけど」

「えっ？　あ、あの……」

　何それ、なんで嶋中くんがヤキモチ……。

　え、嶋中くんって……もしかして。

　もしかして、もしかすると……。

　南くんのこと好きだったの？

　そ、それはごめん！

　私ばっかり南くんのこと追いかけ回して嶋中くんのチャンスを潰してきてごめん！

　そうだよね、今の時代……男の子が……男の子を好きでもおかしくないもんね。

　ぜんぜん、気付かなかった。

「……っ、テンパりすぎ、つーか森坂、可愛すぎ」

「え？　ちょ、嶋中く――」

　机を挟んで向こう側にいたはずの嶋中くんは、机から身を乗り出してそのまま私を引き寄せると、

「っ!!」

　そのまま唇が重なった。

　まるでスローモーションのような出来事だったのに、何ひとつ抵抗できずになされるがままの私。いまだに何が起きたのか理解できていません。

　――ガタッ。

「！」

　唇が離れていく寸前、教室の入り口から音が聞こえて慌てて振り返る。

「……へぇ、何？　お前って男なら誰でもいいってやつ？」

「み、なみくん……!!」

　今いちばん、会いたくて、だけど会いたくなかった。見られたくなかった。知られたくなかった。

　今までのどんな時よりも、冷たく……軽蔑《けいべつ》のまなざしで私たちを見つめている
　大好きで仕方ない、南くんがそこにはいた。

「あ、待って!!」

　そのまま教室に背を向けて歩きだす南くんを、慌てて追いかける。

階段前、やっと追いついた南くんの腕に触れようとした私の手は、呆気《あっけ》なく振りほどかれてしまった。

「違う、違うの!!　ねぇ、南くん！」

「……キスは初めてじゃないって、こういうことかよ」

「っ！　本当に違っ」

鋭い南くんのまなざしに、無性《むしょう》に泣きたくなって、思わず唇を噛《か》み締める。

本当に違うのに……ファーストキスの相手は南くんなのに……。

きっと、嫌われちゃったんだ。

こんな目をしてる南くんは、出会ってから見たことがない。

「お前が誰と何しようと、俺には関係ない」

——ズキンッ。

痛い。

ただ痛い。

こんな感情知らない。

知りたくなかった。

やだよって、行かないでって、言いたいのに……こんな時に意気地《いくじ》なしが邪魔して何も言えないなんて。

「ただ、二度と俺に話しかけんな」

「——っ」

低く、冷たく、だけど大好きな声で。

『二度と俺に話しかけんな』

その言葉が私の体を支配する。

　なんでこんなことになってしまったんだろう。

　なんで……どうして……。

　階段を下りていく南くんの背中をただ見つめながら、その場にうずくまる。その途端、我慢してた涙が滝のように溢れ出して止まらなくなる。

「み、なみく……うっ……うぅ」

　南くんの中の私はきっと“男なら誰でもいい尻軽女《しりがるおんな》”なのかな。

　枯《か》れることのない涙を我慢せずに流しても、この気持ちが晴れることはない。

　あれからもうすぐ１週間が過ぎようとしている。

　校内は文化祭ムード一色。

　明日から始まる文化祭に、誰もがワクワクしているに違いない。

　１週間前の私だって、文化祭……楽しみにしてたのに。

　南くんとは……まるで、出会う前に戻ったみたいにお互いの存在を避けて生活している。

　嶋中くんはあのあと、すごく謝ってくれたけど、それはキスしたことに対してなのか……それとも南くんと私の関係が最悪なものへと化したことに対するものなのか。

　そもそも……なんで嶋中くんは私にキスなんてしたんだろう。

　時間が経ち、冷静になればなるほど湧き上がる疑問たち。

　でもあの時の私は、そんなことどうでもいいと思ってしまうくらい、そりゃもう南くんのことで頭がいっぱいで……。でも、実行委員で顔を合わせる嶋中くんとも気まずくなりたくなくて……。

あーあ、何してるんだろう。

自己嫌悪《じこけんお》が止まらない。

そんな、私を茉央ちゃんは毎日励ましてくれて……本当にいい友達を持ったなぁ。

気付けば文化祭前日だっていうのに、このまま本当に南くんとは二度と話せないのかな。

当たり前だった南くんがいる世界。南くんに好きになってもらえなくても、私が追いかけてさえいれば……そう思ってた。

これだから南くんに「ばーか」って言われちゃうんだろうな。

「森坂〜！　ちょいちょい！」

「……？　なんですか？」

文化祭準備中、あちこち駆け回る私を呼び止めたのは、私がこんなにも忙しくしている元凶《げんきょう》である担任。

「悪いな、これ空き教室まで運んでくれ！」

そう言って、先生が指さすのは

「いやいや！　無理でしょ、その量はさすがに……！」

思わず突っ込んでしまうほど山積みにされたペンキの空き缶。

ザッと10個……いや、もっとある？

　片手で５個ずつ……イケるか？

　いや、いやいや、無理！　絶対！

「そうかぁ……やっぱりひとりじゃ厳しいか。……お！　南！　グッドタイミングだ」

「えっ!?」

「…………」

　先生の視線の先、私の肩の向こう側……振り返ったそこには不機嫌丸出しの南くんがまっすぐ私を見据えてて、久しぶりに交わる視線にドキドキと鼓動《こどう》が高鳴るのと同時に気まずさの波が押し寄せる。

「悪いな南、これを森坂と一緒に空き教室まで運んでやってくれ！」

　南くんに、さっき私にしたようにペンキの空き缶を指さす先生を見て、冷や汗が噴き出す。

「……あ、いや！　先生？　私、ひとりで行けるかも!!　こう見えて怪力だし……だから」

「何遠慮してんだよ！　こういう時こそか弱さをアピールするもんだぞ、森坂！　じゃ、ふたりとも頼んだな！」

　先生は知っている。

　私が南くんのことを大好きだということを……。

　それを利用して、南くんが熱を出した時に私に家まで届け物をさせたぐらいだもん。

　いや、あれは……もう、神でしたけど!!　その節はありがとう先生。

　でもね？　今は違うんだよ、察して？

お願い、ふたりきりにしないで、行かないで先生～!!

なんて、私の心の声が届くわけもなく。

「…………」

「…………」

取り残された私は、この重い沈黙に耐《た》えられる自信がありません。

でも、それでも嬉しいって思っちゃう私は重症だ。

近くに南くんがいる。

それがただ、こんなにも嬉しい。

ど、どうしよう。

私、二度と南くんには話しかけちゃいけないんだよね。

でも……この状況は、どうにかしないと。

「……ひ、ひとり言……言いまーす!!」

「は？」

話しかけなきゃ、いいんだよね？　つまり、私のひとり言なら問題ないでしょ？

「とりあえず、このペンキの空き缶は私ひとりで持てそうだなぁ～！　最悪、二往復すればいいし！　うん……だから南くんは作業に戻ってくれていいかなぁ～……」

「…………」

ど、どうよ！

ひとり言作戦!!　大きな声でひとり言を言って伝える！　我ながら頭良くない？

あとは、南くんが戻ってくれれば……。

「…………」

　あれ、ぜんぜん動かない。

「あっ！」

　それどころか、黙ったままペンキの空き缶を持って歩きだしちゃった!!

　しかも、ほぼ南くんが持っちゃってるから私の持つ分少ないし……。

　なんだよ、こんな時まで優しくしてくれちゃって……突き放すならどこまでも突き放してほしい。

　急いで残りの空き缶を持って、南くんの後ろを追いかける。

　空き教室の入り口を足で器用に開けて、南くんが入って行くのを確認して、一呼吸おいて中に入った。

　落ち着け、心臓!!

　入り口を少し入った所に、まとめて置かれた空き缶。

　そこに自分が持っている分も静かに下ろす。

　――ガタッ。

　静かな空間に空き缶を置く音だけが響いて、なんだか虚しくなってきた。

　こんなに近くにいるのに、話せない、触れられない……好きって言いたい。

　私を軽く横目で見たあと、何も言わずに出ていこうとする南くんに、

「ま、また……これもひとり言……」

　気付けばとっさに口に出てた。

　もう、もう二度と話せないなら……伝えておきたいこと

がある。

　本当はもっと、ずっとずっと南くんをバカみたいに追いかけていたかったけど
　……せめて、最後にもう一度だけ。

　ひとり言で構わないから。

「……今まで、ごめんね？　南くん……。でも絶対、誤解されたくないから言わせて」

　またしても突然始まった私のひとり言にとまどっているのか、南くんのキレイな瞳《ひとみ》がほんの少しだけ揺れた気がした。

　それでも、空き教室を出ていく気配がない南くんに私は続ける。

「私はずっと、南くんのことだけが大好きだよ。南くんと話せるだけで嬉しくて、南くんに話しかけてもらえた日なんか……どれだけ私が幸せな気持ちだったか知らないでしょ？」

　お互いの視線が交わって見つめ合っている状況にドキドキする余裕すら、今の私にはない。

　険しい南くんの表情はやわらぐことを知らないし、私の頭の中は、言いたいことがグチャグチャでまとまりやしない。

「南くんにキ、キスされたあと……怒るどころかドキドキしすぎて死んじゃうかと思った。み、南くんにとってはなんてことないんだろうけど……」

「っ……」

少しだけ見開かれた南くんの瞳に、今私はどう映っているんだろう？　こんなに近くにいるのに、南くんとの心の距離はとても遠い。

「……あと！　ファーストキスの相手は南くんなの。初めてじゃないって言ったのは、小さい頃にお兄ちゃんにキスされたことがあって……それで、ぅわっ！」

「……もう、黙ってろ」

「み、南くん……!?」

急に視界が暗くなったかと思えば……背中に回された腕から南くんの体温を感じて、耳元で南くんの声がする。

そしてフワッと香るのは、南くんの……シトラスの匂い。

抱きしめられてるんだって分かっていても、状況に頭がついていかない。

「ひとり言、長すぎ」

「ご、ごめんなさい……」

なぜか南くんの腕の中で説教を受ける私。

「何なのお前……ほんと」

こ、これは存在そのものを否定されているのでしょうか。

って、てか、本当にどうしたの南くん!!

抱きしめられている、そう意識するたびに体が熱を持っていく。

「あの日、嶋中くんがどうして私にキスしたのか分からないけど……でも」

「もういいから」

「っ……」

　また突き放されるかもしれない……。そんな覚悟と共に告げた私の言葉を遮った南くんは「何も言うな」とでも言うかのように、さらに強く私を抱きしめる。

「……お前が消えれば、一緒にイライラも消えると思ってた」

「…………」

「でもイライラは消えなかった。……イライラだけ残して消えるとか卑怯《ひきょう》だろ。だから……戻ってくれば」

「っ！」

　そ、それってさ……それって!!

「……南くん、それって!!　私のこと好きってこと？」

「は？　思考回路どうなってんだよ」

　え？　違った？

　今の雰囲気は絶対にそういう流れだったじゃん。

　一種の告白にさえ聞こえたよ？　耳鼻科《じびか》行こうかな。いや……耳で聞いたものを変換するのは脳？　……脳外科《のうげか》かな。

「お前がいないと、ストレスの発散場所がない」

　……あー、ね。

　毒舌でズバズバと暴言を吐けない＝ストレスが溜《た》まる＝私がいないと困る。

　なるほど。

「つまり、私は永遠に南くんに必要な人間ってわけだ！　よし、結婚しよう！　南くん!!」

「調子乗んな」

　そう言って、私を解放した南くんは私の頭を軽く小突いて「ばーか」と笑う。

　口をきかなくなってから、何度聞きたいと思ったか分からないその言葉……。

　私が恋に落ちた言葉と、笑顔。

「南くん、大好き!!」

「耳にタコ」

　また、こうして「好き」を伝えられる。もしまた突き放されることがあったら……。

「南くん!!　好き！　大好き！」

「……やっぱ、いない方がいいな」

「え!?　……待って、落ち着いて！」

　その度に私は伝えよう。

　南くんが大好きだって。

え？　なんか優しい南くん

文化祭から早くも２週間が経とうとしている。

「……結局、仲直りしちゃったんだ？」

「え？　うん!!　南くん……私が必要なんだって！　キャ！」

南くんと仲直りできて、浮かれまくっている私をよそに、「そっか」と言葉を落として、そのまま立ち去るのは嶋中くん。

“仲直りできたんだ”じゃなくて、“しちゃったんだ”って言った？

何それ、まるで仲直りしてほしくなかったみたいな言い草。

「……っあ、南くん!!」

視界の端に南くんを捉《とら》えた私は、嶋中くんの言葉をそれ以上気にすることもなく南くんめがけて一直線。

「何？　って、どうせ用事ないのか」

「え、えへへ。ばれた？」

南くんはエスパーかな。

思わず駆け寄ったものの、たしかに用事はない。

「……お前のことなんてお見通し」

「ぐっ……」

何それ、新手《あらて》の口説き文句ですか。

確実に内臓……いや、心臓鷲づかみにされましたけど！

「そういえば、今日……」

「今日？」

　そこまで言いかけてやめた南くんに、首をかしげればためらいがちに再び口を開く。

「一緒に帰る？」

「あぁ、一緒に………」

　…………。

「一緒に帰る？　誰が？　誰と？　なんで!?　いいの？」

「いいの？って時点で、誰が誰とって聞かなくても分かってんじゃん」

　いや、それはそうなんだけど、おかしい。

　なんだ、この展開は!!

　いや素直にすごく嬉しいんだよ？

　でも、あー、どうしよう。

　キュン死にしそう。

　最近、南くんがおかしい。

　あの一件から南くんが少し、ほんの少しだけ優しくなった気がする。

　担当教科の授業で使った資料を資料室に返しに行く時、さり気なく手伝ってくれたし……。

　この前あった調理実習では、自分からすすんで私のマドレーヌをもらってくれるとか言うし……。

　でも相変わらず毒舌で、私の相手をするのは面倒くさそう。

　なのに、『一緒に帰る？』って。

何、この展開!!

もしかして、かなりいい感じ？

期待しても……いいのかな？　ねぇ！

「で、どうすん……」

「帰る!!　帰る帰る！　帰ります!!」

「うるさ、１回で分かる」

だって、嬉しいんだもん!!

やっぱ、ひとりで帰るとかいうのナシだからね？　そんなこと言われても今日は絶対一緒に帰るからね!!

「ま、茉央ちゃんに報告しなきゃ！」

「しなくていい！」

ニヤける。やばい。

南くんと一緒に帰れる!!

もちろん、そのあと結局、茉央ちゃんに報告した。

一緒にいた宮坂くんにも。

「マジ!?」

「嘘！　あの南くんから一緒に帰ろうって？」

「ふふっ、ふふふふ……そうなの！　そうなの！　そうなのー!!」

ドヤ顔で気持ち悪い笑みを浮かべる私に、ふたりとも若《じゃっ》干《かん》引き気味だけどいいの。

気にしないから安心して。

だって、あの！　あの南くんから……放課後お誘いがあったんだよ？　天にも昇《のぼ》る心地とはこのことか!!

もう荷物持ちだろうが、女除けだろうが、なんだろうがやりますよ!!

「へぇ〜……瀬那もついに、佑麻ちゃんのこと気になってきたのかな？」

「よかったね！　佑麻ちゃん！　Wデートの日も遠くないかも！」

　ふたりの言葉に、私の妄想は膨らむ。

　どうしよう、告白とか？　されちゃったら……きゃー!!死ぬぅーう!!

　でも南くんに会えなくなるから生きるぅうう!!

「おい」

「おっ！　噂をすればお迎えだよ！　佑麻ちゃん」

「はっ！　ダ、ダーリンッ！」

「誰がだよ、ウザい」

　――ズバ――ッ。

　斬《き》られた。私今、心ごと南くんに斬られた。

「早くしろ、おいてくぞ」

　何それ!!　何そのセリフ!!　カレカノっぽいじゃん!!に、ニヤける……。

「ま、待って南くん！　ふたりともまた明日ね！」

　スタスタと先に教室を出て行ってしまう南くんを慌てて追いかける私に、茉央ちゃんと宮坂くんはニヤッと手を振った。

　あー、どうしよう。

　本当に帰れるんだ……南くんと!!

　生徒玄関を出て、人けの多い校門までを南くんと一緒に歩く……けど。

「なんでそんな離れてんの」

「……人に見られるの嫌かな〜って」

「べつに、今さらだろ」

　そ、それって隣歩いていいって解釈《かいしゃく》するよ！　いいの？

　……時間切れ！　もうそう解釈したから！

「ふふっ」

　南くんの隣まで駆け足で近寄れば、自然と私のペースに合わせてくれる。

　そんなところが好き。

「キモい」

　その言葉さえ、私の愛で受け止めよう。

「あ！　南くん、カバン持つよ！」

「は？　いい」

「えっ……じゃあ、女除《よ》けになろうか？」

「お前みたいな変人が隣にいたら誰も寄ってこねぇよ」

「それって……南くんの役に立ててる？」

「……はぁ」

　南くんが私と一緒に帰るメリットを探した。結果、荷物持ちだったり、群がる女の子たちから南くんを守ることだったり……って、私が思いつくのはそんなことで。他に、他に南くんが私と一緒に帰るメリット……。

「…………」

「何、難しい顔してんだよ」

「あ!!　南くんが事故に遭いそうになったら、私が盾《たて》になる！」

　そっかそっか、いちばん大事なメリットを忘れてた。

　南くんの命は私の命と替えても守ってみせるから！　安心して!!

「何言ってんの、さっきから」

「え？　南くんが私と一緒に帰るメリットを探してたの。じゃなきゃ、南くんが私と一緒に帰ってくれる理由なんて……」

「お前、本当に俺のこと好き？」

　前にも聞かれたその質問。

　こんなにも全身から好きを出してるのに伝わってないなんて、悲しさの極み。

「……大好きだもん」

　頑張ってるのに!!と、ちょっと不機嫌にさえなる。

「なら、自分のこともう少し大事にしろよ」

「え？」

「俺を思うなら、俺なんかのために死なれたら迷惑」

“俺なんか”じゃないもん!!

　南くんが生きててくれてこそ、私は毎日笑っていられる。南くんは自分の価値を分かってない！

「じゃあ、南くんも助けて、私も死なない」

「……なんか、もういい」

　ん？　なんで？　なんで呆れてるの？

　でも、見上げた横顔がなんだか少し微笑んでるような気がしたから、いっか。

この前、熱を出した南くんに届け物をした時に分かったこと。

それは、南くんの家は、私の家へ帰る通り道にあるってこと。

毎日通っていた道に、じつは南くんの家があっただなんて……と、なんだか損《そん》した気分になったのを覚えている。

大きいおうちだから、遠目からでもすぐ分かる。庭まであるんだから驚きだよね。

庭の中央には花壇があって、キレイな花が咲いている。

あーあ、見えてきちゃった。

もう少しでお別れだな、なんて思っている私に、

「……うち、寄ってく？」

と、南くんが爆弾を投下した。

「うん、……うぇええ!?」

う、ううう、うち寄ってく？　って、何それ!!「今日は親いないから」的な展開？　待って待って、今日は下着が上下バラバラで、その……。

「ショコラ、見たいんでしょ？」

「へ？　ショコラ……？」

「妹も帰ってるだろうから、少し寄ってけば」

そういえばこの前、『妹のかわいがってる犬に似ている』と言われてから、気になりすぎて南くんに写メを見せてもらって……。

『わー！　可愛い!!　見に行きたいなぁ！』

なーんて、私……言ったかもしれない。

「ただいま」

「お邪魔しま～す……」

　来ちゃった。

　結局、ノコノコついてきちゃった。

　いや、違うんだよ？

　たしかに南くんの家に遊びに行きたい!!っていう欲望はあったけど、あくまで今日は、ショコラちゃんを……見に来たんだよ？

「おかえり、瀬那にぃ。……あ、この間の！」

「あ、こんにちは！　クラスメイトの森坂佑麻です。今日はいきなりお邪魔してごめんなさい」

　リビングから出てきたのは、もうすでに着替えまで済ませている南くんの妹。

　そう、私が南くんの彼女だと思って、ひとりでモヤモヤした桃城の女の子。

　それより……『瀬那にぃ』って!!

　可愛い！　可愛すぎる!!

「その節はありがとうございました！　おかげでスパイク無事届けられて……あ、私妹の乙葉《おとは》です」

「……何、スパイク届けてもらった日に言ってた『可愛くて優しい親切な女の人』って……」

　私たちの会話を聞いていた南くんは乙葉ちゃんに、まさかと言いたげな顔を向けた。

「そう、佑麻さんだよ！」

「そ、そんな！　私なんてぜんぜん……！」

嬉しい、ニヤける。

こんな可愛い子に、そんな風に思ってもらえてたなんて。それなのに私はひとりでモヤモヤして……最悪だ。

「……乙葉、ちょっと『可愛くて優しい親切な女の人』って表現、無理ある」

「んなー!!　ど、どういう……」

「まんま」

「っぐふ……」

私と南くんのやり取りを見ながら、「仲いいんですね」と笑ったあと、乙葉ちゃんは「どうぞ、上がってください」と先にリビングへ入っていってしまった。

「キャンキャン、クゥ〜ン」

「か、可愛い〜!!」

リビングへとお邪魔すれば、飛び込んできたのは可愛い可愛いトイプードル。

「ショコラって名前、瀬那にぃがつけたんです。……おいで、ショコラ！」

「キャンッ！」

乙葉ちゃんに名前を呼ばれたショコラは勢いよく走ってきて、

「わぁっ!!」

私の足に絡《から》みついてくる。

「ショコラってば、佑麻さんのこと好きになっちゃったみたいですね」

クスクスッと笑う乙葉ちゃん。

「初めまして、ショコラ。私たち、似てるんだって……ふふっ」

「キャンッキャンキャンッ」

「幾分《いくぶん》、ショコラのが可愛い」

「南くん、失礼。いや、たしかに……ショコラの方が可愛いのなんて一目瞭然だけど」

　犬と競い合っても仕方ない。

　ここはおとなしく折れておこう。

「ま、座って。ココアでいい？」

「あ、お構いなく！　すぐ帰るから！」

　キッチンへと歩きだす南くんに慌てて声をかけるけど、

「ゆっくりしてってください。お兄ちゃんふたりだから、私ずっとお姉ちゃんほしかったんです。少し話し相手になってもらえませんか？」

「……わ、私でいいなら喜んで！」

　はっ！　いっけね、乙葉ちゃんの可愛いスマイルに、まんまとソファへと腰掛けてしまった。

「佑麻さんって、瀬那にぃの彼女じゃないんですか？」

　小声でコソッと呟かれた言葉に、私の顔はみるみる赤くなる。

「違う違う！　……ずっと片想いなんだ！」

「瀬那にぃが女の子連れてきたの初めてだったので、そうかな～って。やっぱり違うのかぁ」

「は、初めてなんだ……私」

　何、初めてって嬉しいんだけど！　調子乗っちゃいそう。

最近、南くんがやけに優しいから、バカな私はすぐにつけ上がりそうだよ!!

キッチンの南くんを振り返れば、せっせとココアを作ってくれている。

「あ、お兄ちゃんの昔話……知りたくないですか？」

「え！　昔話!?　……し、知りたい!!」

ココアを飲んだら帰ろう。

それまで少しだけ……南くんの昔話を聞かせてもらおう。


「ごちそうさまでした！　長々とお邪魔しちゃって……ショコラすごく可愛かった。誘ってくれてありがとう」

「連れてこないといつまでもうるさそうだし」

「そ、そんなこと……あるかもだけど。乙葉ちゃんも、ありがとう！　お話し楽しかった！」

靴を履き終えた私は、玄関に並ぶ南くんと乙葉ちゃんに挨拶を済ませた。

「こちらこそ！　佑麻さんとのおしゃべり楽しくて、つい引き止めちゃってごめんなさい。気をつけて帰ってくださいね！」

乙葉ちゃんって、なんていい子なんだろう。本当に毒舌極まりない南くんの妹なのかな？　怪しいレベルでいい子だ。

いや、決して南くんを貶《けな》してるわけじゃ……。

「じゃ、南くんまた明日！　乙葉ちゃんもまたね！　お邪魔しました」

最後まで無言のまま何かを考えているような南くんと、最後まで笑顔の乙葉ちゃんに軽く手を振ってドアを開ける。

──ガチャ。

久しぶりに外の空気を感じた。

あー、楽しすぎた。初めての南くんのおうち。

乙葉ちゃんのおかげでリラックスして過ごせちゃった。

ショコラもすごく可愛かったし、懐いてくれてよかった。

あー、なんかさっきまで一緒にいたせいか、ひとりの帰り道がやけに寂しいなぁ。

南くんの家の庭を抜け、路地《ろじ》を自宅方向へと少し進んだ頃……。

「キャンキャンッ」

後ろから聞こえてきた鳴き声。

「ショコラ……？」

さっきまで聞いていた可愛いショコラの声に似ていて、思わず足を止め振り返る。

「っ、南くん！　ど、どうしたの？」

振り返ったそこには、リードを握った南くんと、嬉しそうにシッポを振るショコラがいた。

「……散歩」

見て分かれよ、とでも言いたげな面倒くさそうな南くんに、私はすぐにあぁ……と納得。

「どこまで行くの？」

「適当」

　これって、もう少し一緒にいられるチャンスじゃない？

　てか、南くんが愛犬と散歩をしているのを、こんなにも近くで見られるなんて鼻血もん〜!!

「南くん!!　途中まで一緒に帰ってもいい？」

「……好きにすれば」

　やった！　まだ南くんと一緒にいられる！　今日、本当についてるかも。

　南くんとショコラの隣に並び、歩きだす。

　……南くんがいつも散歩してるのかな？　見かけたことなかったなぁ。

「南くん、犬好きなんだね」

「猫よりは犬派」

　隣を歩いている。

　淡々《たんたん》と、でも確実に返事をくれる。

　散歩をしている今でさえ、歩幅はしっかり私に合わせてくれている。

　こんなの、好きが溢れて仕方ないに決まってるじゃん。

「乙葉と、何話したの？」

「え？　……んー、内緒？」

　チラリと南くんへと視線を向ければ、私の答えに納得がいかない顔をしている。

「言えないような話？」

「そういうわけじゃないけど……」

　でも、南くん絶対怒るもん。

『瀬那にぃ、小さい頃は甘えん坊で、寝る時は絶対にライオンさんのぬいぐるみ抱いて寝てたんです！』

　とか……。

『保育園の年長の時に、おゆうぎ会でみんなが森の妖精《ようせい》役をやる中、瀬那にぃだけは“木”だったんですよ！』

　とか……。

『小学４年生の時に、好きな女の子に“好き”って言われて両想いだって舞い上がってたら……その女の子、クラスの男子みんなに同じこと言ってたみたいで、すごいショック受けちゃって……。それから瀬那にぃは好きな人をつくったことないみたいなんです』

　たくさん聞いた南くんの昔話。

　クスッと笑みがこぼれるような可愛いお話の数々の中で、この最後のエピソードだけは、乙葉ちゃんが眉を下げて話した。

「……私は、南くんだけ本当に大好き、です」

「何、急に」

　不審がられたかな？

　タイミング、間違えたかな？

　でも……。

「今、伝えたいと思ったから」

「っ!!」

　伝えられる時に、ありったけの愛を伝えておきたいじゃないか!!

　南くんとこうしていられる今が、当たり前なんかじゃない……ってこの前教わったから、もう言葉を躊躇《ちゅうちょ》してる暇なんてないもん。

「それに、伝えないと南くんに『本当に俺のこと好きなの？』って言われるし」

「ほんとやめて。似てねぇし」

　少しだけ南くんの声真似をした私のおでこをペシッと軽くたたくと、「はぁ」とため息をつく。

「ため息を吐くと幸せ逃げちゃう！　ほら吸い戻して？　はい、吸って～吐いて～」

「吐くのかよ」

「っは！　間違えた」

　つい、深呼吸してしまった私に、すかさず突っ込んでくれる南くん。

　最高かよ!!

「本当、バカだよな」

「南くんにバカって言われるの好き」

　そんな私の言葉に、呆れすぎたらしい南くんはまた深いため息をついた。

　南くんの幸せが逃げちゃったら、その分私が幸せにしてみせる!!

　おっしゃー、どんどんため息ついて大丈夫だよ～！　ばっちこーい!!

「って……もう家見えた」

　ひとりだと長くて仕方ない帰り道。

　南くんと一緒だと、もの足りない。こんなにも早く過ぎるんだっけ、時間って。

「体育祭の日も来たな」

「そ、その節は……ご迷惑おかけしました」

「……ほんとだよ」

　結局、私の家の前まで来てしまった。

　南くんたちは、どこまでお散歩行くのかな？

「南くんは、お散歩どこまで？」

「もう、戻る」

「……っ！　み、南くん……ごめん、違ったらごめんだけど！　もしかして、わざわざ送ってくれたの!?」

　違うよって、すぐに否定してくれたらいいのに。

「なんでわざわざ声に出して言うかな」

　こんな時に限って、耳を赤く染める南くんに心臓は高鳴り続けてやむことをしらない。

「なんか最近南くんが優しい！　私、泣いちゃいそう!!」

　それと同時に目《め》頭《がしら》がジーンとする。

「泣かれたらマジ迷惑」

　そ、そんなこと言われたら、私の目頭さん頑張って涙なんか打ち消しちゃうもんね！

「送ってくれてありがとう!!　南くん大好き！　私、幸せすぎて今日は寝れないかも」

「せいぜい寝坊には気をつけろよ」

　そう呟くと、ショコラを連れて今来た道を戻っていってしまう南くん。

「キャンキャンッ！」

「またね、ショコラ～！　南くん、アイラービュー!!」

　その背中に愛を叫べば「近所迷惑！」と言わんばかりの形相《ぎょうそう》で睨まれてしまった。

　あー、もう今すぐベッドにダイブしたい！

　あのまなざしがたまらない。鼻栓《はなせん》しないと鼻血があぶない。100均に鼻栓って売ってるかな？

　今度買いに行こう。

　なにげない日々も、南くんのおかげで輝いて見える。

　最近、南くんがこんな私なんかにも少し優しい。……もしその優しさが、私にだけの特別なものならいいのにな。

　そんなことを考えながら、きっと私は今日も眠りにつく。

　どうか甘い甘い南くんとの夢を見れますように……。

思わせぶりな南くん

　――ピピピピピッ。
「ん〜……るさい……ん？」
　頭上で鳴り響くスマホの目覚まし。
　もう朝か。
　せっかく南くんの夢を見ていたのに。
　モソモソ起き上がって目覚ましを止め、スマホの時計を確認すれば……。
「８時45分……８時45分!?」
　や、やばい！　本当に寝坊だ！
　よく確認したら今の目覚ましはスヌーズの延長だったらしい。
　どんだけ爆睡《ばくすい》してたらこんなにスヌーズ繰り返しても起きないのよ私！
　昨日、楽しいことがありすぎて興奮して寝れないかも？
　なんて思ってた私は……ベッドに入るなりものの数秒で爆睡。
　夢の中で南くんと甘い時間を過ごしていた。
「もー！　遅刻だぁぁあ！」
　なんでお母さん起こしてくれなかったの!?
　信じられない！
　（※自分のせい）
　って……あ、そういえば。

『お母さん、明日早番になったから、自分で支度《したく》して行きなさいね？』

　って、言われてたんだった。

　ほんと、バカ！　私のバカ!!

　ちなみにお母さんは近くのスーパーでパートをしている。昔はバリバリのキャリアウーマンだったらしいお母さんは、お父さんと結婚すると同時に家庭に入ったとか。

　お父さんとは会社の同期で、いわゆる社内恋愛とかいうやつだったらしい。

　何より、ふわふわ、のほほんとしているお母さんがキャリアウーマンだったなんて、今となっては到底《とうてい》信じがたい話だよ。

　って、こんなことしてらんない。

　顔洗って、歯磨きして……！

　制服着てダッシュだ！

　朝ご飯も食べてる暇ない〜！

「はぁ、はぁ……」

　ダッシュしては50mで疲れ、歩いて呼吸を整えてはまたダッシュして……。

　学校に着いた頃には、もうすでに１時間目の授業は終わっていて、次の授業までの休み時間。

　先生いなくて助かったー！

「あ！　佑麻ちゃん！」

「あ、茉央ちゃん、おはよう〜！　寝坊しちゃってさぁ」

　教室に入れば、私を見つけた茉央ちゃんがすごい勢いで走ってくる。

　そんなに私がいなくて寂しかったの？

　もう寝坊なんてしないから、今回は大目《おおめ》に見てほしいな……。

「そんなことはどうでもいいの!!」

「そ、そんな……こ、と？」

　私がいなくて寂しかった……なんて、都合のいい解釈だったみたいです。

　ちょっと、いやかなり凹《へこ》む。

「南くん！　さっき呼び出されちゃったよ!!　たぶん空き教室！」

　……え？

　呼び出されちゃった？　南くんが？

「……そんなの、いつものことじゃん」

　何をそんなに慌ててるんだ。

　南くんが告白されてるなんて、日常茶飯事。

　もう慣れちゃったよ。

「佑麻ちゃん！　相手はあの、相原《あいはら》ユリアだよ!!」

「……相原ユリア？　誰、それ」

「ねらった男は百発百中で落とすって言われてる１年生!!　早く南くん奪い返しに行きなよ！」

「百発百中……そ、それって……やばいじゃん！」

　何それ、そんなことできる女の子がこの世に存在していたなんて！

　いつも南くんは、どんなに可愛い子に告白されたって「ごめん」の三文字でスパッとフってしまう。

だから、自分だって相手にされてない分際で、南くんは誰とも付き合わないと変な自信さえ抱いていた。

「わ、私ちょっと行ってくる!!」

勢いよく、今来た道を戻って突き当たりを曲がれば、トイレの前。

その奥に、文化祭準備の時に南くんと一緒にペンキの空き缶を運んだ空き教室。

おそるおそる近づけば、話し声が聞こえる。

「……なんでですか？」

「なんでって何？」

女の子の言葉に、冷めた声で返すのはやっぱり南くんだった。

「なんで私と付き合えないんですか？」

「好きじゃないから」

南くんはなおも淡々と断り続けるけれど、相手の女の子はなかなか諦めない。

「……っ！　じゃあ、キスしてください。そしたら諦めます……」

キ、キス……!?

ちょ……それはダメ！　ダメダメ！

絶対やだ！

「…………」

南くん！　何か言ってよ！

ま、まさかしちゃうとかじゃないよね？

バレないように、声だけ聞いてた私は中を見ようと体を乗り出した。

「離れて。……俺は好きな奴としか、キスしない」

私が中を覗くのとほぼ同時に、南くんが言葉を発して……。

顔を引きつらせながら南くんから距離を取り、悔しそうに下唇を噛む女の子。

ひとりの女の子が失恋したのを目の当たりにしたのに、よかったと思ってしまう私。

誰かの恋が実る時、何人の女の子が失恋するんだろう。ふと、そんなことを考えてしまう。

「……好きな人……いるの？」

「……さぁ？」

「っ、もういいです！」

南くんの煮《に》えきらない返事に、イライラを募らせた女の子は、そのまま南くんに背を向けて歩きだす。

「っ！」

バチッと目が合う私と女の子。

やばい、と思った時にはもう遅くて。

聞き耳立ててたことバレた!!　絶対に罵《ば》倒《とう》される！って、思ったのに……そのまま隣をサッと通り過ぎて空き教室を出ていってしまった。

な、何も言われなかった……。

よかった……のかな？

とりあえず、南くんにバレる前に戻ろう。それが今は第一優先！

そう思って、方向転換したその時。

「……何してんの」

「ヒィッ!!」

あろうことか、耳元で南くんの声がした。

え？　南くん……何、瞬間移動とかできるの？　おかしくない？　早すぎない？

てか、見つかったぁあー!!

悪いことをしていた気分……。

罪悪感が一気に胸を締め上げる。

「いや、トイレに来たら……声が聞こえたから……そのぉ」

「ふぅん」

あ、絶対信じてない。

疑いのまなざしで私を見てくる南くんに、本当だもんと口を尖《とが》らせる私。

「じゃあ、何も聞いてない？」

「な、何も……キイテナイヨ！」

「へぇ、何も……ねぇ？」

嘘つくの下手かよ!!

カタコトになっちゃったよ!!

このまま走り去りたい衝動《しょうどう》に駆られながらも、必死に「信じて」と南くんを見つめる。

いや、本当はバッチリ聞いてた。

聞いてたんだけど！　……でも、聞いてなかったことにしたい！

なぜって？

そんなの、目の前で眉間にシワを寄せて私を見おろす南くんが怖いからに決まってるじゃないかぁ!!

しばらく見つめ合ったままの私たち。

こんな時だっていうのに……その鋭い視線に見つめられて鼻血出そう!!

「か、……こいい……」

「……なぁ」

思わず口からこぼれた『かっこいい』という言葉。

そんな私に口角を上げた南くんは言う。

「……する？」

「え？」

グッと距離を詰められて、瞬きをすることすらままならない。

何これ！　何これ!!

南くんっ、私が南くんを好きだからって……な、何してもいいってわけじゃないんだからね？

いつもいつも私の心臓がどんなに過労してるか、いい加減分かってほしい。

「す、するって……何を……」

私を空き教室の壁へと追いやれば、すかさず腕で逃げ場をふさがれる。

「……キス」

「!?　キ、キキキキキキス!?」

いや、南くんとのキスは初めてじゃない。

　でも、でも……。

　み、南くん……本気？

　最近、南くんが甘すぎてつらいんですけど、どうしろっていうの？　死ねって言うの？

「ほら、目ぇ閉じろよ」

「み、南くっ」

「ん？」

　ん？　って！　可愛い可愛い可愛い！

　そして近いぃぃ!!

　──ドクン、ドクン、ドクン……。

　あと少しで触れる！

　そんな時、私は慌てて口を開く。

「だ！　だって、み、南くん好きな人としかキスしないって……!!」

　言ってたじゃん、さっき。

　期待するよ、こんなことされたら。

　私には、キスしてくれるなんて……もしかして南くんは私のことって、思っちゃうよ。

「……やっぱり」

「へ？」

　スッと私から離れた南くんは、私をまっすぐ見つめていて、その目に吸い込まれてしまいそうになるのを必死に耐える。

「バッチリ聞いてんじゃん」

「あ……も、もしかして南くん……だ、騙したの!?」

　私の言葉に「嘘ついたのはそっちだろ」と清々《すがすが》しい顔で言われ、たしかに……と口ごもれば。

「俺に嘘つくなんて生意気《なまいき》」

「～～っ！」

　そう言って私の頭にポン、と手をのせそのまま歩きだしてしまう。

　な、なななななんかもう、キュンポイントがありすぎてどうにかなりそう～っ！

「南くん!!」

「ん？」

　っだから、ん？　って可愛いんだってばぁ。

　……じゃなくて!!

「さ、さっき……もし、私が止めなかったら……どうした？」

　そう。もし、間一髪《かんいっぱつ》のところで私が言葉を発していなかったら、南くんはどうしてたの？

「ばーか」って、「冗談だよ」って、言ってたのかな？

　そ、それともあのまま……。

「素直に佑麻が目ぇ閉じてたら……してたかも？」

「～～っ!!」

　何それ。

　それって……期待していいの？

　私バカだから、そんなこと言われたらすぐ期待しちゃうよ。

「南くん！　目閉じる!!　今から目閉じる!!　はい、どうぞ、全力でどうぞ!!　いつでも受け止めます！」

南くんを追い越して立ち止まり、南くんの前で目をつぶる。

「……ばーか。簡単にそんなことすんな」

「いだっ」

そんな私に降ってきたのは、甘く優しいキス……ではなく、ゴンっと鈍い音を立てながらの、脳天《のうてん》チョップでした。

南くんは、意地悪で、毒舌で、クールで。

これでもかっっってくらい、かっこよくて、私のことなんか微塵《みじん》も好きじゃない。

なのに、なのに、なのに。

時として南くんは、優しくて、温かくて、そして甘い。

そのアメとムチの絶妙加減に虜にされて、叶わないと分かっていながらそばにいる。

そんな私に南くんは……。

「……佑麻」

「ん？」

「今日も一緒に帰る？」

「〜〜っ、か、帰ります!!」

猛烈《もうれつ》に思わせぶりな態度を取ってるって……気付いてるのかな？

早く、私に恋をしてください。

「いや、無理」

「え？」

「全部声に出てたし」

「えぇぇぇ!!」

「……俺は思わせぶり、ね」

「うぅ……で、でもそれは本当だもん」

「計算かもしれねぇけど、な」

——キーンコーンカーン。

最後の言葉は、予鈴《よれい》のチャイムによってかき消されて私の耳には届かなかった。

「南くん、最後の！　なんて言った？」

「早く戻んぞ」

「えー！　ちょっと、南くん!!!」

ちょっとずつ、ちょっとずつ、南くんとの距離が縮まってくれればいいな。

自分の席について南くんを見つめれば、涼しい顔で教科書を取り出した。

そして、ふと動きが止まり……こちらを振り向く。

「ばーか」

唇の形だけでそう言われた。

「っ！」

南くんには、やっぱり勝てない。

もしかして…
わざわざ送ってくれたの!?
なんで…
わざわざ声に出して言うかな

Chapter.Ⅳ

モテ期が来ました、南くん

「茉央ちゃん！」

「佑麻ちゃん、組もう！」

　ガヤガヤとにぎわうクラスの中。

　茉央ちゃんへと視線を向ければ、「当たり前」と言わんばかりに笑顔を向けてくれる。

　そう。私たちは今、修学旅行の班決めをしているまっ只《ただ》中《なか》なのです！

　女子３人、男子３人の６人で班を作らなくちゃいけないことになってるんだけど、茉央ちゃんはきっと、いや、絶対に宮坂くんと……。

「茉央！　同じ班になろ」

　ほら、来た。

“茉央ちゃん”からいつの間にか“茉央”へと呼び方が変わっていることに、皆さんお気付きでしょうか。

　いいなー。

　私も南くんに、“佑麻”って……あ、もう呼ばれてるんだった!!

　そ、それって改めてすごくない!?

　やばい、ニヤける。

「もちろん！　って、佑麻ちゃんいいかな？」

「え？　うん、ぜんぜん！　むしろそうだと思ってたから」

　嬉しそうに微笑む茉央ちゃんに笑みを返せば、安心したように笑った。

「森坂、俺たちと組まない？」

「……へ？」

　急に後ろから腕をつかまれて、反射的に振り向けば嶋中くんの優しい瞳とぶつかって、一瞬ドクンと心臓が音を立てた。

　いやいや、なんで私？

　嶋中くんの他にふたり、男子メンバーはすでに決まっているらしく「こっち来いよー」と、軽いノリで声をかけられる。

「ご、ごめん……茉央ちゃんと一緒がいいから、宮坂くんの班に入れてもらう！」

「やっぱ、南と一緒がいい？　……俺、南がいなくても森坂が楽しめるように努力するけど」

「へっ……？」

　た、たしかに……宮坂くんと一緒の班になれば、必然的に南くんとも同じになれるかもしれない。

　でも、肝心《かんじん》の南くんは……。

「南くん！　私と同じ班になって！」

「私だって南くんと同じがいい!!」

「えー！　私が先に声かけたのに！」

「ねぇ、南くん!!」

　と、まぁ……大人気なわけで
　そして、クラス会の時のようにそれを横目で気にしつつも、そこに入っていくことができずにいたんだけど……。

「俺、森坂と一緒になりたい。……って、一歩間違えばプロポーズみたいだな」

「プ、プロポ……っ」

　クスッと笑いながらそんなことを言われて、自分でも分かるくらい顔は熱くなって……きっと、まっ赤だろうな。

　嶋中くんって、ストレートっていうか直球っていうか、いや、どっちも同じ意味だけど。

　なんて言えばいいんだろう。

　まっすぐだから、きっと好きな子には熱烈猛アタックを繰り出すんだろうなぁって思う。

「あ、あの……私、南くんと一緒になれなくてもいいの!!」

　いや、それは嘘。

　せっかく同じクラスで、一緒の班になるチャンスがあるっていうのに一緒になれなくてもいい、なんて言うのはすごい大嘘。

　でも、茉央ちゃんと一緒ならそれでいい。これは本当。

　修学旅行は、恋く友情。

　つまり、南くん<茉央ちゃん!!

「だから、私……」

「佑麻」

　その瞬間、グイッと後ろから抱き寄せられて、頭はまっ白になる。けど、振り返らなくても分かる、この匂い。大好きな南くんのシトラスの匂い。

「佑麻は俺の班がいいんだよな？」

「へ……？　あ、いや私は、茉央ちゃ……」

「素直に俺の班がいいって言えば」

「っ、南くんと同じ班になりたい……です」

「だって。悪りぃな、嶋中」

　な、なんだ。

　今一瞬、火花が……飛びませんでした？

　み、見間違いかな、青い火花がバチバチッと……。

　そ、それより……最近こんなシチュエーションが多すぎて、若干慣れてきちゃってることを怖いとすら思ってるんだけど。

　私、南くんに後ろから……抱きしめられてます？

　いや、そんなガッチリじゃないんだけどね？　軽く引き寄せる程度なんだけどね？

　そんで､周りの女子の視線が痛い……痛すぎて消えたい。

「へぇ……南って、意外と独占欲《どくせんよく》丸出しなタイプなんだ」

「……は？」

「だって、俺が森坂にちょっかい出すの気に入らないんだろ？」

　これって、あれか!!　あの奪い合われるシーンでよく見かける、あのセリフを……！

「ふ、ふたりとも！　私のために争わな……」

「佑麻は黙ってろ」

「森坂は黙ってて」

　さーせんっしたー！

　違ったらしい。完全に違ったらしい。

　おかしいな、いつも空回り。

　こんなはずじゃなかったんだ。この前読んだ漫画では『お前は俺だけのもんだ、他の男なんかに渡さねぇ』って、甘い展開になったのに。

「佑麻ちゃん……あとで胸貸すから泣かないで？」

　そんな私を不憫《ふびん》に思ったらしい茉央ちゃんが、今は天使にさえ見える。

　宮坂くん！　何ちょっと笑ってんの！　肩震えてるし！バレバレだし!!　おい、こら!!

「……べつに」

　嶋中くんの質問に、やっと私を解放してくれた南くん。

　あ、なんか寒い。

　南くんの体温が恋しい。

「……じゃあ、俺本気出すから」

「いいよね？」と続けた嶋中くんと目が合って体に緊張が走る。

　さっきからこれはどんな展開だよ。

　私、そんなに班にいたらおもしろいのかな？

　盛り上げ担当？

　あいにく宴会芸《えんかいげい》とか、まだ持ち合わせてないのに……。

　こりゃ期待を裏切《うらぎ》れない。今日から毎日腹踊《はらおど》りでも練習しよ。

「……同じ班は諦める。でも、覚悟しといて、森坂」

「は、はい!!」

「はいじゃねぇ、バカ」

「え……、違うの？」

　嶋中くんのよく分からない言葉に、勢い余って返事をすれば、南くんにドスの利いた声で怒られてしまった。

「佑麻ちゃん、この状況でその反応は……鈍いっていうか、頭悪い」

「え！　茉央ちゃんまで私に毒吐くの？　なんで!?」

　周辺人物から同時に深いため息が聞こえたけど、ため息つきたいのはこっちだからね!!

「さて、気を取り直して……男子は俺と南。それから」

「はいはーい！　俺、山田。よろしくっス！」

　嶋中くんたちが立ち去ったのを見計らって、宮坂くんが場を仕切る。

「よろしくね～！」

　茉央ちゃんに続いて私も「よろしく」と続ければ「女子のレベル高いね？」と山田くん。

「茉央は俺のだから」

　すかさず宮坂くんの牽制《けんせい》が入り、茉央ちゃんは嬉しそうにコクコクうなずいている。

　いいな、私も南くんに「佑麻は俺のだから」って言われたいな……なんて隣の南くんへと視線でアピールすれば。

「……言いたいこと分かりやすすぎ」

　と、呆れた……そして冷めた目で見られてあえなく撃沈。

「あれ、そういえば女子は？　もうひとり……」

　宮坂くんの言葉に茉央ちゃんと顔を見合わせて「あー」とあたりを見渡すけど……。みんなほぼ固まっちゃったみたいだなぁ。

「最悪、ふたりで……」

「あ、私!!　入れてほしい……です」

　最悪ふたりでいっか？なんて言おうとしてた私の言葉を遮って聞こえてきた声に振り返れば、

「おぉ！　黒崎《くろさき》ちゃん！」

　黒髪の色白美人……黒崎玲奈《れな》ちゃんが私たちを見ながらモジモジと立っている。

「いいよいいよ！　……いいよね？」

「うん！　むしろ助かる！」

「じゃあ、この６人で決まりだな！」

　私に続いて茉央ちゃんも賛成してくれて、宮坂くんの声で決定。

　よかったぁ、私は茉央ちゃんくらいしか仲良い子っていなかったから、これをきっかけに黒崎ちゃんと仲良くなれたらいいなぁ！

「あ、ありがとう！　よろしく……ね」

　はずかしそうにモジモジしてるけど、その顔はキレイに笑ってて、女の私でもドキッとしちゃう。

　いいなぁ、私もこんな顔に生まれたかったぁ〜。

　私もこんな顔に生まれたかったぁ〜。

　（※大事なことなので２回言いました）


「んじゃ、先生に報告してくっから」

「あ、礼央くんよろしくね！」

　お気付きでしょうか。

　茉央ちゃんも、いつの間にか“礼央くん”呼びになってます。

　私も瀬那くんって呼びたい。

「いいなぁ……」

「え？」

　一瞬、私の心の声がまた漏れてた？　なんて思ったけど、どうやら声の主は隣の黒崎ちゃん。

「あ、いや……その……」

「もしかして……黒崎ちゃんも好きな人いるの？」

　コソッと黒崎ちゃんに耳打ちすれば、その美白の肌が一瞬でまっ赤に染まる。

「……っ」

「え、だれだれ!?」

　完全に興味本位です、ごめんなさい。そして教えてください!!

「……じ、じつはこの班にいるの……」

「この班に!?　それってチャンスじゃん！」

　黒崎ちゃんにガッツポーズを見せる私。

「そうなの、修学旅行で……告白しようと思ってて……！」

　胸の前で、手を組んで必死に話す黒崎ちゃんが可愛くて、もう応援する!!

「私、応援するよ!!　それでそれで？　誰なの？」

「えっと……」

　はずかしそうに、言おうか言うまいか迷っている黒崎ちゃん。

班の中に好きな人がいるのかぁ〜……。

じゃあ宮坂くんか、山田くんか、南くんってことか。

ん？　待てよ？　南くん……？

南くん……。

南くんの可能性もあるのぉ!?

やばい。私、応援するとか言っちゃった!!

どどどうしよう!!

ダメッ！　それはダメッ！　困る！

だって、私も南くんが好きなの！　大好きなの！　だから……だから!!

「私……！」

「だっ、ダメー!!」

「山田くんが好きなのっ!!」

…………。

「へ…？　山田く、ん？」

「そう、私……山田くんの笑顔が好きなの」

「山田くん……！　山田くんかぁ！　よかった、南くんじゃなくてよかったぁ〜……」

一気に肩から力が抜けて、ストンとその場に座り込みたい気分。

でも……ってことは

宮坂くんと茉央ちゃん。

山田くんと黒崎ちゃん。

南くんと……わ・た・し!?

やばい、ニヤける！

　応援するから……黒崎ちゃん!!

　黒崎ちゃんの告白がうまくいくように、協力するからねっ……!?

　私もこの修学旅行で、少しでも南くんに私のことアピールしなくっちゃ。

　頑張るぞー！　エイッエイッオー！

「何ひとりで変な動きしてんの」

「南くん！　私、修学旅行がすごい楽しみになってきた！」

　私のエイッエイッオー！を不審がりながら目を細める南くんに、私はワクワクが止まらないとばかりに言う。

「俺は嶋中のせいで、嫌な予感しかしねぇけど」

　南くんと嶋中くんって、本当に仲悪いんだなぁ～。

　考えてみればクラス会の時から、あんまり仲良さそうではなかったもんね。

「せっかくの修学旅行だもん！　みんなで楽しもうよ！　ね？」

　でも、みんなと仲良く楽しい思い出を作りたい！　そう思う私とは裏腹に……。

「能天気バカ」

　南くんは、また呆れてるみたいだけど。

「ま、楽しもうな」

　一緒に、楽しんでくれる気はあるみたいで安心しました。

「うん！　いっぱい写真撮ろうね！」

「やだ」

「えぇぇえ！　お、思い出だよ？」

「無理」

「そーんーなぁぁあ!!」

　でも、やっぱり南くんを攻略するにはまだまだ時間がかかる模様です。


「舞妓《まいこ》さん！　やりたいぃ！」

「たしかに俺も、茉央の舞妓さん……見たいかも」

　それから数日、修学旅行のために設けられたLHRにて。修学旅行の自主研修プランを立ててるんだけど……。

「宮坂、動機が不純《ふじゅん》っしょ」

　私が舞妓さん体験がやりたいと言えば、茉央ちゃんの舞妓さんが見たいと言いだす宮坂くん。

　そして、それに突っ込む山田くん。

「南くんは？　私の舞妓さん見たい？」

「本気でどうでもいい」

　――チーン。

　なるほど、そう来たか。

　実際に私の舞妓さん姿見て鼻血流さないように、鼻の穴かっぽじっとけ！

　（※逆に鼻血が出るかと）

「わ、私も、着てみたい……なぁ」

「お？　玲奈ちゃんも？　もともと色白だし、かなり似合いそう！」

　山田くん、ナイスリアクション！　もう、グッドだよ！　パーフェクト！

「そ、そうかな……山田くん一緒に写真……」

「撮ろうな！　みんなで！」

　ちが──う！

　山田くん！　いや、もう山田！

　YAMADA～!!

　なんで、そこでみんなが出てくるわけ？　黒崎ちゃんはわざわざ『山田くん』って言ったのに。

「み、南くん……私たちふたりで写真撮ろ？　それでいつか結婚式の時に、『修学旅行では舞妓さんになった佑麻さんに、瀬那さんはメロメロ』って写真紹介してもらお！」

「寝言？　なら、寝てから言ってくれ」

「お、起きてます！　目はたしかにヒジキ並みに細いかもしれないけれども！」

　くっそぅ、南くん。

　そこは、「ふたりで撮ろうな」って言って、山田くんと黒崎ちゃんにもそういう流れを作ってあげるとこだよ！

「俺たちはふたりで撮ろうね」

「みんなで集合写真撮って、そのあとにふたりの写真もほしいなぁ～」

　でた、相変わらずお熱いふたり組。

　それですよ、その展開を熱望していたんですよ。

　でもこっちは寝言扱いだからね？

　君たちふたりは、まだ夢から覚めてないだけだからね？

　なんて、負け惜《お》しみを言ってみても……ちっとも心が癒されない。

「いいなぁ……」

「撮ってやればいいのに、瀬那も」

　私のボヤキを聞き逃さなかった宮坂くんは、南くんを肘《ひじ》でつつくけれど、対する南くんはなおもポーカーフェイスのまま旅行雑誌に視線を落としている。

　この男、デキる。

　親友の発言をここまで華麗にスルーなんて、ただ者じゃない。

　もはや宮坂くんの声なんて耳に入ってないな、こりゃ。

「いいよ、私は。宮坂くんと茉央ちゃんが仲良く撮ってる間、自撮りでもしてるから」

「あーあ、佑麻ちゃん拗《す》ねちゃった」

「じゃあ、俺はその間玲奈ちゃんとふたりで撮ってもらおっかな～」

　なっ！　なぬっ!!

　山田！　今、お前なんて!?

『玲奈ちゃんとふたりで撮ってもらおっかな～』だと!?

　ふっざけんな！　大歓迎だよ！

「ほ、ほんと？　ぜひお願いします……」

　わぁ、嬉しそう。

　黒崎ちゃんの笑顔、可愛すぎる。

　よかったー！　これで可哀想なのは……あ、私だけか。

　いいよ！　分かってたから!!

「ねぇ、南くん？　本当に私と写真撮らなくていいの？後悔しない？」

「しない」

「……あ、佑麻ちゃん。工藤か嶋中と撮れば？　絶対喜んで撮ってくれるって」

「工藤くんはノリノリで撮ってくれそう。でも、クラスも班も違うじゃん。嶋中くんとなら、頑張れば……って怖っ」

　あ、あれ？　なんで怒ってるのかな？

　南くん、鬼の形相なう。

「……ぶっ、瀬那もう素直になれば？　そろそろ限界じゃね？」

　そんな南くんを見て、なぜか吹き出した宮坂くんは南くんをさらに挑発するように話すけど。

「は？」

　だよね。

　私も頭の上にはてなマークいっぱい。

「いや、瀬那がその気ないならいい。俺は見てておもしろいし」

　南くんの怒った顔を見ておもしろい？　宮坂くんって究極のM気質？

「意味分かんねぇ」

　なんだ、南くんの怒りは私にじゃなくて宮坂くんにだったのか!!

　焦《あせ》ったじゃん。

　また私に怒ってるのかもって、ちょっとドキッとしたじゃん!!

　やめてよ、心臓に悪い。

「……佑麻、あとで覚えとけよ」

「え!!　やっぱ、わた……し？」

考えろ佑麻。

大丈夫、何が南くんの逆鱗に触れたのか考えるんだ。でも……思い……つかないよぉ〜。

「とりあえず、旅行中おとなしくしてないと首輪つけるから」

「えぇ！　ぺ、ペット……」

聞きましたか、皆さん。

私とショコラ……そこまで似てますか。マジですか。

いや、南くんにリードを握っていただけるなら、それすら幸せ！


結局、茉央ちゃんと宮坂くんカップルがテキパキと進めてくれたおかげで、なんとか自主研修の内容も決定。

授業が終わり、掃除へと向かう私は正面から歩いてきた工藤くんに気付いて笑顔で手を振る。

「あ、佑麻ちゃん！」

「お疲れ、工藤くん！　自主研修の内容決まった？」

「ん、一応！　佑麻ちゃんはまた瀬那と同じ班なの？」

「あ、うん！　そうなんだっ！」

ふふっと笑って答えれば、「やっぱり……」と苦笑い気味の工藤くん。

「俺、焦ってるんだよね」

「何を？　あ！　荷物がキャリーバッグに収まるか不安な

の？　じつは私も！」

　分かる分かる。

　私も大きめのキャリーバッグを買ってみたけど、今のところ何か持ち物を減らさないと収まる気配がない！

　どうして、こんなにもあれもこれも持っていきたくなるんだろうね？

　無人島に何かひとつだけ！っていう究極の質問されたら、絶対に答えられない。

　あ、でも……“南くん”ってのは、ありですか？

「俺は……佑麻ちゃんが、誰かのものになっちゃわないか心配なの」

「へ？　……私が？　なんで!?」

　予想してた答えとは大きくズレが生じてて驚きを隠せない私と、

「なんか、知らないうちにライバル増えてるし……分かってよ、そろそろ」

　優しく笑いながらも、どこか呆れてる工藤くん。

「な……ライバ……え？　何？」

「佑麻ちゃんにはちゃんと言わなきゃ伝わらないか。……まだ誰も言ってないみたいだから、俺イチ抜けするよ？」

「イチ抜け……」

　何を抜ける？

　髪の毛？　いや、それハゲじゃん。

　工藤くんハゲたら直視できない。無理、かける言葉が見当たらない。

「俺、佑麻ちゃんが好きだよ。女の子として」

——ドクンッ。

いつにも増して真剣な工藤くんの瞳に、口をポロンと開けたマヌケ面《づら》の私が映る。

「あ、……うぇ……お、女の子として……？　それって、私が南くんを好きなのと同じ“好き”ってことで……つまり……」

「俺、修学旅行……攻めるから。返事はまだいらない。じゃあ、またね！」

「え！　あ、ちょ！　工藤くん！」

行っちゃったし。

……軽いパニックだし。

え？　何？

工藤くんが……私を好き？

だって、いつも頭を撫でるあの優しい手は、お兄ちゃんみたいに温かくて、それに工藤くんは誰にでもあんな感じだから。そんな……嘘だ。

『修学旅行……攻めるから』

さっきの工藤くんの言葉が頭をぐるぐる回って掃除も手につかない。

……茉央ちゃんの言うとおりだった。

やっぱり、私って鈍いのかな。

いやいや、自惚れんな!!

でも、やっぱり好きって言われて悪い気はしない……むしろ嬉しい。

　南くんしか見てないはずなのに、不覚にも胸が高鳴ってしまった。

「森坂？」

「あ、嶋中くんごめん！　ボーッとしてた！」

　掃除の時間はとっくに終わったのに、工藤くんのことを考えてた私は、まだほうきを持ったまま階段に棒立ち。

　同じ掃除場所の嶋中くんが呼びに来てくれたからよかったものの、このまま放課後まで棒立ちしてるところだった。

「何かあった？」

「……もし、友達だと思ってた人にある日突然告白されたら……って、ううん！　なんでもないの！」

　何を言おうとしてるんだ私は。

　嶋中くんにこのとまどいを伝えたって、どうしようもないのに。

　茉央ちゃん！　茉央ちゃんに聞いてもらお！

「……誰かに告白された？」

「え！　な、なんで!?」

「森坂、分かりやすすぎでしょ。……誰にされたの？」

　私って、鈍い上に分かりやすいの？

　それって単細胞の極みじゃない？

　すごい今、悲しいんだけど。

「あ、いいの！　本当に！　自分で解決するから！」

　茉央ちゃんに早く話を聞いてほしくて、ほうきを用具入れに戻そうと教室へと歩きだす私。

　それを引き止める、嶋中くん。

「……言って、誰？」

「し、嶋中くん？」

「他の男のこと、考えてんの？　……なら、俺のことでも悩んでよ」

　ドクンッドクンッと規則正しい心臓の音が、一定のリズムを刻む。

「っ……」

　先のことが分からなくて、息をのむしかない私をまっすぐ見つめて嶋中くんは言った。

「俺だって、森坂が好きだよ。俺のことも少しは考えてよ」

「なっ、何言って……！」

　そんなわけない。

　１日にふたりから告白されるなんて、そんな夢物語……あってはならない。

「信じてくんないの？　……なら、態度で示すから」

「た、態度……？　ってか、私なんかが１日にふたりから告白されるなんて、ありえないっていうか……」

　少しだけ嶋中くんと距離を取ったところで、予鈴が鳴り響いた。

　次は帰りのHR。

　教室に戻らなくちゃ。

「戻ろう。続きはまた修学旅行で」

「あ、待って……！　しゅ、修学旅行って……」

　なるほどね。少しだけ冷静になってきた。私のことを好きな人たちは、私の話は聞いてくれないらしい。

　スタスタと先を歩く嶋中くんの背中をしばらく眺《なが》めたあと、私も足早に教室へと向かった。

　茉央ちゃん、今あなたがとても恋しいです。


「何そのおいしい展開!!　少女漫画みた〜〜い！」

「真剣に悩んでるんですが」

　学校帰り、いつもは宮坂くんと帰る茉央ちゃんは、私のために宮坂くんと一緒に帰るのを断ってくれた。

　やっぱり、持つべきものは親友。

　近くのカフェでお互いタピオカミルクティを飲みながら、向かい合っている今……なぜか茉央ちゃんは楽しそう。

「私はそうだと思ってたよ。佑麻ちゃん鈍すぎる」

「え!?　そうなの!?　……やっぱり、私鈍いのか」

　薄々《うすうす》勘づいていたことを、茉央ちゃんに改めて指摘されてしまうと、やっぱりそうなのかと認めざるを得ない。

「でも、これで南くんも動かないかなぁ？　南くん、佑麻ちゃんのこと気になってきてるよね！」

「え！　う、嘘だ!!」

「鈍い！　鈍すぎる！　佑麻ちゃん、ピンチはチャンスなんだよ？　さり気なく南くんにふたりから告白されたことを伝えてみて」

　……んー。そうは言われても。

　私が鈍かったのは認めるし、謝る。でも南くんが私のことを気になりだした……とは到底思えない。

　そんなこと言ったら、また「鈍い」って怒られるのかもしれないけど。

「そんなの嶋中くんと工藤くんに悪いよ……。ふたりの気持ちを自分のために利用するみたいで」

　心苦しい。何よりふたりが本気で私を好きでいてくれているなら、私がやろうとしていることって、最低な気がして仕方ない……。

「あ～もう！　私は嶋中くんでも工藤くんでもなく、“佑麻ちゃんの恋”を応援する応援隊長なの！　つべこべ言わず、南くんに伝えること！　いい？」

　ひぃ～～～!!　出た、鬼茉央ちゃん。……嶋中くんと工藤くんには悪いけど、このモードに突入した茉央ちゃんはもう止められない。止められた試しがない。

　……ふたりともごめん！

「じ、じゃあ明日……伝えてみようかな」

　ここは素直に、茉央ちゃんに従うのが今はいちばんだろう。

「え？　明日？　ダメダメ！　今日の夜！」

　そんな私にさらにダメ出しをしたあと、

「会えない時間に佑麻ちゃんのことを考えさせる！　これがポイントだよ」

　と人さし指を立てる茉央ちゃん。

　会えない時間に私のことを……。

　たしかに、それは嬉しい。

　でも、でもね？

　問題点がひとつありまして……。

「わ、私……南くんの連絡先、知らなくて」

なんか、聞いちゃったら毎日毎日メッセージ送りつけて愛想尽かされそうだし。

じつは、学校以外での南くんとの絡みってほとんどないんだよね。考えてみれば。

「……佑麻ちゃん、本当に南くんのこと好きなの？」

「す、好きだもん!!」

まさか、茉央ちゃんにまで言われるとは思っていなかった言葉に動揺を隠せずにいれば、南くん顔負けのため息が聞こえてくる。

「礼央くんに聞いてあげるから、今日の夜メッセージ送って実行しなね？」

「え!!　待って……こ、心の準備がまだ！」

「待ってられません」

時として茉央ちゃんは、鬼と化す。

これは前から知ってたことだけど、まさかこんなことになるなんて思ってなくて。

私は今、ひとりじゃない！っていう心強さと……茉央ちゃん鬼！っていう恐怖心で胸がいっぱい。

……でも、本当はずっと知りたかった南くんの連絡先。

本当は天にも昇る気持ちです。

茉央ちゃんと別れて家に着いた頃には、時計の針はもう19時をさしていた。

お風呂に入ってからメッセージを送ろうか……いや、でも遅くなったら迷惑だよなぁ。

なんて、葛藤を繰り返すこと10分。

手元のスマホのディスプレイには【南瀬那】と表示されていて……。

ニヤける。やばい、私のスマホに南くんの連絡先があるぅぅう！

ヒャッホー!!

な、なんて送ろう。

す、スタンプでいいかな？

クマさんがコンニチハしているスタンプを見ながら、押そうか押すまいか……。

まだ迷っている往生際《おうじょうぎわ》の悪い私。

「えいっ!!」

両目をつぶってくまさんがコンニチワしているスタンプを押し、目を開けて確認すれば……。

あ、あぁあぁあぁあ！

目をつぶったばっかりに指先の位置がズレて、くまさんがウサギさんに殴《なぐ》りかかってるスタンプ押しちゃったー！

やばい。

やばすぎる。

「はっ、き、既読《きどく》ついた」

消えたい。怒られる。殺される。

でも、この瞬間……私と南くんは学校以外で繋がってるんだね。

それって！

それって、それって!!

「超ニヤけるー!!」

　――ピロン♪

　ジタバタとベッドの上で暴れ倒している私に、聞こえてきたメッセージ受信音。

「み、南くんかな!?」

　慌ててスマホを確認した私に飛び込んできたのは、

【殴ってほしいって？】

　決しておだやかではない文章。

　やばー！　スタンプのせいで変な意味で捉えられてるんですけどー!!

　でも、さすが南くん、あくまでも自分が殴る方なのね。

【ごめんなさい！　スタンプミスりました（´・ω・`）】

　送信。

　殴ってほしいわけじゃない。断じて違う。でも南くんに触れられる……そう考えると殴られるのも悪くない。

　なんて思えてしまうから重症だ。

　前に南くんにこんな発言をしたら、本気で精神科の受診を勧《すす》められて泣いた。

　――ピロン♪

【つーか、なんで連絡先知ってんの？　キモい】

　き、キモいって！

　そりゃたしかに……いきなり教えてもない奴からメッセージ届いたら嫌だよね。

【宮坂くんに教えてもらいました！　勝手にごめん（´・ω・`）】

送信。

ってか、南くんのことだからシカトされるかと思ってたのに意外にも即レスで嬉しいな。

――ピロン♪

【何の用？】

ぐふっ。

用事がないなら連絡すんな……ってことですね？

分かります。

でも今日は本当に用事があってね？　さり気なく南くんにふたりから告白されたことを伝えるっていうミッションが課《か》せられているんですよ!!

でも、さり気なくって？

どう頑張っても自分がふたりから告白されたって内容はさり気なくないでしょ！

こ、こうなったら……！

【南くん……今日も告白された？】

送信。

この切り出し方で間違ってないはず。そしたらきっと南くんの返信は……。

【だから、何？】

はい！　予想を遥かに上回る冷たさー！　塩対応ー！　つらいー！

本当はここで「された」と言う返信を待っていた。なのに、だから何？ときたもんだ。

なんでもないですぅ〜。

と引き下がりたい気持ちを押し殺して、震える手で文字を入力。

【私、モテ期みたいで今日ふたりから告白されちゃった(*>∀<*)】

送信。

これで、さすがに南くんも食いついてくれるはず。

さすがに、自分を好きって言ってる女の子に告白してきたのが誰かくらい興味あるよね？　ねぇ？

送ると同時に既読がついた。常に開いてくれてるのかよ!!

可愛いかよ!!

って、ひとりで舞い上がってた私は。

――ピロン♪

【夢は寝て見ろ】

南くんの返信を見て崩れ落ちる。

う、ううう嘘じゃないのに！

夢じゃない現実だもん!!

夢であってほしいくらいだけど。

……なるほどね、信じてくれないってパターンもあったか。想定外が多すぎる。

【本当だもん。工藤くんと嶋中くんに好きだって言われて不覚にも少しキュンてした（*｀へ´*)】

送信。

送ってから思う。

あ、やばい。挑発するような内容だったかな？

でも、南くんのことだからきっと、「あっそ」「ふぅん」「で？」の３つのうちのどれかだな。

なんてったって、私への興味が感じられないもんな。【夢は寝て見ろ】だもんな。

誰が起きたまま夢見るか!!

「んー？　遅いなぁ……やっぱ怒ったかな？」

既読はすぐについたのに、メッセージは５分たった今もまだ返ってこない。

私のこと面倒になって既読スルー？　おおいにありえる。

もう!!　せめてスタンプくらい押してほしかったんですけどー!?

――♪♪♪♪

「!?」

いきなり手元のスマホが着信を知らせた。

ま、まさかね？　南くんが私に電話……なんてこと、

【calling《 南 瀬 那 》】

あった。

いきなりテンパりだす指たちに必死に指令を送って、電話の応答ボタンをスライドさせる。

「も、もももしもし!?」

『……ん』

「ど、どうしたの？　南くん」

スマホ越し、南くんと繋がってる。ただそれだけなのにこんなにも幸せをもらえるんだからすごい。

『本気で告られたの？』

「う、うん……じ、自分でもびっくり！　どっちも修学旅行で……って。そのあと返事聞かせてほしいって……」

　南くんからの初電話！　足が地に着かない！

　記念すべき初電話の会話の内容は、まさかの私の告白されたネタになるとは……。

　私の返事に『ふぅん』と相槌《あいづち》を打つ南くんに思うのは、やっぱりその程度の関心しかないのかぁってこと。

「あ、でも大丈夫！　私の気持ちはブレることなく南くんに一直線！」

『告られてキュンてしたくせに？』

　どことなく不機嫌そうな声に、思わず「うっ」と小さく声を漏らせば。

『俺が好きなら俺を落とすことだけ考えとけばいい。……他の奴の告白は忘れろ』

　なんて、傲慢《ごうまん》さを発揮《はっき》。

　そ、そんなこと言われたら、私って単細胞バカだからさ？

「それって、南くんだけ見てろって意味だよね？　早く落とされたいって聞こえる……」

　解釈としてはこうなっちゃうんだよ？　思わせぶりな態度は相変わらずで、もう頭がクラクラするくらい南くんにやられてるけど。

『……あーっ、つうかあんましゃべんないで。寝れなくなりそう』

　肯定も否定もされず、私の質問は宙ぶらりん。

でも、それより気になるのはやはり。

「え！　寝れなくなるほどの雑音ボイス？　マジですか！」

そこだよね。

寝れなくなるほど……って、南くんやい。

結構つらいんですけど。

『そうじゃなくて、電話……切りたくなくなる』

「っ!?」

耳元で低く響く南くんの声は、どこか切なげで……それでいてよく澄んでいる。

急に聞こえてきた甘々な言葉に、思わず自分の耳を引っぱってみたり、夢じゃないのか？と何度も何度も目を擦《こす》った。

結果。

「ゆ、夢じゃない……」

『夢でたまるか、俺がこんだけ……』

そこまで言ってやめてしまう南くんに聞き返そうと思って口を開いたのに、次の南くんの言葉によって、私は再び口を閉じた。

『佑麻の電話の声、結構好き』

「っ!!」

ダメだ、この人あぶない!!

人を簡単に殺せる、いや、私を簡単に殺せる!!

何なの？　なんでなの？

なんでこんなにかっこいいの？

胸がキュンって……それからギューって。

　もう、この人から逃れられる日なんて来ない気がする。ううん、お願いします、一生捕まえててください!!

「み、みみみ南くん……たまに甘すぎて私、心臓もたなそう……」

　キュン死にさせられたらどうしよう。こんなにも好きにさせておいて、どう責任取ってくれるつもりだよ!!

『いいよ、もたなくて』

「っえ!?　意地でももたせるよ！　ずっとつきまとってやる!!　ゾッコンです」

　そうだ、南くんにたとえ好きな人ができて、その人と両想いになって、いつか幸せな家庭を築いたら……。

　その幸せを私はさらに見守ろう。

　え？　自分が相手になるつもりはないのかって？　そんなの！　なれるもんならなりたいに決まってるじゃんかー!!

『佑麻、修学旅行先では気をつけろよ』

「ん？　……南くんのかっこよさに？」

『……もう切る。じゃ』

　自分の言いたいことだけ並べて、一方的に電話を切ろうとする南くんにひと言物申したいのに。

　電話を切られる寸前に、私が南くんに届けた言葉はやっぱり……。

「み、南くん！　大好き！　おやすみなさい」

　愛の言葉でした。

　通話終了の文字を見つめながらひとりでニヤニヤしてし

まうのは、電話をとおして南くんと少しだけ深い関係になったような気持ちになってるから。

ま、まさか南くんから電話してくれるなんて、夢にも思ってなかったから嬉しすぎて、緊張しすぎて……。

いまだに夢じゃないかと疑ってる。

それに、それにそれに!!

「私の声、好きって……くぅ〜〜」

抱き枕を抱きしめて、顔を埋《うず》める。

思い出すシトラスの香り。

あーあ、会いたい!!　顔を見て話しがしたい。

今までは学校で会って話すことしかなかったから、こんな気持ちは初めてで、なんだかすごく苦しいな。

南くんは今、何を考えているかな？

私のことも少しは頭の片隅に置いてくれてるといいな。

楽しみで仕方なかった修学旅行が、少し不安要素を含みだしたけど……せっかく南くんと同じ班だし、楽しんでやる!!

まさかのお兄ちゃんポジションだと思ってた（同級生だけど）工藤くんと、頼れるクラス委員の嶋中くんに告白されて、今日はちょっと気持ちが浮《うわ》ついていた。

南くん以外の男の子で、初めてドキドキさせられたふたり。

何より、ふたりとも本当にいい人。だから、できることなら傷つけたくないって思ってる自分が、今も心のどこかに存在してる。

だけど、そんなのただのわがままで、自分が悪者になるのが嫌なだけの偽善者《ぎぜんしゃ》といわれればそれまでだ。

「……はぁ」

今の時点で答えは出ているけれど、どちらも修学旅行が終わってから返事がほしいって言ってたし……。修学旅行が終わったら、ちゃんと自分の言葉で工藤くんと嶋中くんに伝えよう。工藤くん、嶋中くん……本当にごめん。

やっぱり、私には南くんしか見えないよ。


【南Side】

「なに勝手にモテてんだ、バカ」

佑麻との電話を切った俺は、ベッドの上にあぐらをかいて座り込み、壁に寄りかかってひとり言を呟いたあと、

「あー、寝れねぇ」

布団に入り、寝返りを打つ。モヤモヤとした気持ちをなんとかしようと、夕飯も食べずに寝てしまおうと思ったのに。

いつもなら布団《ふとん》に入ればすぐに寝られるってのに、今日に限って思い出す佑麻の声……。

『み、南くん！　大好き！　おやすみなさい』

少し早口で発せられた佑麻の言葉。

だけどはっきり聞き取れたのは、無意識のうちにひとつも聞き逃すまいと、佑麻の声に耳を傾けていたからかもしれない。

「〜〜っ、あー!!　何だこれ」

自分でもよく分かんねぇ感情が胸を支配する。

通話履歴を開いては閉じ、また開いては閉じる。

その度、いちばん上に表示される【佑麻】の字に胸がギュッと締めつけられるような気持ちになる……。

「いや……。佑麻だぞ？　ねぇだろ」

よく分かんねぇ感情を、よく分かんねぇ言葉で否定して、俺は何も考えずに済むようにとスマホにイヤホンを差し込んだ。

普段ロックばかり聴いている俺のプレイリストから、よりによって数少ないバラードのラブソングをランダムで再生し始めたスマホを恨《うら》みつつ、とにかく今は目を閉じる。

何も考えずに目を閉じていれば……きっとそのうち自然と眠くなってきて……って、ダメだ、ぜんぜん寝れねぇ。

「明日、寝不足だったらどーしてくれんだよ」

ちゃんと責任取れよ、佑麻。

「ヤキモチ」ですか？　南くん

　秋もすっかり深まり、ブレザーの下にカーディガンを着込んでもどこか肌寒い今日この頃。11月の空はどこまでも高く澄み渡っている。

　おはようございます。

　私は今、修学旅行に来ています！

　って言っても、うちの学校は３泊４日しかなくて短い旅行なんだけどね。

　この短い時間の中で、京都・奈良・大阪を転々とするんだからびっくり。

　キャリーバッグ限界まで荷物を詰めて、ルンルンで家を出てから早くも２日が過ぎて、今日で修学旅行３日目の朝を迎えました。

　１日目は、奈良へ。

　奈良公園や東大寺《とうだいじ》に行って、鹿におせんべいあげたり、超おっきい大仏を見学したり！

　あ、薬師寺《やくしじ》にも行ってきたよ。

　２日目の昨日は京都で広隆寺《こうりゅうじ》や金閣寺《きんかくじ》、銀閣寺《ぎんかくじ》を見に行って、クラスごとに集合写真を撮って、ホテルに戻って夕ご飯。

　今晩の旅館の部屋は、茉央ちゃんと黒崎ちゃんと同じで楽しくなりそう！

　でも昨日まではほとんどクラス移動だから、ここ２日間は南くんとあまり話せてなくて……。

　南くん不足で倒れそう。

　ちなみに、黒崎ちゃんは今日の自主研修で山田くんとの距離をグッと近づけて、夜になったら、告白するみたい。

　すごいなぁ。私だったら修学旅行中に告白はできないかも。もし万が一ダメだったら、そのあとつらすぎるし。

　って、ダメダメ！

　黒崎ちゃんならきっと大丈夫！

　そして、待ちに待った自主研修の時間……。

　私は今、旅館のロビーで男子チームが来るのを茉央ちゃんたちと待ってるんだけど。

「遅いなぁ～」

「トイレ……かな？」

　茉央ちゃんも黒崎ちゃんも、キョロキョロ周りを見渡している。

　何してるんだろ？

　もう出発の時間なのに。

　他の班はそれぞれ集まった順に旅館を後にして自主研修をスタートさせている。

「わぁっ……！」

　早く来ないかな～と男子チームが来るのを首を長～くして待っていた私は、いきなり後ろからフワッと抱きすくめられて身動きが取れなくなる。

「俺、もうダメ、佑麻ちゃん不足。なんでクラス違うかな」

「く、工藤くん!?　びっくりした……って、ははは離して！」

耳元で工藤くんの声がして、どうもくすぐったい。

それに、こんなところを南くんに見られたくない！

「やだ」

「や、やだって……あの……」

「朝から何してんの」

──ギクッ。

どうしてこうも、タイミングが悪いんだろう。

いやここまで来ると逆にこのタイミングをねらってたかのような勢いだよ。

工藤くんに抱きすくめられている私に、冷たい表情を見せる南くんと、

「お？　朝から熱いね〜！」

相変わらずな宮坂くんと、

「あれ？　佑麻ちゃんって工藤くんと付き合ってたの？」

なんかちょっと空気が読めないらしい山田くん。

いや、山田!!　この野郎!!

私は今も昔もこれからも、南くん一筋だっつーの！

「もう離してあげなよ、工藤くん」

苦笑いを浮かべながら、茉央ちゃんが助け舟を出してくれて、

「まだ、足りてないんけど？」

って、工藤くんは言いながらも離れてくれた。

男の人に抱きしめられてるっていうのに不思議とドキドキはしなくて……。

ただ、南くんに見られてるって思うと、違う意味で心臓

がバクバク音を立てる。

あー、もう！

ここまで平和に楽しんできたのに……なんかすごく嫌な予感がする。

「とにかく！　工藤くんは自分の班に戻らないと。みんな待って……っ!!」

後ろから抱きすくめられていた体の拘束《こうそく》が解けたのをいいことに、工藤くんへと振り返った私は、そのまま、工藤くんに手首を引き寄せられ……。

――チュッ。

唇を奪われた。

「ごちそうさま！　またね。佑麻ちゃん」

「……なっ!!」

なななななななにしてくれんのよー!!

何、今の。事故？　事故かな？　間違って手首引っぱったら……唇がぶつかっちゃった、的な！　ね？

そんな私を見つめて、その場にいたみんなが固まった。

そして、私は動けない。体が動かない。

「みんな先行って。すぐ行く」

南くんがいきなり口を開いたかと思えば、その場にいたみんなの顔に青筋が入る。

「み、みみ南くん……」

すごい、怒ってる!!

見るからに怒ってる!!

なんで南くんが怒るの？　そういえば、嶋中くんにキスされた時も……二度と話しかけんなって……。

　やだ!!　やだやだ!!

　あんなこと二度と嫌だよ～！

　私の心の中には南くんしかいないのに、二度と話せなくなったら私……生きていけない。

「じ、じゃあ先に歩いてるから……！」

　宮坂くんの言葉で、みんなは魔法が解けたかのように動きだしたので、渋々、私も宮坂くんたちの後を追って、旅館の出口へと……。

「っわ!?」

「なんでお前も行こうとしてんだよ」

「へ……!?」

　私の二の腕を捕まえた南くんは、そのまま引きずるように私を歩かせて、

「みみみみみみ……!!」

　近くの壁へと追いやった。

「……なんでそんなに警戒心《けいかいしん》ないの」

　やっとのことで聞き取った南くんの言葉を、脳内で整理しようにも……。

「ち、近い!!」

　こんな近くに南くんの顔があったら何も考えられないんだってば!!

「今もそう。逃げようと思わねぇの？」

「み、南くんから逃げる必要なんて……」

　あるわけない。

むしろ、どんなに追いかけてもぜんぜん届かなくて……

いつもいつも、私は南くんに手を伸ばしているんだから。

「それって、本当に俺のこと男として見てんの？」

南くんの声が、少し掠《かす》れてて……聞いていてすごく胸がギュッてなる。

「お、男として……って」

「……だから」

それだけ言うと、南くんは距離を詰める。さらに近くなった南くんの顔に、もう目を開けていられなくなって、ギュッと硬《かた》く目を閉じれば……。

――コツン。

え？　あれ……？

「……はぁ、行くぞ」

「え！　今のって……ま、待って！」

キス、されるかと思った。

実際は、おでことおでこをコツン……ってされただけだったけど。胸のドキドキが治まらない。

スタスタと何事もなかったように旅館の出口へと向かう南くんを、私はただ追いかける。

……な、何だったんだろう。


あれから、すぐにみんなに追いついた私たちは……。

「おぉ～！　いいじゃん！」

「すげぇ、華やか！」

舞妓さん体験しちゃいました！

茉央ちゃんも黒崎ちゃんもとっても似合ってて、女の私から見てもキレイ！

そんなふたりを見て、宮坂くんも山田くんも目を輝かせている。

「……ぶっ」

「み、南くん今、私のこと見て笑ったでしょ!!」

しかし、やはり南くんは「似合ってる」なんて言ってくれるわけもなく。

「七五三かよ」

「ひ、ひどい!!　……どうせ七五三ですよーだ」

七五三って！

そんなにお子ちゃまか、私は。

でも、その笑顔ちょっとかっこいい。怒ってるはずなのに、そんな笑顔向けられたらちょっと許しちゃいそうになるじゃん。

「茉央、すげぇ似合ってる！　可愛い」

「そ、そうかな……ありがとう」

あー、バカップルがなんかイチャつきだした。無理。パス。

黒崎ちゃんに慰めてもらお……。

「や、山田くん……どう、かな？」

「ん？　すっげーいいよ！　キレイ！」

あ、こっちもダメか。

あれ？　もしかして私だけソロ充？

みんな、褒めてもらえていいなぁ。

私なんか、七五三だっていうのに。こうなったらヤケクソだ!!

自撮りしてお母さんに送りつけよ。

さすがにお母さんは似合ってるって言ってくれるはずだ。

なんたって、血の繋がった娘なんだから！　ね？　可愛く見えるでしょ！

そうと決まれば……。

「ここらへんかな？」

私はインカメラを起動させて角度を調整し始める。

そんな私をさぞ不思議そうに、いや不審そうに見つめ続ける南くんにかまうことなく、

――カシャッ。

シャッターを押せば、まぁ……いいか。ぐらいの写真が撮れた。

そして、【舞妓さんになったよ♪】とだけ打ち込んで画像と一緒にお母さんに送信。

きっと、きっときっと「可愛い」って言ってくれると信じて。

――ピロン♪

数分後メッセージ受信音が鳴り、慌ててスマホを確認した私の目に飛び込んできたのは……。

【あら～！　七五三を思い出すわね！　お土産待ってる^o^】

「お、お母さんまで……」

どこに顔を白く塗った七五三がいるのか見てみたいよ。

「ぶっ、結局七五三呼ばわりじゃん」

「か、勝手に見ないでよ！」

後ろから南くんに覗き込まれ、慌てて振り返れば、整った顔を崩して笑う南くんに胸がトキメク。

ここまで来たら、ヤケクソだ！　誰かひとりでいいから、可愛いって言ってくれないかな……。

と、周りを見渡せばイチャつく２組の男女。

それと他の観光客の群れ。

私の隣には冷血な南くん。

ダメだ……不可能だ。

この場に工藤くんがいたら、サラッと言ってくれるだろうに。

ん？　工藤くん……。

ははーん、いいこと思いついた。

「工藤くんに写真送ろう！」

「はぁ？」

隣から南くんの驚いた声が聞こえるけれど、今は「可愛い」を言ってもらいたい気分なんだもん。

再びカメラを起動して、お母さんに送った写メより少しでも可愛く見える角度を探す。

「ん〜、このへんでいいかな？」

「……ったく」

シャッターを押そうとした時、南くんの何かを諦めたような声が聞こえて……。

──カシャ。

「み、南くん!?」

ヒェエェエェエエ!!

なぜか、私を引き寄せるようにして写メに写り込んできた南くんに、ドキドキと喜びと、でもなんで?って気持ちがまじって目を見開く。

「俊哉に送るなら、それ送れ」

今撮った写メを顎《あご》でさす南くん。

「い、いいいいの?」

そ、そ、そんなの!!

私と南くんがデートしてる写メを工藤くんに送りつけるみたいなもんなのに!!

撮った写メを確認すると、ピタッと頬がくっついていて、南くんは軽く舌《した》を出している。

まるで「あっかんべー」してるみたい。

でも、鼻血出そう!

かっ、かっこいいいい!

何これ!　やばい!

特大印刷して部屋に飾ろう。

家宝にしよう。

死ぬ時は棺桶《かんおけ》に一緒に入れてもらお!!

「はぁ……。その写真以外は送るなよ」

「……?　う、うん!!」

送りません!!

南くんとの写メを見つめ返してニヤニヤする私に、「キモい」と相変わらずな南くんだけど、私は今最強に幸せです!!

工藤くんに、【舞妓さんどうかな？♪】って文と一緒にさっきの写メを送信。

「つーか、仮にも告られてて……挙句、今朝キスされた相手に自分からメッセージって……」

「……へ？」

隣でブツブツと呟く南くんを見て、今朝の出来事がフラッシュバックする。

そそそそそういえば……南くんとの自主研修に浮かれまくって忘れてたけど、工藤くんって、わわ私のこと好きなんだった……しかも今朝、不意打ちとはいえキスされちゃったし……。

南くんには見られちゃうし。

送ったメッセージを確認すれば、早々に既読マークがついている。

「やっぱり、自分のこと好きな奴はキープしときたいわけ？」

「なっ！　……そんなことない!!」

「じゃあ、ムダに媚び売んな。工藤に可愛いって言われたら嬉しいんだ？」

「……可愛いって言葉は、誰に言われても嬉しいんだもん。そりゃ南くんに言われるのがいちばん嬉しいけど」

——ピロン♪

南くんと言い争ってるうちに、スマホのメッセージ受信音が鳴り響いた。

　ゆっくり画面へと視線を向ければ。

【佑麻ちゃん、可愛い（^_^）　同じ班のオオカミには気をつけて】

　やっぱり、工藤くんは女子のほしい言葉をよく分かってる！

　やっと言われた「可愛い」に、ついニヤッと口角が上がってしまう。

「同じ班のオオカミ？」

　なんだ、それは。

　も、もしかして南くんのこと？

「俺はオオカミじゃない。だとしても、お前は襲わない」

　――ガ――ンッ。

　視線で南くんに訴《うった》えてみた私に、南くんはグサッと言葉のナイフを刺してきた。

　そうですか、私は襲わないですか。

「……キスしたくせに」

「…………」

　シカトですか。

　都合の悪いことは耳に入りませんか。

　なるほど、南くんの中であのキスはなかったことにしたいものなのかな。

　だって、好きでもない奴とはキスできないって……告白されてた時に言ってたもんね。

　つまり、私へのキス＝魔が差した……ってこと？

「みんなで写真撮ったら、着替えて次行こうよ〜！」

　茉央ちゃんの声にハッとして、顔を上げれば、おいでおいでと手招きしている。

「行こう、南くん」

　私は南くんを置いて、先に茉央ちゃんたちの方へと歩きだした。

　南くんのバカ。

　南くんのアホ。

　南くんなんか、明日の大阪自主研修でタコ焼きの具にでもされちゃえ。

　それはタコ焼きじゃなくて、南焼きですけどね!!

　南くんにとっては、なんでもないキス。

　私にとっては、大事なファーストキス。

　この差が、私と南くんの気持ちの差。

　きっと埋まらない……埋められないんだ。

「はい、撮りますよ！　ハイチーズ」

　――パシャッ。

　舞妓体験のお店の人に撮ってもらった６人で写った写真。隣には当たり前のように南くんがいる。

　どうして近くにいるんだろう。

　……嫌ならとことん突き放してくれればいいのに。

　どうしてこんなに好きなんだろう。

　……苦しいなら、もうやめてしまえばいいのに。

　……そう思うのに、諦めきれない。

　そんな気持ちを、人は恋というのかな。

それから、茶屋に寄って本格抹茶《まっちゃ》スイーツを食べたり、二条城《にじょうじょう》の近くで、和紙照明の手作り体験をしたり。

歩き疲れたから、とみんなで足湯に浸かってみたり。

八ツ橋の手作り体験なんかもして、とっても楽しかった。

南禅寺《なんぜんじ》は、紅葉がとってもキレイで、写真を撮ると雑誌の１ページみたいな仕上がりになった。

緑の多い素敵な場所で癒されたなぁ。

あ、もちろんお土産もたっくさん購入。ぬかりなし。

まだまだ行きたいところはたくさんあったけど、今日は明日の大阪自主研修に向けて大阪のホテルに泊まります。

よって、すでに京都の旅館に戻って来ました。只今の時刻18時。

これから大阪のホテルに出発です！

「おーし、全員揃ったな？」

「じゃあ、大阪向かうぞー」

担任の声や、学年主任の先生の声で旅館の方々に挨拶を済ませ、駅へと向かう。

大阪にはおいしいものがいっぱいって聞くし、楽しみ。

よだれ出そう……ふふふ。

タコ焼きは絶対食べたい！

「おし、各自風呂入って早く寝ろよー。くれぐれも他の部屋との行き来はしないように」

京都を出てから１時間弱で、大阪のホテルに到着。

すでに大ホールにて夕ご飯を済ませた私たちは、先生の声でそれぞれ部屋へと戻る。

「おいしかったねぇ！」

「佑麻ちゃんは食べすぎ！　でも、太らないから羨ましい」

「私も……食べた分だけ太っちゃうから……」

　部屋へと戻りながら、茉央ちゃんと黒崎ちゃんの言葉に目が飛び出そうになる。

「何言ってんの！　ほら、触ってみて！　お腹マジでつまめるから、ね？」

　まさかのドヤ顔で腹肉を差し出す私に、引き気味のふたり。

　え、何その冷たい視線。

　分かったよ、しまう、腹肉しまうから。そんな目で見ないでほしい。

　私たち３人の部屋は２階の206号室。

　昨日の夜も延々、恋バナに花を咲かせて楽しんだけど、今日は黒崎ちゃんの告白の日!!

　私と茉央ちゃんは部屋でソワソワしてなくちゃいけない。

　あー、どうかうまくいきますように！

「とりあえず、先にお風呂行こ～よ！」

　部屋に着くと、茉央ちゃんの提案で大浴場へ行くことになった。

　京都の旅館もすごくよかったけど、大阪のホテルもやっぱり大きくてキレイ！

　お風呂も楽しみだなぁ～ふふふっ♪

「黒崎ちゃん！　お風呂上がりの濡れ髪で山田くんに迫《せま》っちゃうのはどうかな？」

「えぇ！　ぬ、濡れ髪で……それって何か効果あるのかな？」

「よく聞かない？　色っぽく見える〜みたいな話！」

　大浴場までの道のり。

　黒崎ちゃんの告白がうまくいくように、気合いの入っている茉央ちゃんの言葉に私も耳を傾ける。

　濡れ髪って色っぽいんだ〜。

　へぇ、勉強になりますなぁ。

　やっぱ、茉央ちゃんっていい女だよね。男のツボを分かってるっていうか……。

　なんて話してるうちに、地下の大浴場前に到着。

　大きく『湯』と書かれている。

「お？　茉央たちも今から？」

「あ！　礼央くん！　一緒だね〜」

　まさかの向こう側から男子軍もやってきて……もちろん中には南くんもいるわけで。

　ちょっとだけ、顔を合わせづらい気がするのは自分からキスについてふれて……それをスルーされてしまったからだろうか。

「山田くん……お風呂上がったあと、少し時間あるかな？」

「お、俺？　……いいよ。じゃあ、上がったらそこのベンチで待ってるから、ゆっくり入ってきて」

「あ、ありがとう……！」

モジモジしながらも積極的な黒崎ちゃんを見ながら、いいなぁ～って。告白したら結果はどうにせよ、ちゃんと返事をもらえる。その関係が羨ましい、なんて思ってしまう。

私は南くんに何度好きを伝えても、「へぇ」とか「あっそ」とか、ちゃんとした返事がもらえない。

だから、諦めもつかない。

ううん……それは言い訳かな。

「気持ちいいねぇ～」

「やっぱ、温泉っていいい！　最高！」

「……山田くんに……ちゃんと言えるかなぁ」

大浴場、周りにもお客さんや同じ学校の子たちがチラホラ見える。

そんな中、湯船に浸かりながら黒崎ちゃんは緊張気味。

「せっかくの温泉だよ！　リラックスして！」

「そうそう、山田くんとの距離も縮まってる感じがするよ？　大丈夫、大丈夫！」

私の言葉に続いて、茉央ちゃんも声をかければ、

「ふたりと仲良くなれて、私本当によかった」

キレイな顔をクシャッと崩して、黒崎ちゃんが笑ってくれるから、つられて私たちも笑った。

どうか、黒崎ちゃんの恋が実りますように!!

【南side】

「ふぅ、いい湯だわー。な？　瀬那！」

「あぁ、今日は歩きすぎて疲れた」

　湯船に浸かりながら俺へと視線を向けた右隣の礼央に無意識的に返事をしながら、俺の脳はなぜか今朝の佑麻と俊哉のキスシーンを思い出している。

「……玲奈ちゃん……俺に何の用だと思う？」

　べつに、佑麻が誰とどうなったって俺には関係ない……そう思う気持ちとは裏腹に、

『み、南くんから逃げる必要なんて……』

　俺を男として本当に意識してんのか？ってくらい危機感のない佑麻にイライラが募って、体が勝手に動いちまう。これは俺にとって事件だ。

「……あー、あれは告白だろ」

「や、やっぱそう!?　南はどう思う？」

「…………」

　今朝キスされたばっかのくせに、工藤に舞妓姿の写真送るとか言いだすし。本当にあいつ……って、俺は何をこんなにイライラしてんだか。

「おい、聞いてる？」

　佑麻のことを考えていた俺は、不意に聞こえた山田の言葉にハッと我に返った。えっと……何の話だっけ。

「ごめん、ぼーっとしてた。……あれは告白かもな」

　ほぼ棒読みでなんとか話を合わせる。

「やべー！　やっぱ告白!?　なら……お、俺から言った方いいよな」

　嬉しそうにはにかみながら言った山田の言葉に、俺は首

をかしげる。なんでわざわざ告白されるって分かってんのに自分から言う必要があんだよ。

「なんで？」

　疑問をそのまま言葉にしてぶつければ、

「なんでって……告白は男からするもんっス!!」

　山田は当然とでも言わんばかりに熱弁し始めたけど、“告白は男からするもの”なんて、誰が決めたんだよ。

「……そうなの？」

　ま、俺には関係ないけど。告白なんて……。そう思いながらも頭に浮かぶのは佑麻の顔で、なんでこんな時に佑麻の顔が浮かぶんだよ。

「俺も自分から言った、茉央に」

「……ふぅん」

　礼央の言葉に適当に相槌を打てば、

「瀬那は、モテすぎて感覚狂ってんじゃねぇの？」

　隣で礼央は嫌味ったらしく唇を尖らせている。

「べつに、モテねぇよ」

「佑麻ちゃん、ゾッコンだもんね～！　いよ！　ふぅ！」

　突然挙がった佑麻の名前に、ひとり胸がドキッと音を立てたことに気付かないフリをする俺。

「俺は佑麻ちゃんが可哀想。報《むく》われないのにひたすら想い伝えてさ。突き放すわけでも受け入れるわけでもない瀬那は、ある意味、卑怯だよな」

　再び口を開いた礼央は、容赦《ようしゃ》なく毒を吐く。

「…………」

「そもそも、本気で迷惑ならとっくに突き放してるっしょ。それを離れていかないようにキープしてるくせに、『俺は好きじゃない』だもんな。よく言うよ。他に取られて泣けばいいのに」

「……………」

　勢い止まらずぶちまけたらしい礼央の言葉に、特別言い返す言葉も見つからない俺。

　でも、佑麻がもし本当に他の奴を好きになって俺から離れていったら……。きっと俺の毎日はつまらねぇだろうな、って思ったりする。

「宮坂、いつからそんな毒舌に？」

　礼央の毒舌ぶりに驚いた顔をしている山田に、礼央は片瀬にしか紳士《しんし》じゃねぇってこと、あとで教えてやらねぇとな。

「あれ俺、心の声漏れてた？」

「礼央、お前わざとだろ、殴んぞ」

　俺の言葉に舌を出してニヤっと笑った礼央。なんだかんだ言って、俺はいい友達に恵まれたなって思ってるよ。

＊＊＊

「あー、気持ちよかったねぇ～！」

「ほんっと、サッパリしたね～！」

「ふぅ……濡れ髪作戦……が、頑張る！」

　お風呂から上がって、軽くドライヤーをあてた私たち3

人の髪は、まだ半乾きで、黒崎ちゃんのキレイな黒髪は、そりゃもう色っぽく仕上がっている。

「うん！　黒崎ちゃんファイト！」

「ファイトだよ！」

私と茉央ちゃんの言葉に、コクリと力強くうなずく黒崎ちゃんは、真剣そのもの。

きっと、大丈夫。うまくいく！

大浴場を出れば、近くのベンチに山田くんと宮坂くんがいて、私たちに気付き立ち上がる。

……南くん、いない。

って、なんでテンション下がってんの私。

約束してたわけでも、付き合ってるわけでもないんだから当たり前じゃん。

「や、山田くん……お待たせ……！」

「……っ!!　ぜんぜん……俺たちもさっき上がったっス！」

あ、山田くん照れてる？

さっそく濡れ髪作戦効果アリじゃない!?

なんて、ひとり感動していた私は、

「茉央、少し話そ」

「うん！　嬉しいっ♪」

茉央ちゃんと宮坂くんの幸せそうな笑顔を見て察した。

私はひとりで部屋に戻り、ソロ充……ということですね？

ファイナルアンサー？

「佑麻ちゃんも、少し話さない？」

「そうだよ、話そう！」

　宮坂くんと茉央ちゃんは、そんなことを言ってくれるけど、黒崎ちゃんと山田くんはふたりでどこかへ消えてしまったし、カップルの中にひとり加わるなんて、邪魔者以外の何だっていうの。

「あ、私は大丈夫！　見たいテレビ番組があるから、先に戻ってる。ごゆっくり！」

　本当はないけど。

　見たいテレビ番組なんて、修学旅行中は番組表だって確認してないもん。

　でも、せっかく好きな人と過ごせる時間は大切にしてほしいし、協力できることはしてあげたい！　親友だもんね！

　そんなこんなで、ひとり乗り込んだエレベーター。

　自分の部屋の階を押すと、静かに動きだす。

「何しよっかなー」

　茉央ちゃんまで取られるとは……予想外だったなぁ。

　――チンッ。

　アナログな音がして顔を上げれば、どうやらエレベーターが到着したらしい。

　エレベーターを降りて左側に進み、いちばん奥から２つ目の部屋。そこが私たちの部屋。

　このホテルは各階に自販機があって、自販機横にはいい具合に休めそうなひとり掛けのソファが３つも並んでいる。

　あっという間に辿り着いた部屋のドアを開けた。

　――ガチャッ。

「ふぁ～、眠くなってきたし」

　もう、ベッドで休んじゃおうかな。

　茉央ちゃんたちが戻って来るまで仮眠タイム。

　それいい、そうしよ……ん!?

「……森坂？」

「わわわわ、何してんの!?」

「……え、あ……ごめん。って森坂こそこんな所で何してんの？」

　私の視線の先には、上半身裸の嶋中くんがいて、私に驚いたように目を見開いている。

「な、何って……ここ私の部屋だよ!?　ってかふ、ふふ服着てよ！」

「森坂、ここ306号室。俺と柴田《しばた》と山本《やまもと》の部屋だよ？」

　Tシャツを着ながら、何言ってんの？って声で嶋中くんに言われ、周りを見渡す。

　たしかに……私たちの荷物はないし。言われてみれば、壁に飾ってある額縁《がくぶち》の絵も違う……。

　嘘、私……や、ややらかした!!

　２階と３階間違えたぁあぁあぁあ！

「ごごごごめんなさい!!　悪気はなかったの！　本当に！　帰る、今すぐ帰る！」

「べつにいいよ、落ち着いて。それに……俺的には願ってもない訪問だったけどね」

「え？　……願っても、ない？」

「だって、柴田と山本は今、風呂。そんな中、いきなり好きな子が部屋にやってきてふたりきり。……ね？　おいしい」

　よ、よく分からないけど……。

「ぶっ……嘘嘘、何もしないから少し話さない？」

「ひとりで退屈してたんだ」って、続けて笑った嶋中くんは、そのあとすぐに意地悪な顔をして、

「それとも、もっといいことする？」

「…………」

　冗談とも本気とも取れるトーンで、妖《あや》しく笑うから、ちょっと見惚れてしまった……。

「わ、私も部屋にひとりだし……少し話していこうかな」

「よかった、じゃあ……隣どうぞ」

　そう言って嶋中くんは自分が座っているベッド横をポンポンとたたいた。

　べつに、どこに座っても一緒なのに……わざわざ隣？とは思いながらも、とくに反論はせずに隣に腰を下ろす。

「自主研修どうだった？」

「あー、楽しかったよ！　舞妓さん体験してきたんだ～！」

「へぇ、俺も見たい。森坂の舞妓さん。写真とかないの？」

「あるよ！　あ、あるには、あるけど……」

　写真……言われてドキッとする。

　南くんとの写真をロック画面設定したい衝動に駆られすぎて……。

ホテルに着いてから、ついには設定してしまった。

それを見せればいいんだけど、付き合ってもないのに南くんとの写真をロック画面設定してるなんて痛すぎる。

ひとりで撮った写真も残ってるけど、ロック画面を解除しなければアルバムは開けないわけで……。

「見せて？」

「いや、あの……」

「何？」

まっすぐ見つめられすぎて目が泳ぐ私に、どんどん詰め寄ってくる嶋中くん。

こ、ここここれはやばい!!

自惚れ自意識かもしれないけど、またキ、キスとかされる前に見せちゃおう！　じゃなきゃ南くんに怒られちゃう!!

……ん？　待てよ？

なんで私……南くんに怒られなくちゃいけないんだっけ？

付き合ってないし、完全なる片想いだし、南くんは私に興味すらないのに……。

これで怒られるのは理不尽《りふじん》だ。

（※今さら気付いたんですね）

でも、南くんにまた冷たくされるかもしれないって考えたら背筋《せすじ》が凍る勢い。

「……はい」

それだけ言ってスマホのロック画面を差し出せば、あきらかに嶋中くんが不機嫌になる。

「……なるほどね。南も考えたね」

「え？」

「この写真……森坂は俺のだからって牽制にしか見えないんだけど」

　そう言われて、視線をロック画面の写メへと落とす。

　たしかに南くんは舌を出してあっかんべーしてるけど、こんなポージングってよくあるよね。

　いや、南くんがわざわざ写真でポージングしてくれるなんて奇跡にも近いけども。

「……牽制？」

　はて？と頭をかしげ嶋中くんを見れば、そのまま嶋中くんも私を見つめた。

　あれ、何この雰囲気。

「俺、南に負けるつもりないよ？」

「……っ、え〜っと……」

「俺は森坂に好きだって伝えた。南が森坂に何してくれた？……俺なら、森坂のこと幸せにしてやれる。だから……」

　——ドサッ。

「わっ、し、嶋中く……」

　そのままベッドに押し倒されて、簡単に両腕を拘束される。

「俺のこと好きになってよ」

「し、嶋中くん……」

　今まで見たことない嶋中くんの苦しそうな表情に、どうしていいのか分からない。

「ね、森坂……キスしていい？」

「……あ、の」

ちょっとずつ近づいてくる嶋中くんの顔に、全力でダメだと叫びたいのに、体が麻痺《まひ》したみたいに動かない。

声の出し方が分からない。

何が起きてるのか……分からない。

「森坂……」

「っ……」

あと数センチで触れる……そんな時。

――ガチャッ。

「おーい、翔太～！　戻ったぞ！」

「っ！」

部屋のドアが開いて、ふたり分の足音と山本くんの声が聞こえた。

途端、私にかかっていた嶋中くんの重さが消えて、私たちは慌てて距離を取った。

山本くんと柴田くんお風呂から帰ってきたんだ。

た、助かった……よかった……。

本当は少し怖かった。いくら嶋中くんが優しい人だって知ってても、こんな状況じゃ話は別だよ。

「早かったんだね」

「男の長風呂なんてキモいだろ」

嶋中くんの返しに答えた柴田くんは、私を見つけて訝《いぶか》しげに眉をひそめた。

「落し物したみたいで、森坂が届けてくれたんだ、ね？」

　そんな柴田くんの視線に気付いた嶋中くんはすかさず助け舟を出してくれた。

「……あ、うん。私、もう戻るね！　おやすみなさい！」

　私の言葉にうなずくだけの嶋中くんと、「もう帰るの〜？」なんて、のんきな山本くん、そして興味なさそうな柴田くんを残して足早に部屋から出た。

　まだ少しだけドクドクとうるさい心臓を落ち着けるべく、自販機の前のソファへと座れば、

「うぅ……うっ……」

　何の涙か分らない涙が押し寄せてくる。

　たしかに、嶋中くんに押し倒されたことも素直に怖いと思った。

　少なくとも自分に好意を寄せてくれていることを知っていながら、何の危機感も持たずにふたりきりになったりした私が悪いんだ。

　でも、そんなことで泣いてるわけじゃない。

　……それよりも、誰かを想う気持ちが他の誰かを悲しませることになる。

　その事実を、工藤くんや嶋中くんのおかげで初めて知った。私が南くんを好きなように……冷たくされたら傷つくように、私があのふたりを苦しめて傷つけることになる。

　そんな未来が怖い。

　誰かを愛するためには、それだけの犠牲《ぎせい》が必要なのかと考えると、どうしようもなく胸が締めつけられて。

『みんなが幸せになりますように』

私がこの修学旅行で書いた絵馬《えま》の願い事は、ただの自己満足の偽善なんだって思い知らされた。

「……佑麻？」

よく響く廊下に反響して、低く私の耳へと聞こえてきたその声にドキッとする。

「……ここで何してんの？」

「っ……ぅう……」

私を見おろす南くんと、泣き顔を見られたくない私の攻《こう》防戦《ぼうせん》。

泣きやめ！　泣きやめ！

そう思っても、嗚咽《おえつ》がなかなか治まってくれない。

「っ、泣いてんの？」

「……な……ついて、ない」

どう考えても泣いてるだろって、南くんの発してるオーラが言ってる。

私も自分で無理があると思ってるんだから、あんまり刺激しないでほしい。

南くんはいつもタイミングが悪い。会いたい時には会えないのに、会いたくない時には決まってやってくる。

「……何があった？」

いつになく優しい南くんの声に、余計涙が溢れて、もう泣いてないなんて嘘でも言えないくらい、私の目からたくさん涙が流れていく。

──ギュッ。

「……ふ、うぅ……み、なみく……ぅ～」

ソファに座っていた私の体は、軽々と南くんによって引き寄せられ、すっぽりと南くんの腕の中に収まってしまった。

驚くとか、ドキドキするとか、そんな感情はひとつもなくて、今はただ、あったかくて……安心する。

ギュッっと回された腕が嬉しくて、私も負けじと抱きしめ返す。

「で、何があった？」

諭《さと》すような南くんの言葉に、私はゆっくり今さっき起きた出来事や自分の気持ちを打ち明けた。

怖い……苦しい……悲しい……切ない。

そんな気持ちを全部聞いたあとで、南くんが口にしたのは、

「嶋中にとっても、俊哉にとっても、お前じゃない運命の相手がいる。お前にフラれたくらいで死ぬわけじゃない」

なんて、憎まれ口にも近い言葉だったけど、その言葉を聞いて……たしかにって思った。

自分がフったら可哀想。

どこかでそんな気持ちさえ抱いてた。でも、そっか……私なんかよりずっと、素敵な運命の人があのふたりにはいるのか。

嶋中くんや、工藤くんに対する申し訳なさが消えたわけじゃないけれど、それでも、心がほんの少しだけ軽くなった気がした。私はやっぱり南くんが好きで、自分でもどう

しようもないくらい、この気持ちを大事にしたいと思うから……。だからどうか、私のことは次の恋への踏み台にしてくれればいい。

「……南くん。恋愛カウンセラーとか、始めない？」

　きっと儲《もう》かると思うんだ。

　私みたいにひとりでいろいろ考えて空回ってる女子は他にもたくさんいるはずだし。

「……怒るよ？」

「ご、ごめんなさい。」

　じょ、冗談だよ南くん……。

　疑問系なところが地味に怖いです。

「つーか、もう怒ってんだけど俺」

「え？　嘘……なななななんで!?」

　また怒らせちゃったらしい。

　私、南くんを怒らせるテストがあったら満点かもしれない。

　でも、どこだ？

　どこに今回南くんのお怒りポイントが？

　探せ、探せ探せ！

　南くんが答えるより先に、お怒りポイントを見つけて謝れば許してくれるかもしれない。

　……で、でででも。

　南くん怒ってるくせに、私を抱きしめたまま。

　なんなら、さっきよりきつく抱きしめられてる気さえして心なしか苦しい。

「なんで俺じゃない男の部屋に行ってんの？」

「あ、そこか！　……ん？　そこ!?」

　南くんより先に答えを見つけ出せなかった私は、南くんの答えに“？”がいっぱい。

　南くんじゃない男の部屋……。

　それって、南くんの部屋ならいいってこと？

　それとも……？　私、日本語も弱いんだよー！

　以外とか、以上とか、以内とかゴチャゴチャになって分かんないー!!

「しかも、押し倒されたとかバカじゃねぇの」

　――ゾワッ。

　あー、機嫌悪い。

　この上なく機嫌悪い。

　あれは、自分でもバカだと思ったし、反省もしてるから許してほしい。

　心底自分を恨んだんだよ？　本当だよ？

「み、南くんっ……苦しい！」

「うっさい」

　えぇえぇぇええ!?

　私、苦しいんだよ？

　たしかに南くんに抱きしめられてることは昇天するほど嬉しいし、気を抜いたら鼻血なんて簡単に出るけど。

　私の内臓が悲鳴をあげています。

「……あーマジ、何なのお前」

「えっ、あの……」

何なのって……一応、人間の女の子です。

なんて言ったら、殺されるかな。

うん、今はダメだよね。やめておこう。

これ以上お怒り買って、これ以上強く抱きしめられたら背骨《せぼね》折れるかも。

「南くん……どうしたの？　嫌なことでもあった？」

いつもと様子が違う南くんに、遠慮がちに尋ねる。

「……気付きたくなかった」

「何に気付いたの？　じつは私がCをつけていながらBしかないってこと？　気付いちゃったの!?」

「……はぁ」

あれ……違った。

え!?　違ったの!?　何、今のはじゃあムダな暴露《ばくろ》!?　落ち着いてよ！　ねぇ！

（※荒ぶっているのはあなたです）

「佑麻」

南くんが名前を呼ぶのと同時に、キツく抱きしめられていた腕がゆるめられて、

「ん？」

私が、何の迷いもなく南くんを見上げたその時。

「〜〜っ!?」

南くんの最強に整った顔が一瞬で目の前に現れて、唇と唇が重なった。

初めてのキスよりも、優しいキスに……何がなんだか分からない私と、

「これで2回……つまり俺がリード」

　なんて、余裕そうな南くん。

　待って!?　何が2回で、何をリード!?

「なななな、キ、キス……」

「嶋中も俊哉も1回だろ。俺は2回。もう他とはすんなよ」

「っ……！」

　何それ!!

『モウ ホカトハ スンナヨ』

　え!?　何!?　待って!!

『モウ ホカトハ スンナヨ』

『モウ ホカトハ スンナヨ』

『モウ ホカトハ スンナヨ』

　それは……南くんとだけって捉えていいんですか!?

　なんで単細胞なの私。

　こんな時にパソコン並みの脳みそならいいのにって今まで何度思ったことか！

　あー！　もう南くんがそんなんだから……そんなことばっかり言うから、私……。

「そんなこと言われたら、私バカだから期待しちゃうってば……」

　いつだって南くんは、思わせぶりな態度ばっかりでズルい。

　私ばっかり好きでズルい。

「ふっ……したけりゃ、すれば？」

　私の心の中を全部見透かしているであろう南くん。

そんな優しい笑顔でそんなこと言われたら……私無事にひとりで部屋にたどり着けるかすら心配になってきた。

途中で鼻血流して倒れてるかも。

「ぐふ……」

あー、どこまでも余裕な南くんが憎い。

でも、期待してもいいの？　私もっともっと頑張るけど、いいの!?

南くんも少なからず私のこと……って、思っててもいいの〜!?

「先生に見つかんないうちに早く戻れよ」

それだけ言うと、いつの間に買ったのか右手にペットボトルを持った南くんは、私に背を向けて部屋へと歩きだした。

「あ、南くん！　えと……おやすみなさい」

慌てて呼び止めた私に振り向いてくれる。少し前までは振り向いてくれることもなかったあの南くんが、足を止めて振り向いてくれる!!

それだけて幸せオーラが出そう。

「おやすみ」

意地悪なわけでも、無愛想なわけでもない。

どこか優しい声色でそう呟く彼は、私が好きで大好きで愛しくて仕方のない男の子です。


「わぁ〜！　グリコ〜！」

「デカっ！」

「ポーズキメめて写真撮ろ！」

　そして、修学旅行最後の日がやってきた。午前中は、クラスごとに大阪城、四天王寺《してんのうじ》、通天閣《つうてんかく》を転々としてクラス写真を撮ったり見学したり……。

　通天閣のビリケンさんにはもちろん『南くんの彼女になれますように』とお願いをした！　効果あるかな？

　あるよね？　七福神の次に幸福の神様なんだもんね！

　お願いしますよ!!

　なんて、もはや南くんとの関係を神頼みしてる。

　そして午後になり、私たちは自主研修（もはやフリータイム）を満喫中。

　大阪自主研修が終われば、またいつもの日常が待っている。

　昨日の夜、部屋に戻った私は、それからすぐに戻ってきた茉央ちゃんと一緒に、黒崎ちゃんから告白の返事を聞いた。

　もちろんふたりはめでたく『付き合うことに……なりました！』だそうで、私も茉央ちゃんもおめでとうの嵐。

　何度言っても足りないとばかりに、おめでとうを連呼する私は『佑麻ちゃん多すぎだよ！』と茉央ちゃんに笑われてしまったくらい。

　グリコの前で６人並んで写真を撮ったあと、念願の本場のタコ焼きをみんなで食べた！

　やっぱ、本場の味サイコー!!

　今まで食べてたのは何だったんだろ。タコ焼き（偽）って名前で販売してほしい。

（※全国のタコ焼き屋さんに謝れ）

今日は18時発の新幹線で帰るため、17時半には駅に集合。

「最後に海遊館《かいゆうかん》行こうよ！　大きい水族館らしいよ！」

「あ、わ……私も行きたい！」

茉央ちゃんの提案に、大きくうなずく黒崎ちゃん。

そんなふたりを見て目を細めて笑う彼氏たちは大賛成とばかりにうなずいて、

「べつにいーけど」

南くんはどこでも……って感じだ。

「私も南くんがいればどこでも……」

「へぇ、俺がいればね」

「へ……？　えぇ!?　い、今の声に出てたの!?　なんで!?」

心の声をうっかり声に出してしまった私は、今すぐ穴に埋まりたい。

はずかしくてこの場にいられない。

「なんでそんなにバカなの？」

「っ!!」

ふっと優しく笑いながら私に視線を落とした南くんが、かっこよすぎて、バカでいい、むしろバカでよかった！　バカ最高！　私はバカ!!

なんて本気で思ってるから……間違いなくバカなんだと思うんだ。

悲しいけど、現実を受け入れよう。

「はいはい、カップルそっちのけでイチャコラしないでくれますかー」

「本当それ。行くぞー！」

山田くんの言葉にハッとしてみんなを見れば、ニヤニヤと視線を私に降り注いでいる。

歩きだした宮坂くんは「時間なくなるし」と続けて茉央ちゃんの手を握った。

付き合ってるから当たり前なんだろうけど、その自然なしぐさに見てる私がドキッとしてしまう。

あぁああぁあ!!

どうしよう、南くんと手繋ぎたい!!　どんどん欲張りになる。

最初は見てるだけで十分って思ってたのに……。声を聞きたい、話しかけたい、話しかけてほしい、笑ってほしい、好きって伝えたい……。

そして今は、私のことを好きになってほしい。

人間って本当に欲深いなぁ、なんてしみじみ考えさせられる今日この頃。

南くんは毎日、どんなことを思って過ごしていますか？

その毎日に、私はいますか？

南くんの未来に、私は……。


「じゃ！　もちろんここはバラけるよね？」

海遊館に無事着いた私たち……。

「はいはい！　賛成っス」

宮坂くんの言葉に、大賛成の様子の山田くんは右手を挙げてアピール。

「私たちせっかくだからふたりで回りたいなぁ……？」

「わ、私も……」

私へと視線を向け、遠慮気味に主張する茉央ちゃんと黒崎ちゃん。

「え……そ、そんな！」

分かる、分かるよ？

せっかくだからカップルで回りたいって気持ちは、ソロ充の私だって!!

でも、でもさ？

その場合は私……南くんとなわけで。

最高に死ぬほど嬉しいし、願ってもないデートだけど!!

今度こそ鼻血出ちゃうかもしれないけど!!

きっと……南くんが嫌がるって！

私とふたりなんて……絶対、絶対……。

「み、南くんはみんなと回りたいよね？」

顔を引きつらせながら、横にいる南くんを見上げれば
「なんで？」

って、なんでってなんで!?

「いや、だって……私とふたりで水族館だよ？　そんなデートみたいなこと、南くんがOKするわけ……」

「いいよ」

「えぇえ!?　い、いいの？」

サラッと発された南くんの言葉に驚きを隠せない私は思

わず南くんの腕をつかんでしまった。

「逆に俺とふたりじゃ嫌なわけ？」

「い、いや？　私が？　……む、むしろ私は大歓迎っていうか……」

　嫌なわけがない!!

　大好きな南くんと水族館デートができるチャンスなんだよ!?

　そ、そんなの……嫌なわけないじゃん！

「だよな。俺がいればどこでもいいんだもんな、佑麻は」

「うぐっ……」

　南くんの余裕そうな笑顔に、思わずタコ焼きが戻ってきそうになるのを必死に堪える。

「じゃ、3カップルそれぞれ楽しんだらまたここに集合な！　んー、17時頃に！」

　ままま待って！　3カップルって!!

「オッス」

「分かった」

　わわわわ分かったって！　南くん!!

　そんな私のことなんて気にもとめてない様子で男子3人は話を進めていく。

　どどどどうしよう!!

　南くんと……水族館だよ!!


「で、どうする？」

「えーっと……」

「いいよ、佑麻の好きなとこからで」

ななななな、なんだ!?

南くんが優しい!! 本当のデートみたいでキュンキュンする。

大丈夫かな?

私、ここで全部の運を使い果たしたりしないよね?

あれから、『じゃあ楽しんでね!』『お互い初デート……だね』なんて、茉央ちゃんと、黒崎ちゃんはデートへと繰り出してしまった。

そして、取り残されてその場から動けなくなっている私に、南くんが優しく声をかけてくれているわけなのですが……。

き、緊張しすぎて言葉が出てこない!

「何から見たい?」

「え、えっと……じゃ、じゃあキリン?」

「なぁ、知ってた? ここ水族館」

「……〜〜っ!!」

どんだけテンパってんの私!!

あー、もう!!

「ったく、じゃあテキトーに行くか」

「△%*#っ!!」

言うなり、私の手を握り歩きだす南くんに、驚きすぎて言葉にならない言葉が飛び出した。

「……いちいちうるさい」

「だっ、だって!! て、手が!」

　引きずられるように歩きながらも、必死に驚いている理由を伝えようとする私に、

「だって、デートなんでしょ？」

　やっぱり、南くんはどこまでも余裕しか感じられない意地悪な顔で笑う。

　あー、もう目がウルウルしてきた。

　なんで私、南くんなんて好きになっちゃったんだろ。このままじゃキュン死にしてしまう！

　どんなに頑張っても、この人にはきっと一生敵わない。

「南くん、やっぱり大好きぃ～！」

「あんまデカイ声出すなよ」

「だって、好きぃ～！」

「なんで半泣きなの。もう知ってるから、黙ってろ」

　あー、いつかこうして南くんとふたりで本当のデートをする日が来るといいな。

　その時は、私がお弁当作って……南くんが「うまい」なんて……。

　夢物語かな。

「南くん!!　見て見て！　アクアゲートだって！」

「ぶっ……」

「な、なんで笑うの!?」

　さっそくお楽しみモードに突入した私を見て、南くんはおかしそうに笑う。

「いや、楽しそうだなと思って」

「だって！　見てよ！　こんなにたくさん魚が泳いでる

よ！」

　水槽《すいそう》を覗き込みながら子供のように目を輝かせれば、また小さくバカにしたような笑いが聞こえるけど、もういいもん、気にしないから。

「……佑麻、勝手に離すな。迷子になられたら迷惑」

「わわっ、ご、ごめん！」

　はしゃぎすぎていつの間にか離していたらしい南くんの手に再び捕まって、体がジワジワと熱を持っていく。

　こんなことしてると、本当に付き合ってるみたい。普段からは想像もつかないくらい優しい南くんにますます募ってく好きの気持ち。

　今ここで「好きです、付き合ってください」って目を見て伝えられたら……。

　南くんは私に、YesかNoで返事をくれるだろうか。

　なんて考えながらも、この恋が終わってしまうことが怖くて行動できないのは私です。

　カワウソ、ラッコ、アシカ……。

　小さな魚がたくさん入っている水槽があったり、ペンギンが可愛くヨチヨチ歩いていたり……。

　中でも私のお気に入りはウミガメ！

　初めて見たけど、思ってたよりずーっと可愛いーの！

　なんか、のほほんとした気持ちにさせてくれる。

「南くんは、何がいちばん気に入った？」

　もうすぐ集合時間。

　一通り見終わった私たちは、最初に解散した場所へと向かっている。

「んー、カワウソ」

「カワウソかぁ～、可愛かったもんね！」

意外にも可愛いとこ選ぶんだね、南くん。

南くんのことだから冷めた声で「とくに」なんて言われるかと思ってた。

「なんか、似てるじゃん。佑麻に」

「え？　わ、私に？　あー、なるほどそれは私が可愛いってことか！　南くんってば、もぉー！」

ここぞとばかりに自分を売り込もうと必死な私。

「いや、それはない」

「ぐふっっ」

そんな私に容赦なく言葉のナイフを投げつけた南くんを睨む。

「でも、もしお前のことが俺以外の奴に可愛く見えてるなら……それはそれで腹立つかも」

「……ん？　え!?　それどういう意味!?　もっと分かりやすくもう一度！」

「……やだ」

やだ？　やだじゃないでしょ!!

だって私には、今のそれが、南くんの独占欲のように聞こえたもん!!

それって……それってそれって……!!

「南くん！　ヤキモチ、ですか？」

「……アホか、自惚れんな、バカ」

目を輝かせて“ヤキモチ”を期待してた私に、さすが南くん……「アホ」と「バカ」のダブルパンチですか!!

そうですか、いいですよ。

悔しくないもん！　本当のことだから！

（※いばって言うな）

「南くん、ふたりで回ってくれてありがとう!!　一生の思い出!!　大好き!!」

「あー、マジお前から俺のこと好きオーラが出すぎててつらい。色んな意味でやられそう」

「い、色んな意味って……？」

「ん、こっちの話」

南くんとは相変わらずな距離感だけど、少しでも前進できてたらいいな。

私の修学旅行は、南くんとの胸キュン旅行へと様変わりして、南くんに最後までトキメキっぱなしだった。

明日からいつもの日常。

修学旅行マジックよ、どうか解けないで!!

南くん、もうそろそろ私に落ちてくださあぁあぁあい！

大好きなんだよ、南くん

「絶対、アピールした方がいいよ～！」

「で、でも……」

「私も……アピールするべきだと……思う」

「黒崎ちゃんまで…」

　あの修学旅行から、早いもので２週間が経とうとしている。

「だって！　南くんからお祝いしてもらえるチャンスだよ？」

「そんなの……厚かましい奴って思われちゃうよ」

　そう、10日後に迫っている11月25日は私の誕生日。

　茉央ちゃんと黒崎ちゃんは、南くんに自分から誕生日をアピールした方がいいなんて言うけれど……

　きっと、「11月25日私の誕生日なんだ！」なんて南くんに伝えても「へぇ」とか「だから？」って言われるのがオチ。

　安易に想像がつくのが南くんの怖いところだよね。うん。

「そうかなぁ？　じゃあ、デートに誘うのは？　ちょうど土曜日だし！」

「あ……それ、いいかも！」

「え、え!?　わ、私が!?」

　茉央ちゃんの提案に、自分の顔に青筋が入ったのが分かる……。

　南くんに誕生日をアピールするってのよりも難易度が高い気がするんですけど!?

　あぁ、どうなる華《はな》のSeventeen！

「さ、そうと決まれば、佑麻ちゃんから南くんを誘ってね？」

「えっ!?」

「当たり前でしょ！」

「はい、決まり〜♪」と、楽しそうな茉央ちゃんの隣で絶望感に苛《さいな》まれているのは私です。

　南くんに……なんて言えばいいのぉ〜!!


「だから、さっきから何？」

「え、えーと、ですね？」

　帰り道……サラッと一緒に帰る雰囲気になった私と南くん。

　というのも……最近、南くんが少し丸くなったんだよね。「南くん」と切り出せば「何？」と返事をくれる。

　え？　当たり前でしょって？

　分かってない！　ぜんぜん分かってない!!

　今までの南くんは「南くん」と切り出せば「うるさい」が当たり前で、話しを聞く姿勢なんてこれっぽっちも見られなかったんだから!!

「だから、何？」

　10日後の25日……空いてますか？って聞きたいのに、聞けないままモジモジしてしまう。

「あ、あの……南くん、25日……」

「25日が何？」

　いい加減早く言え、とばかりに鋭いまなざしを向けられ早くも気絶寸前……。

　一度深呼吸して自分を落ち着けた私は、

「25日って、空いてますか!?」

　言った！　ついに言った!!

　よし。あとは、私の誕生日だから……って、よかったら遊びに……って。

「空いてない」

　遊びに……。

「……へ？」

　素《す》っ頓狂《とんきょう》な声って、こんな声かな？

　予想してたのとは違う答えに目を見開き立ち止まる。

「あー、日中なら空いてる。夜は乙葉の誕生会で家族で祝うことになってる」

「お、乙葉ちゃん、25日が誕生日なんだ！」

　残念な気持ちより、乙葉ちゃんと誕生日が同じっていう運命的な出来事への驚きが勝る。

「ん。何かあんの？　25日」

「え……っと、何にも？　ただちょっと聞いてみた、だけ」

　私の返事にまったく納得していないらしい南くんは、なおも鋭いまなざしを私に向けている。

「正直に言え」

　と、どこまでも圧力をかけてくる。まるで圧力容器に封入された気分だ。

「み、南くんが暇なら遊びにでも……って思っただけ、です」

　本当は私も誕生日なんだ～って言ったら……南くんはどうするのかな？

　……って、乙葉ちゃんの誕生日の方が大事に決まってるじゃん!!　可愛い妹なんだから！

　彼女でもなんでもないのに、私も誕生日だからお祝いしてほしいな！　なんて、やっぱり最上級に図々しいわ!!

「ふぅ～ん……夕方までなら」

「……へ？　夕方まで？」

「遊びに行ってもいいってこと」

「っ、ほ……本当に!?」

「嘘ついてどうすんの」

　うひょ———!!

　その冷めた顔も素敵ですね、南くん！

　いい！　いいよ、もう！　夕方までありゃ十分だよ！てかむしろそんなにお時間いただいてありがとうございます!!

　南くんに会える誕生日。

　たとえ南くんが私の誕生日だって知らなくたって、誕生日に好きな人と学校以外で会える……そんな素敵なプレゼントはない。

「でへへへへ」

「……キモい」

「ぐへへへへへ」

「……はぁ」

隣から盛大なため息が聞こえようと、今の私にはどうってことない!!

帰ったら茉央ちゃんと黒崎ちゃんに報告しよう。


それから、早いもので10日なんてあっという間に過ぎていき……ついに今日は南くんとデートの日。

（※勝手にデートのつもり）

北風が一段と強くなり、一歩外へ出れば肺も驚くほど空気が冷たい。

つい３日ほど前、『最近寒すぎて思考まで凍結しそう』と呟いた私に、『お前の思考は夏でも凍結してるだろ』って笑った南くんの顔がすごくかっこよかった。

そして、今日は私の17歳の誕生日です。

いつもより早起きして、髪はゆるく巻いた。メイクもほんのりしたし、少しだけ香水も振った。

お気に入りのワンピースを着て、それに合うダッフルコートを羽織《はお》る。

「お母さ～ん、行ってきます！　夕ご飯までには帰るね？」

リビングのお母さんに声をかければ、バタバタとお母さんが走ってくる音がする。

「佑麻！　誕生日おめでとう。今日の夜は佑麻の好きなもの作るからね！」

私は家族が大好き。

とても大事にされてるって、心から思える。

「ありがとう！　お母さんのつくるものは全部好きだよ。

あ、もう時間！　行ってきます！」

「ふふっ、行ってらっしゃい♪」

　お母さんに見送られて家を出た私が目指すのは、待ち合わせ場所の噴水広場。

　私と南くんの家は割と近いけど、待ち合わせ場所を決めて、デートっぽさを演出したかった私のわがままです、はい。

　昨日の夜、初めて南くんの方からメッセージが届いて、心臓が止まるかと思った。

【明日、10時でいい？】って、たったそれだけのメッセージを何度も何度も読み返してはニヤけて……。なんて返事しよう！　絵文字入れる？　いや顔文字？　シンプルな方がいいかな？　なんて散々迷った挙句【いいよ！】なんて、素っ気ない文を送りつけて後悔。

　そんな私は、その後届いた南くんからの【りょーかい。おやすみ】ってメッセージで本当に鼻血が出た。

　お、おおおやすみって!!

　って、興奮しすぎて鼻血が出たなんて南くんには知られたくなくて、【おやすみなさい（ ´ ▽` ）ノ】って、おだやかな顔文字をつけて返信。

　まさかこの瞬間に鼻血を流していたなんて、誰も思うまい。フハハハハ。

「っ、い、いる！」

　急いできたつもりだったのに、待ち合わせ場所の噴水広場には、すでに私服姿の南くんがスマホに視線を落としながら誰かを待っている。

誰かっていうのは、私のことなんだけどね？　やばい、ニヤける!!

「み、南くん!!　おはよう！　今日もかっこいいね!!」

「……っ、はよ。今日もうるさいね」

ガ——ンッ。

17歳の誕生日、好きな人から言われた最初の言葉は「うるさい」でした。

「でも、まぁ……いいじゃん」

「へ？　何が？」

「服、似合ってる」

「に、似合って……っ!!」

照れたように視線を外され、意味を理解した私もまた同じように照れてしまう。

なななななななにこれぇえ!!

こんなの、付き合い始めのカップルみたいじゃん！　照れるニヤける死ぬ！

「で？　どこ行く？」

「あ……えっと、南くんとケーキ食べたい」

「……俺は、夜もケーキ食うんだけど」

……っは！

そうだった、今日は乙葉ちゃんの誕生日だもんね、南くんは夜もケーキを食べるのか。

誕生日に南くんと食べるケーキはおいしいだろう、な～んて、思ってたけど。

「そ、そそそうだよね！　じゃ、じゃあ～っと……」

　ケーキは諦めよう。

　無理を言っちゃいけねぇぜ!!

　でも、他に何も考えてなかったぁ！

　どうしよう、どっか他に楽しめる場所……。

「どこのケーキ食いてぇの？　詳しくないから佑麻に任せる」

「え！　……でも」

「いいよ、どうせ他に行きたいとこも決めてねぇんだろ。ケーキ食いながら考えれば」

　――パァアア。

　南くん!!　大好き!!

　好きが止まらない、暴走中だよ！

「ぶっ……何その嬉しそうな顔。分っかりやす」

　そんな私を見て、目を細める南くんがこりゃまたイケメンでつらい。

「だ、だって、嬉しいんだもん。……『Wild strawberry』ってケーキ屋さんがおいしいんだ!!　そこに行きたい!!!」

「んじゃ、行くか」

　あー、どうしよう。

　もうすでに幸せすぎてお腹いっぱいだ。南くんが隣にいる。南くんが優しい。南くんが大好き。


「なんで今日、OKしてくれたの？」

「……何、急に」

『Wild strawberry（野イチゴ）』という名のケーキ屋さんに着いた私たちは、窓際のふたり掛けの席に向かい合って座っている。

　すでに私は木イチゴタルト、南くんはガトーショコラを注文した。

　じつは、ガトーショコラも捨て難くて最後の最後まで悩んでたから、南くんがガトーショコラを選んだ時は、ガトーショコラにすればよかった！と思った。

　そしたら、好み同じだなって思われたかもしれないのに！

「だって、わざわざ嫌いな私のために時間使ってくれるって、不思議っていうか……」

　そう言いながら、南くんを見つめる。

「……俺、嫌いなんて言ったことあった？」

「え？　えーっと……」

　まさかの質問に、驚きながらも必死に考える。

「……べつに嫌いなわけじゃない」

「そ、そそそうなの!?」

「……でも、うるさいし面倒くさいしウザったいとは思ってる」

　――ガ――ンッ。

　それを、人は嫌いと呼ぶのではないのでしょうか？

　ねぇ、南くん？

「……でも、佑麻がいないと静かすぎて落ち着かなかったりもする」

「っ!?」

　な、何それ!!

　南くんって、本当にズルいよね。

　アメとムチのバランス黄金比だよ!!　どこで教わったのそれ!!

「それって……私のこと好――」

「お待たせしました〜！　こちらが木イチゴタルト、それからガトーショコラになります。ごゆっくりどうぞ」

　――ガクッ。

　店員さん！　タイミング最高だったよ。

　もう仕組まれてるかのように、それはもう最高だったよ!!

「……何か言った？」

「な、なんでもない！」

　私のこと好き？　なんて、南くんがちょっと優しくなったからってありえるわけないのに。

　とんだバカ野郎だな、私は。

「ガトーショコラ半分やる。俺、甘いの苦手」

「えっ!!　苦手なのに付き合ってくれたの？　ご……ごめんね？」

「食えないわけじゃないし、べつにいい」

　そう言いながらひと口、口へと運んだ南くんは「あっま」って顔をしかめてて可愛い。

　可愛い可愛い可愛い!!

「人のこと見てないで早く食えよ」

「ふふ、はーい！　……ん〜！　おいひい！」

　やっぱり木イチゴタルトがいちばん好き。外はサクサク、中はしっとりなタルトと、甘酸っぱい木イチゴのコラボが何とも言えない。

「ずいぶん幸せそうに食うな」

「当たり前だよ、今日という日に南くんとケーキ食べてるんだもん!!」

「今日という日？　今日、何の日なわけ？」

　──ドキッ。

「……き、今日は私と南くんのケーキ記念日ね！」

　ここでサラッと誕生日だって言えばよかったのに！と、すぐに後悔して、自分で自分が嫌になる。

「勝手に変な記念日作んな」

　そんな私を絶対嫌だと言わんばかりの形相で見てくるのはいつもどおりの冷めた南くんなのに、どこか優しくて温かい。

「……ん、やる」

「ほぇ……？」

　そう言って南くんはテーブルの上でガトーショコラのお皿をスライドさせて木イチゴタルトの隣へと並べた。

　やるって……。

「み、南くんひと口しか食べてないよ!?」

　は、半分って言ってたのに……これじゃ全部もらったようなものだ。

「食べたかったんでしょ、ガトーショコラ」

「う、うん。木イチゴタルトと最後まで迷っ……て！　なんで分かったの!?」

　たしかに、ガトーショコラにしようか木イチゴタルトにしようか最後の最後まで迷ってはいたけど、口に出してないよ、私！

　どっちでもいいから早くしろ、なんて南くんに言われて呆れられたら……って、優柔不断なりに頑張って決めたのに！

「だから言ったじゃん。お前、自分が思ってる以上に分かりやすいって」

「そ、そんな……」

　じゃあ、南くんは私が木イチゴタルトとガトーショコラで悩みまくってるの知っててわざわざ、私にくれるためだけにガトーショコラにしてくれたってこと？

　もし私がガトーショコラを選んでたら、木イチゴタルトを選んでくれたってこと？

　何それ!!

　そんな優しいことってあり？

「み、南ぐぅ〜〜ん!!」

「うっせ、早く食え」

「もっだいなぐで、だべられない〜！」

「……はぁ。本当、手がかかる奴」

　だって、南くんが私のために頼んでくれたガトーショコラだもん。

　そう簡単に食べてたまるか。

「……み、南くん？」

そんなことを考えていたら、南くんは自分の使っていたフォークでガトーショコラをひと口分すくうと……。

「ほら、食わせてやるから」

「なっっっ!?」

何をしてるんだこの人は！

食わせてやるからって何語だっけ!?

「早く口開けろ、ほら」

「～～っ、じ、自分で食べます！」

「いいよ、ほら。早く」

こ、こここの人、分かってやってる。間違いなく私の反応を楽しんでやがる。

間違いない、ドSだ。

あーもう、絶対顔はまっ赤だし、こんなの意識しまくってるのバレバレじゃん。

いや、意識しない方が無理でしょ！

って、南くんはいつもどおりで悔しいくらい意識されてないけど。

えぇえーい！　こうなったら、神様がくれた誕生日プレゼントだと思って食べさせてもらっちゃおう!!

「あ～ん！　……っ！　おいしい～～!!」

南くんのフォークからはガトーショコラが消え、私の口の中にほろ苦くて甘い味が広がる。

おいしい～～!!

木イチゴタルトもおいしいけど、やっぱりガトーショコラもおいしい！　しっとりしててチョコも甘すぎずほどよく口の中で溶けていく。

あー、幸せっ。

「うまい？」

「う、うん！　すごいおいしい!!」

「知ってた？　俺たち今、間接キスした」

「っぐふ………っ!!」

なななななんだって!?

いや、たしかに……そっか。南くんがガトーショコラを食べたフォークで、私がガトーショコラを……。

ぎゃ――――!!

何か普通にキスするよりも数倍はずかしいんだけど、何これ!?

――プシュ―――。

テーブルに顔を伏せて湯気でも出てるんじゃないかってなくらいに仕上がった私に、

「……ぶっ。わり、いじめすぎた」

それはもう楽しそうな南くん。

甘い、今日の南くんはガトーショコラよりも甘い。甘すぎる。

このままじゃ、萌《も》え死ぬかも。

『Wild strawberry』での会計は当たり前な顔して南くんが払ってくれて。

申し訳なさすぎてアタフタする私に「動きがうるさい」とどこまでも毒づく南くんは、本当は優しさの塊《かたまり》。

私の中の南くんへの「好き」は、そんな南くんの優しさが積もってできたもの。

これから先もどんどん積もっていくんだろうな。それで、もっともっと好きになる。

「っわー!!　すごい人だ」

「ま、休日だしな」

それから、話題の最新作を観ようと映画館にやってきた私たちを待っていたのは、人！　人！　人!!

なんとかチケットを購入した私たちは、ポップコーンとジュースを片手に座席を探す。

（※ここでも、南くんがお金を出してくれました）

「み、南くん……お金払うよ！」

「いらない」

「で、でも……」

「いいって。少しくらいカッコつけさせろよ」

「うっ」

キュンッて、胸がキュンッてする〜！　締めつけられすぎて苦しい〜！

『カッコつけさせろよ』って！

「南くんはもうすでにかっこよすぎだよ!!　南くんがかっこよすぎて私、鼻血出そう」

「はいはい」

「あー、またそうやって流す！　本当なのに」

私の言葉をサラーっと流しながら、南くんは「ほら、始まるぞ」って。

席に座れば、思ってたよりも近いその距離に心臓が跳ね上がる。

ちちち近いよぉ〜!!　耳元で聞こえた南くんの声が木霊《こだま》して消えてくれない。

こんなんで映画に集中できるかな〜？

【南side】

映画開始から40分。

「はぁ……」

自然にため息が出るのは、隣でスヤスヤと寝息を立てて寝ている佑麻のせいだろう。

つーかお前この映画、見たかったんじゃないわけ。

『“ねぇ、松風《まつかぜ》くん。”っていうラブストーリーが映画化して、先週から公開してるんだって!!』

ここへ来る前の、佑麻の言葉を思い出しながらスヤスヤ眠り続ける佑麻を横目で見る。

「ったく……」

席に座った直後は、分かりやすいくらい緊張してたくせに……気付けば熟睡。

そういうとこだよ。

俺がお前に「本当に俺のこと好きなの？」って言いたくなるポイント。

もし仮に、俺と部屋にふたりきりだったとしても、こいつ完璧寝られるだろ。

いや、俺以外とふたりきりだったとしても……絶対寝れる。

それって、本当に俺のこと男として見てんの？って聞きたくなる。

まぁ、こんだけ散々振り回しといて、今さら男として見られてないとか言われても困るんだけど。

俊哉や嶋中に言い寄られても危機感ゼロだし。

無防備っていうか、自覚に欠けるっていうか。

俺とだって２回もキスしてんのに、あんま気にしてるそぶりもない。

……初めてじゃないから気にしないでって言われた時は、正直複雑だったけど。

結局、ファーストキスが俺なら……まぁいっか、なんて。

心のどっかで、佑麻は俺のことがウザいくらい好きで、何があっても絶対に離れていかない……って勝手に思ってた。

最初は本当、どうしようもなく面倒くさくて、頼むからかかわらないでほしいなんて思ってたけど、……俊哉や嶋中が佑麻にちょっかい出すようになって思ったのは、俺が佑麻を受け入れない限り……佑麻が誰かに心変わりする可能性だって限りなくあるってことと、それがすげぇ嫌だってこと。

——コツン。

「っ！　……はぁ」

隣で眠っている佑麻の頭がカクンッと俺の肩に寄りか

かってきて、一瞬高鳴った胸に気付かないフリをした。

ほんと、能天気な奴。

人の気も知らないで。

色々考えていても、もちろん映画だってちゃんと観ているわけで。

内容だってちゃんと、頭に入っている。

終わったら聞いてやろう。

『松風くんが佐々木《ささき》さんにもらったクリスマスプレゼントは？』って。

答えられたら褒めてやるよ。

寝ながら映画見られる奴なんて聞いたことないし。

……ぶっ。

絶対テンパってアタフタするだろう。

それが……余計いじめたくなるんだけど、気付いてないんだろうな。

「ん〜……み、なみくん」

佑麻の寝言に呆れつつも、気付けば笑ってて、

「……ばーか」

俺はそのまま、眠る佑麻にキスを落とした。

＊＊＊

「……ご、ごごごごめんなさい!!」

「映画見ながら寝る女は初めて」

「……すみません」

あんなに楽しみにしてた映画……なんで寝ちゃったんだろう。

昨日、南くんとのデートが楽しみすぎてよく眠れなかったのが原因としか考えられない。

隣で呆れたように呟いた南くんの言葉に、胸がズキンと痛む。

『映画見ながら寝る女は初めて』

それはつまり、過去にも南くんは女の子と映画に行ったことが……。

「まぁ、女と映画なんてお前が初めてだから分かんないけど」

私の気持ちを知ってか知らずか、ポツリとそう呟く南くん。

「えっ!?　……ほ、ほんと？　私が初めて!?」

「だから、嘘ついてどうすんの」

「み、南くんの初めてになれるなんて!!　幸せすぎる！」

南くんの言葉に、今度は嬉しさでいっぱいになる。つい30秒前までは胸を痛めてたくせに、あー、私ってなんでこんなに単純なんだろう。

でも、南くんの初めてをひとつゲットした私は今最高に幸せで、今日は南くんから誕生日プレゼントをもらいすぎてなんだか泣きそうだよ。

ふとスマホで時計を確認すれば、もうすでに15時半。

このまま帰ったら、家に着くのは16時半ってところかな？

乙葉ちゃんの誕生会、夕方からだって言ってたし……そろそろ……。

「帰ろうか、南くん」

映画館を出ながら、隣にいる南くんを見上げれば、足を止めた南くんが、首をかしげながら私を見おろす。

「もう他に行きたいところねぇの？」

ふはー!!　そのしぐさかっこいいぃぃ！　南くんてもとがイケメンだから何しても絵になる。

「うん、今日はこんなに長く南くんといられて大満足です！」

「そ。こんなんで満足とか安い女」

フッと笑って再び歩きだした南くんの背中を慌てて追いかける私は、南くんに意義あり！

「や、安くないよ！　南くんは高級イタリアンだよ!!」

そう、南くんとの時間で満足する私は安い女なんかじゃない。

私にとって、南くんとのデートは高級イタリアンでディナーをするよりもずっとずっと価値のあることなんだから。

「……何そのたとえ」

「高級イタリアンでディナーするより、南くんと四つ葉のクローバー探してる方が幸せってこと！」

「俺は四つ葉のクローバー探しなんてしたくない」

「た、たとえばの話だってば！」

「佑麻のたとえ、変」

——ガ——ンッ。

あからさまにショックを受ける私を見て、口角を上げる南くんはやっぱり私をからかってる。

そして楽しんでる。

でも、南くんが笑ってくれるならそれもありかなって、思う。

私、ドMか!!

もう11月も終わり。

風は一段と冷たくて、すれ違う恋人たちはみんな手を繋いでる。

私たちも、周りからは恋人同士に見えてるのかな?

もし、そうなら嬉しいな……なんて。

自分の冷え切った手を見つめて少しだけ寂しさに襲われるけど、隣を歩く大好きな南くんを見上げればそんな寂しさも消えていく。

「なぁ……」

「ん?」

めずらしく、南くんから声をかけられて反射的に返事をすれば、

「……俺のどこが好きなの?」

少し、遠慮気味な南くんに心臓を鷲づかみにされた。

なに、この可愛い生き物っっっ!!

そんなの聞かなくたって分かってよ。

「全部。南くんの全部が好き!」

「〜〜っ!!」

「あ！　南くん今、照れて……」

「ない」

　嘘だ！　いつもクールで余裕たっぷりの南くんなのに、ほんのり耳まで赤い。

　……気がするだけ、かな。

「あ、でもいちばん好きなのは、笑った顔……かな。へへへ。あ、あとジャージの時だけ見える鎖骨《さこつ》が好き。あとね！」

「もういい……変態」

「えー！　まだまだあるのに!!」

　自分から聞いてきたくせに、もういい……なんて。私の南くんへの愛を舐《な》めてもらっちゃ困る!!

　教えてほしいと言われたら余裕で語りあかせちゃう自信があるんだから。

「ウザいくらい伝わってきたからもういい」

「まだまだ届けたりないよ〜」

　そんなことを話しながらの帰り道。

　なんだか、今までていちばん、南くんが近く感じるのは……どうしてだろう。

　南くんと過ごせた今日が幸せすぎて、離れるのが怖い。

　ゆっくり、ゆっくり歩く私に、何も言わずに合わせてくれる南くん。

　いつか、理由なんてなくても“会いたい”って気持ちだけで会えるような関係になれたらいいな。

【南side】

「あ、瀬那にぃ、今日どうだった？」

「どうって、何が？」

　送ると言う俺をかたくなに断る佑麻と、俺の家の前で別れた。

　帰宅した俺は、乙葉の誕生会をしたあと部屋へ戻ろうとソファから立ち上がった。

　それを引き止めた乙葉へと視線を向ければ、ニヤリと笑いながら口角を上げる乙葉に背筋が凍る。

「何がって、今日佑麻さんと会ってたんでしょ？」

「……なんで知ってんの」

　バレてるなら隠しても仕方ない。

　それに、べつに隠すほどのことでも……。

　なんて思った俺の考えは、母さんの言葉に一瞬で崩れ去る。

「え!?　瀬那……彼女できたの？　いつの間に？　連れてきなさいよぉ〜！」

　あー、やっぱ否定しておけばよかった。

「彼女じゃないし」

「じゃあ片想いなの？　頑張って早く告白しちゃいなさい！　ね!?」

「息子の彼女を家に呼んで食事したり……憧れるわ〜」

　なんて、勝手に妄想を繰り出す母さんに、冷めた目を向ける俺。

「もう付き合っちゃえばいいのに」

なんてサラッと乙葉に攻撃されて、なぜかドキッとする。

ったく、うちの女たちうるさすぎだろ。

「……うるさい」

それだけ発して盛り上がる母さんと乙葉に背を向け、リビングから逃げるように2階の部屋へと向かった。

「はぁ……」

部屋に入るなり、ベッドにもたれてその場にしゃがみ込む。

正直、自分で自分が分からない。

今日だって、わざわざ夕方までに家に戻らなければならないと分かってて佑麻の誘いを受けた。

いつもの俺なら絶対、断ってたと思う。

それに……何より佑麻との時間を振り返れば楽しかったって思える。

ま、映画館ではあいつ8割寝てたけど。

どうせ……楽しみすぎて昨日はあんまり寝れなかった、とか小学生の遠足前みたいな感じだったんだろ。

「……ふっ」

あー。

なんで家に戻ってまで佑麻のこと……。

――ピロン♪

突然鳴ったスマホに視線を落とせば、そこには礼央からのメッセージが届いていた。

【佑麻ちゃんとのデートどうだった？】

……なんで知ってんの。佑麻の奴また片瀬たちにペラペラ報告してんのかよ。

【デートじゃねぇし。べつに普通】

送信。

つーか、勝手にデート呼ばわりすんな。

ただケーキ食って映画行って、あいつが仮眠しただけの話だろ。

――ピロン♪

【照れんなよ。で？　何プレゼントしたの？】

いや、ぜんぜん照れてねぇし。

……プレゼント？　なんでわざわざ、少し遊びに行ったくらいであげる必要があるんだよ。

【んなの、あげてねーよ】

送信。

ったく、礼央は片瀬とデートの度にプレゼントあげてんじゃねぇよな？

いや、あいつならありえる……。

――ピロン♪

【は？　誕生日に会ったってのにプレゼントあげないとか瀬那……鬼!?】

「……っ」

礼央からのメッセージに、一瞬ですべてを察した。

それと同時に、イライラが募る。

「つーか……聞いてねぇし……」

考えてみれば……。

今まで「好き」と言われることはあっても、休日「会いたい」と言ってくることなんて一度もなかったのに。

『25日って、空いてますか!?』

『み、南くんが暇なら遊びにでも……って思っただけ、です』

っていきなり、休日に誘ってきたのだって。

どこに行きたいか聞いた時、

『あ……えっと、南くんとケーキ食べたい』

なんて、言い出したのも……。

『当たり前だよ、今日という日に南くんとケーキ食べてるんだもん!!』

って言ったのも。

全部全部、思い返せば納得する。

つーか気付けよ、俺。

佑麻はどんな気持ちで今日、俺と過ごしたんだろう。

『乙葉の誕生日』その言葉に、自分の誕生日だって言いづらくなったんだろう。

「本気のバカかよ」

ポツリ呟いても、その声は虚しく部屋に響くだけで誰ひとり答えやしないのに。

『南くんになら、何て言われてもいい!!』

こんな時、佑麻の顔が脳裏をよぎるんだから……俺も重症なのかもしれない。

【今から、会える?】

気付けば、礼央への返信ではなく佑麻へのメッセージを打っていて、心なしか震える指でそれを送信した俺。

「……会って、どうすんだろ」

送ってしまってから、その文を自分で読み返して思う。

……会ってどうすんだろう。

「なんで言わなかった？」って「バカじゃねぇの？」って、頭に浮かぶのはそんな言葉ばっかりで。

そんなの、わざわざ会ってまで言うことじゃないのも分かってる。

じゃあ、なんでこんなにイライラすんのかって考えた時に思い当たるのは、「おめでとう」が言えなかったことを後悔してるから。

せっかく、誕生日に会ったのに直接おめでとうを伝えられなかったことが悔しくて、ムカついて仕方ない。

「……って、俺 すげぇ佑麻のこと祝いたいみたいじゃん」

いまだ返信の来ないスマホを握りしめて、部屋の時計へと視線を向ければ

すでに20時15分を指している。

今頃……家族で祝ってるよなぁ。

会える？って聞くのに、こんなにも勇気がいるとは思わなかった。

それに、返事を待ってる時間が……こんなに不安で、苦しいのも知らなかった。

いつも佑麻は、こんな気持ちだったのかな。シカトしても、どんなに素っ気ない態度を取っても……突き放しても。

佑麻は一度も俺に背中を向けなかった。

「私、頑張るよ！」が口癖で、それすらもバカじゃねぇの？って思ってた。

　でもきっと、それはあいつの強がりで、本当はずっと無理させてたんだろうな。

　――ピロン♪

【いいけど、どうかした（>_<）？　私、南くんの家に行くね！】

　数分後、届いたメッセージ。

　どこまでもバカな佑麻へ返信。

【俺が会いたいから、会いに行く。家で待ってろ】

　佑麻の家はこの前、送った時に覚えたし、理由はとくにないけど「行け」って体が言っている。

　俺はただ「おめでとう」を言うために会いに行く。

　誕生日だって知っていたら、直接言えたはずの「おめでとう」を言えなかったのが悔しかっただけで、べつに佑麻に会いたいわけじゃない。

　……って言ったら、佑麻は怒るのか。

　いや、きっと泣くんだろうな。

　涙と鼻水でグチャグチャになりながら、「南くん、ありがとう、大好き」って。

　そんなことを考えながら、俺は急いで家を出た。

　家を出て気付けば走ってて、白い息が寒さを伝えている。

「っ、はぁ……はぁ……」

　角を曲がろうとした俺は、そこにある人影に足を止めた。

「み、南くん！」

「……家にいろって言ったじゃん」

　そこにはゆるい部屋着の上にコートを羽織った佑麻がいた。

「南くんが会いたいなんて言うから……何かあったのかと思って！　それで、急いでて……あの、こんな格好でごめん……」

　だんだんと小さくなる声でそんなことを言うから……。

「俺が会いたいって言ったら、そんなにおかしいわけ？」

「……っ」

　気付いたら、そのまま引き寄せて自分の胸の中に閉じ込めていた。

「今日、何の日？」

「え!?　あー、えっと。乙葉ちゃんの……」

「そうじゃない」

「っ、あ！　南くんと私のケーキ記念日！」

　こいつ、バカすぎないか？

　この際自分の誕生日ってことは隠しとおすつもり？　もうバレてるっつーの。

「なんで今日誕生日だって、言わなかった？」

「……っ！　な、なんで分かったの？」

　驚いて俺を見上げようとした佑麻の頭を、再びキツく抱きしめればおとなしく俺の胸の中に収まる。

「早く言えよ。何もプレゼント用意できなかった」

　誕生日だって知っていたら、プレゼントだって用意できたのに。

「そ、そんなことないよ！　私、南くんと１日デート気分味わえて……最高のプレゼントだった!!」

俺の胸の中で、パタパタと手を振る佑麻の嬉しそうなその声から……素で思ってるんだなってすぐ分かる。

こんだけ単純バカだから、他の男たちに隙《すき》突かれるんだよ。

分かってんのかな。

……分かってるわけねぇよな。

「佑麻、誕生日おめでとう」

「……っ」

一層力を込めて抱きしめながらささやけば、佑麻の体に力が入る。

「……南くん、ありがとう、大好き！」

「っ！」

佑麻のことだから、泣くかと思ってたのに、そんな笑顔ってアリかよ。

俺の胸の中から顔を上げ、俺の背中に腕を回した佑麻に心臓がギュッと苦しくなる。

なんだこれ。

苦しい……いや、切ない？

でも、なぜか温かくて心地いい。

「南くん、も、もしかして……わざわざそれ言いに来てくれたの？　こんな寒いのに!!」

「……違う」

「へ？　ち、違うの!?」

あからさまにガッカリした顔で俺を見上げる佑麻を、不覚にも可愛いとさえ思う。

「言ったじゃん」

「……え？」

　きっと、俺はもうとっくに気付いてた。

「佑麻に会いたくて、会いに来た」

「……っ!?」

　認めたくなかった。

　ウザったくて仕方なかったこいつがいないとつまらないとか、他の男にちょっかい出されてんの見ると腹立つとか、そんな感情、知りたくなかった。

　知りたくなかったのに、俺はそれを知っているということ……。

　今の俺は完全に、こいつに落ちている。

　それから、「寒いから送っていく」と言った俺に「もう少し……」と天然上目遣いの佑麻を引き剥《は》がし、佑麻の家までの距離を並んで歩く。

　一瞬、「もう少し……」に負けそうになった自分に嫌悪感を抱きながらも、隣で嬉しそうにペラペラ話す佑麻を見てると、俺の葛藤がバカらしく思えてくる。

　本当、天然無自覚って厄介《やっかい》。

　絶対そんな奴だけはごめんだって思ってたのに、まんまとハマってる。

「それでね？　黒崎ちゃんと山田くん無事に付き合うことになったんだって！」

「へぇ～」

「お似合いだよね！　黒崎ちゃんから告白しようとしてたのに、山田くんに逆告白されたんだって！」

　自分のことのように喜ぶ佑麻。

「やっぱり、告白されたら嬉しいもん？」

　なんて、めずらしく相槌以外のリアクションを返した俺に、

「んー、そりゃ好きだって言われたら嬉しいし……相手のこと少しは気になるかな～？」

　って。

「じゃあ、俊哉と嶋中のこと……気になるわけ？」

「へ!?　あ、いや……。気にならないって言ったら嘘になるけど、私は南くん一筋だから、ね!?」

『気にならないって言ったら嘘になる』のかよ。

「あっそ」

　何それ、かなり気に入らないんだけど。

「え？　南くん怒って……」

「ない」

　俺の態度に、焦りを見せる佑麻。

　違う。こんな態度を取りたいんじゃないのに。

「……本当に南くんのことだけ好きなのに」

「じゃ……俺とキスした回数は？」

「へ……？　な、何その質問……」

「いいから、答えろよ」

　暗くても分かるほど顔をまっ赤に染めた佑麻に、口角を

上げる俺。

「……2、2回……」

佑麻がはずかしそうに答えた回数と

「……ばーか、3回だろ」

俺が記憶してる回数は、違う。

「えぇ!?　う、嘘！　いつ!?　ねぇ!?　3回目……いつ!?」

記憶にない3回目のキスがいつなのかと、俺の腕をブンブン振る佑麻。

そんなの、絶対教えてやんない。

男と映画見に行って、無防備に隣で寝てる方が悪い。

「うるさい」

「えぇ！　教えてよ〜!!　ねぇ!!」

「しつこい」

「なっ、私にだって、し、知る権利がある!!」

「佑麻に権利なんてない」

「えぇ!?　ひどい!!　わ、私にだって……っ!?」

俺の腕をつかむ佑麻の手を引き剥がしながら、

「うっさい、もう黙って」

そのまま4回目のキスをする。

我ながら、最近、本当に歯止めがきかない。

映画館の時だって、本当はするつもりなんてなかったのに。

スヤスヤ寝てる佑麻に、吸い寄せられるかのようにいつの間にかキスをしていた。

「っ、さ、3回目……」

「だから、今ので４回目だって。ちゃんと覚えろよ」

佑麻から離れてフッと笑う俺に、どうやら佑麻の思考回路はショートしてしまったらしい。

「つみ、南くんが〜！　最近……キス魔〜!!　なんで!?　どうなってるの!?　もうわけ分かんないよ〜！　でも、好きぃ……」

再び顔をまっ赤に染めた佑麻に、ちょっといじめすぎたか？　なんて思いながら、もう、このままじゃいられないことは自分でもよく分かっていて……。

でも、どうやって佑麻との関係を前進させればいいのか、それが分からない。

ただ、もう……。

佑麻を俺だけのものにしたいって衝動を抑えられる自信がない。

ね！　もう１回、南くん！

「えぇぇぇえ!?　夜に『会いたい』って言われて、会ったのに……何もなかったって何!?」

　月曜日、学校に着くなり茉央ちゃんと黒崎ちゃんに呼ばれ、土曜日のことを根掘り葉掘り聞かれています。

「え、えへ？」

「えへじゃないよ！　佑麻ちゃん！」

「そ、そうだよ……告白とかされなかったの？」

「……ぜんぜん」

「信じられない」

　私の返事に、ありえないとばかりに同時に目を見開くふたり。

　私も本当は、ほんの少しだけ期待してたりもしたんだけど……。

　南くん曰く４回目のキス……のあと、すぐに家の前に着いてしまった。

　そのまま『風邪引くなよ』って、私に背を向けて来た道を戻っていく南くんは、いつもの南くんで……。

　告白の“こ”の字も感じられなかった。

「でも、キスはされたんでしょう？」

「……うん、しかも４回目だって。私の記憶では３回目なんだけど……なぁ」

　いつなんだろう。

私の記憶にない３回目のキス。

「佑麻ちゃん！　おかしい！　付き合ってないのに４回もキスしてるなんて！」

「そうだよ！　南くんも、絶対佑麻ちゃんのこと……好きだと思う」

おかしい？

……うん、おかしいよね。

私も２回目くらいまでは、なんで？って深く考えたりもしたんだけど、最近は単なる南くんの気まぐれなんだって、深く考えるのはやめた。

「女の子に４回もキスしておいて、思わせぶりもいいところだよ」

「はっきり……聞いちゃうのはどうかな？」

「は、はっきりって!?」

私の言葉に、黒崎ちゃんは続ける。

「付き合ってほしいって。それで、はぐらかされるようなら……もうやめちゃいなよ！」

「うぅっ……」

心のどこかでいつか……と思っていた選択肢《し》を黒崎ちゃんにスパンッと投げつけられ、揺れる心。

南くんとの距離が近くなればなるほど、宙ぶらりんにされてる私の心が痛む。

だからといって、南くんへの気持ちを今さらスパッと断ち切ることなんて……。

「む、無理だよ？」

　私には到底不可能だと思うんだ。

　あと……じつはふたりに相談したいことがまだあって。

「あ、あのね？」

「ん？」

「朝、下駄箱に、これが……」

　そう言って、制服のポケットから出したのは１枚の紙。

　それを、茉央ちゃんに渡せば、黒崎ちゃんとふたり……声を合わせて読み上げる。

【森坂先輩へ。入学式で見かけた時に、一目惚れしました。直接言いたいので放課後、生徒玄関で待ってます。１－８　松浦《まつうら》里《り》樹《き》】

「うん、そういうことなんだけど……松浦くんって知ってる？」

「そ、そういうことって!!　これラブレターだよ佑麻ちゃん！」

「す、すごい……初めて見たラブレター！」

「私も……初めてもらった」

　興奮するふたりをよそに、私はどこか他人事。

　私の気持ちはいつだってまっすぐ南くんへ向かっていて、他の人なんて目に入らない。

「松浦くんって、バスケ部の１年生エースじゃなかった？」

「聞いたことあるかも……体育館にはギャラリーがいっぱい集まる……とか」

「そ、そんなすごい人なんだ……」

　そんな人が私に一目惚れ？

いや、間違いなく罰ゲームでしょ!!

「あー！　佑麻ちゃん今、罰ゲームとか思ったでしょう！　ちゃんと話し聞いてあげなきゃダメだよ？」

——ギクッ。

茉央ちゃんって、本当に鋭いなぁ。

「そうだよ、本気だったら松浦くんにすごく失礼だし」

「そ、そうだよね……。ちゃんと話し聞いて、好きな人がいるからって断る」

「それがいいね！」

私の言葉にうなずくふたりを見て、今日の放課後……松浦くんと向かい合う覚悟を決めました。

（※ふたりの反応次第では逃げ帰るつもりだった）


【南side】

帰りのHR前の休み時間。

慌てて教室へと入ってきたかと思えば、迷わず俺の机までやってきた礼央。

「ちょ！　瀬那！」

「……なに。うるっさ」

その声のボリュームに思わず耳をふさぐ俺とは反対に、

「お、お帰り、宮坂！」

俺の机の前で壁によりかかるように立っていた山田は礼央へ片手を上げた。

「やべーぞ､瀬那。お前がボヤボヤしてる間に……佑麻ちゃんラブレターもらったって!!」

──ドクン。

心臓が変に加速して、モヤモヤが一気に最高潮に達したのが自分でも分かった。

「……えぇええ!?」

「……っ」

驚いた声を上げる山田に、つるむようになって初めて共感した。でも、山田みたいに素直に言葉に出せない俺。

こんなんだから、こうして何度も佑麻を他の男に取られそうになるんだよな。

「あ、ああ相手は分かってんの？」

「１年の松浦里樹だって！　俺知らないけど、お前ら知ってる？」

「知らない」

動揺を隠せないらしい山田に、なんでお前がそんなに慌ててんだよ……なんて思いながら、礼央の口から出た“松浦里樹”が気になって仕方ない。

「あ、俺知ってる！　バスケ部１年生エースで爽やか好青年！　甘いフェイスで学年問わず女子から人気の、付き合いたい男子No. １！」

「ま、マジかよ……すごい奴じゃん」

山田の説明に、顔を引きつらせる礼央を見ながら、自分の心に余裕の欠片《かけら》もないことに気付く。ちょうど片瀬たちと教室へ入ってきた佑麻を無意識に目で追って……。

「……はぁ」

俺の口から出たのはため息。

少なからず今、佑麻の頭の中には“松浦里樹”がいるんだろ？　考えただけで……すっげぇやだ。

「でも、誰に告られても『入学式で一目惚れした好きな人がいるから』って告った子はみんなフるって有名だぜ？……あ!!　その一目惚れした子ってのが佑麻ちゃんかぁ!!」

天然無自覚の空気が読めない山田は、俺をどこまでも突き落としたいらしく、ケロッと笑いながら俺に大打撃を与えてきやがる。……わざとだったら屋上から吊《つ》るすぞ。

「……瀬那、めずらしく感情が表に出てるぞ」

「……認めたくないけど、だいぶ焦ってる」

めずらしく焦りとイライラを堪《こら》えきれない俺を、礼央はおかしそうにフッと笑った。佑麻を好きだと自覚してから、佑麻の行動や言動に振り回されっぱなしで、自分が自分じゃないみたいにコントロールできない。

「瀬那が素直すぎて気持ち悪……」

「殴るぞ」

礼央を一睨みしたあと、もう一度佑麻へと視線を向ける。片瀬たちに何かを言われて、少しだけ頬を赤く染めて話すその姿に、胸がギュッと締めつけられる。そんな顔すんのは、俺の前だけでいいんだよ。ばーか。

＊＊＊

やってきました、放課後。

　松浦くんに呼び出された場所は、生徒玄関……つまり。

　どのみち帰るためには通らなくてはいけない場所。松浦くん、なかなか考えたよね。

「いい？　佑麻ちゃんは隙だらけなんだから、間違っても押しに負けて告白にOKしないでね？」

「だ、大丈夫だよ！　私は南くんが好きなんだから！」

　とは言ったものの、我ながら押しに弱いのは工藤くんと嶋中くんの件で自覚している。

　工藤くんと嶋中くんには、修学旅行後にしっかりと自分の気持ちを伝えた。

　どうやら、工藤くんは私と南くんを応援してくれるみたいなんだけど。

『応援するフリして、ちょっかい出すのはアリ？』っていう嶋中くんの言葉に、うまく返せなかった私。

『森坂は本当、隙だらけだよね。その隙につけ込むから、俺』って……。嶋中くんは、うまく断ることができなかった。

　自己嫌悪。

「大丈夫……かな？」

「え？」

「南くんに……伝えた方がよかったんじゃ……」

　黒崎ちゃんの言葉に、きょとんとする。なんで南くんに伝える必要が!?

「南くんは、私が告白されようが何しようが、きっと興味ないよ！」

「そ、そうかなぁ～」

そうそう。

南くんの思わせぶりは、私の胸をドキマギさせるけど、私が他で何しようと……南くんにはきっとどうだっていいはず。

とはいえ、期待してないと言えば嘘になるんだけど。

「あ……！　森坂先輩」

生徒玄関に着いた私たちは、近くの柱に寄りかかってこちらを見つめる男子生徒に気付く。

「……あ、あれが松浦くんだよ！」

「私たち、先に帰るから明日、話し聞かせてね！　佑麻ちゃん！」

「え！　ま、待って!!」

私をその場に残して足早に帰っていく茉央ちゃんと黒崎ちゃんに、一気に不安が押し寄せてきた。

やだよぉ〜。

ひとりにしないでぇぇええ!!

「……先輩、いきなり呼び出したりしてすみません」

「あ、いえ……！」

気付けばすぐそこまで来ていた松浦くんに驚きながらも、必死に返事をする。

さすが、バスケ部１年生エース。

すっごい爽やかイケメンだ。そりゃギャラリーがいっぱい集まるのも納得。

って!!　こんなイケメンがなんで私なんかに一目惚れ!?

ない、ないない、ありえない。

「あ、あの、罰ゲーム……とかじゃ？」

「え？　……違っ!!　すみません、いきなり接点もない男に好きだって言われたら、そう思うのも無理ないですよね」

　うん、無理ないよ。

　まして君、すごいかっこいいし……。

　わざわざ私なんかに告白しなくても、可愛い彼女は選び放題でしょ。

「……もっと、順序立てて言うつもりだったんですけど、俺が先輩のことを好きなのは、罰ゲームとかそんなんじゃなくて、本気ですから」

「っ!!」

　やばい、年下威力《いりょく》。

　くぅっっっ!!

　か、可愛いー!!　子犬みたい。可愛い。ワシャワシャしたい！

　どうしよう!!　母性の始まり!!

「入学式の日に、たまたま……ほんとたまたま見かけて。その時の先輩……楽しそうに笑ってて、それがすげぇ可愛くて……。それからずっと気付けば先輩のこと校内で探してました」

「……っ」

「俺じゃダメですか？　……先輩を笑わせるの」

　なんだ!?

　今時は草食系が多いって聞くのに……。

　松浦くん、爽やかなフリしてガンガン来るじゃん!!

しかも……そんな捨てられた子犬みたいな顔で見られると拾ってあげたい衝動に駆られるじゃん!!

「……あ、あのね!! 私、ずっと好きな人がいて！」

「知ってます。南先輩……ですよね」

な、なんで知ってるんだろ。

私が南くんを好きなことってそんなに有名だったりする？

いや、たしかにいつでもどこでもうるさいくらい南くんバカなんだけどさ……私。

「でも、南先輩には相手にされてないって……聞きました」

「っ!! そ、それは……」

そうなんだけど、好きなんだもん。

南くんに相手にされないから、自分のことを好いてくれてる人に……なんて、そんなこと絶対にできない。

南くんへの想いにも、私のことを好いてくれてる人にも失礼だもん。

「俺、絶対に森坂先輩のこと大事にします!! 南先輩のこと、忘れるまで想っててくれてかまいません。だから……俺じゃダメですか？ 俺と付き合ってください」

「〜〜っ！」

なんてまっすぐなんだろう。

たしかに、南くんには相手にされてないし……正直、南くんとはずっとこのままの関係なのかも……って思ってる部分はある。

でも、これだけは断言できる！

私の南くんへの想いが消える日なんて来ない。

もし、地球が明日滅ぶとしても、南くんを想う私の気持ちだけは永遠に消えたりしない。

そんなレベルの「好き」なんだもん。

だから、もしこの先……どんなに南くんが私を傷つけたとしても、私は、それでも迷わず南くんを選ぶだろう。

「……森坂先輩、好きです。誰にも負けない自信、ありますよ」

「松浦くんの気持ちは、すごい嬉しい。ありがとう！……でも、私は南くん一筋だから！　一途《いちず》なことだけが取《と》り柄《え》なので！」

もし南くんが振り向いてくれなくても、後悔はしない。

むしろ、今ここで松浦くんの告白を受けてしまえば、工藤くんや嶋中くんにも合わせる顔がない。

「……やっぱ南先輩には勝てないっすよね～。本当は分かってました。……でも、伝えないでする後悔と、伝えてする後悔なら、後者のがいいなって」

そう言って笑った松浦くんは、やっぱりすごい爽やかで……。

色素の薄いキレイな髪をクシャクシャっとすると、

「森坂先輩、これからも想っててていいですか？」

って。

私は知っている。

人の気持ちは簡単には変わらないし、なくならない。

「……うん。ただ、気持ちには応えられないよ。何度も言うけど、南くん一筋だから」

　だから、せめて私にできるのは期待させるようなことを言わないこと。

「ふはっ、森坂先輩、なかなか手強いっすね！　もっと隙だらけかと思ったのに……残念！」

　少しだけ無邪気《むじゃき》に笑う松浦くんは、やっぱり年下の男の子。

　弟になら……してあげるのに。

　なんて、都合のいいことを考える。

「松浦くん、ありがとう」

「こちらこそ、話し聞いてくれて。ちゃんと向き合ってくれてありがとうございました。じゃ俺、行きますね！　部活あるんで」

　そう言って私に背を向けて歩きだす松浦くんを見ながら思うのは、すごくいい子だったな～ってことと、やっぱり後ろ姿までイケメンだなぁ～ってこと。

　それから、今、無性に……。

「南くんに会いたい……」

　って、この期《ご》に及んで、脳内南くん一色かよ。

　って、松浦くんを思うと罪悪感に苛まれる私。

　それでも、今会いたい。

　声が……聞きたい。

　――プルルル♪

　ん？

　下駄箱から靴を取り出し、履き替えた私は、突然鳴りだしたスマホの画面を確認する。

「へ？　……嘘！」

　そこに表示されているのは
【calling《南 瀬 那》】

　たった今、会いたい、声が聞きたいと思っていた南くんからの着信。

　な、なななななんで!?

　私の気持ち、届いちゃったわけ!?

　緊張しながらも、南くんからの電話に応答する。手が震えるぅう！

「も、もしもし……！」

『……俺』

　お、俺って！

　それですらかっこいいんだが、何者かね？　この人は!!

「ど、どうしたの!?　南くんから電話なんて……」

『……めずらしいって言いたいわけ？　俺からかけるのは２回目だけど、佑麻からかかってきたことないよ』

「へっ!?　そ、それは……」

　南くんの言葉に、たしかに……なんて思いながらも、きっと一度かけてしまえば意味もなく電話したくなるし、重たい女に早変わりする自信がある。

　(※すでに重い可能性アリ)

　そう考えたら、自分からかけない方がいいだろう。

『ま、いいや。……早く出てこい』

「え？　早くって……」

『校門で待ってる。一緒に帰るでしょ？』

ななななななんだって!?

え、この電話……本当に、南くん!?

何、『一緒に帰るでしょ？』って！　いや、帰りますけども!!

ってか、いつも思ってたんだけど、南くんサッカー部だよね？

「か、帰りたい!!　でも……部活は？」

最近、よく一緒に帰ってくれるようになったのは、すごく嬉しい半面、部活のことを考えると疑問すぎる。

『野球部と陸上部がグラウンド使ってるから、サッカー部は市営体育館でやってる。……いいから早く来い』

そっか！　市営体育館か。それなら私のうちは通り道……。よかった、てっきりサボってるのかと……。

「なるほど……い、今行きます!!」

『ん、じゃ』

私に短く返事をした南くんの声を最後にツーツーと機械音が聞こえて……。

…………ハッ！

放心してる場合じゃなかった！

南くん……こ、校門!!

南くんが待っててくれたなんて、幸せすぎてニヤける。どうしよう、すごく好きだ。

人もまばらな校門までの道を、駆け足で進む。

「み、南くんっ！」

「っぉわ！　お前なぁ……」

　南くんを見つけた瞬間、喜びメーターがMAXになった私は思わず抱きついてしまった。

　そんな私に、驚いたらしい南くんはバランスを崩しながらも私を受け止めると……そのあと、いつものように呆れた視線を向けてくる。

「ご、ごめん……嬉しくて、つい！」

「ったく、こっちの気も知らないで」

「え!?　ちょ、待って待って!!」

　私を引き剥がしたあと、スタスタと先を歩きだす南くんの後を慌てて追いかける私。

「佑麻……」

　いつもなら、振り返ることのない南くん。そんな南くんが私を呼びながら振り返るから、口から心臓出すとこだったじゃん!!　危ない。

「っ！　な、何？」

「松浦里樹……だっけ？」

「へ!?」

　な、なんで南くんが松浦くんの話題なんか振ってくるんだ!?

　私、ひと言も言ってないよね？

　え？　顔に書いてたりする？　嘘、マジ？

　なんで、なんでと考えているうちに南くんが再び歩きだす。

「……松浦くんが、どうかした？」

それを再び追いかけながら、おそるおそる問いかける。

「呼び出されたらしいじゃん」

「……あー、うん。な、なんで知ってるの？」

南くんには隠し事できない運命なのかな。どこから情報が漏れてるんだ？

「礼央が、片瀬から聞いたって。慌てて俺に教えに来た」

茉央ちゃん!!

発信源……茉央ちゃん！

まぁ、宮坂くんには話しそうだなぁ〜って薄々思ってたけど。

宮坂くん、なんで南くんに伝えちゃうかな。

工藤くんや嶋中くんに告白された時も、キスされたあとも……自惚れるほど南くんの機嫌が悪くなった。

でも、その原因は私のことが好きだから……ってわけではなさそうで。

つまり、ただ単純に、

『俺のこと好きとか言っておきながら、他の男にちょっとチヤホヤされたら、浮かれてるバカな女。もう俺にかかわらないでほしい』

っていう怒りなわけでしょ？

こんなにも南くんへの愛が溢れてるのに、そう思われるのはつらくて仕方ない。

「そ、そうなんだ……そんな、慌てて教えに行ってくれなくてもいいのに」

むしろ、ありがた迷惑といいますか……。

チラッと南くんへと視線を向ければ、何かを必死に考えてるみたいで……。

かと思えば、ため息をついてみたり……小さく「あー」なんて、声に出してみたり。

どうしたんだろ。

「南くん？」

「……俺、余裕ないんだけど」

「余裕？」

はて？

いつも余裕しか感じられない南くん。そんな彼がなぜ弱気発言？

んー。

あー、なるほど。

さては南くんも２週間後に迫ってる冬休み前のテストの範囲が難しすぎて焦ってるんだ!?

「南くん！　仲間だね！　私も次のテスト余裕がなくて焦ってるんだぁ！　とくに数学……」

「南くんは何の教科？」なんて、本当に焦ってんのかと聞きたくなるようなテンションで南くんに投げかける。

「……なんでそんなにバカなの、本気？」

何が本気で、何が本気じゃないのか……というより南くんが何を言ってるのかひとつも理解できませんけど。

それをバカと呼ぶのですか？

「余裕がないって、テストの話じゃないの？」

「違う」

「で、ですよね〜……！」

　な、なんだよ。違うのかよ！

　めずらしくバカなりに頑張って推測《すいそく》してみたのに、裏目に出てしまった。

　いいもん、バカだから。

　とは言いつつも、考えてしまう。

　南くんは一体、何において余裕がないのだろうか。

「松浦里樹に、なんて返事したわけ？」

「え!?　えーっと、好きな人がいるから……ってお断りしました」

　私の返事に、「へぇ」と答える彼に言ってやりたい。興味ないならなんで聞いたの？　ねぇ！

　もっとリアクションしてよ!!

「すっごい爽やかイケメンだった、松浦くん。バスケ部の１年生エースだって！」

　すごいよね〜と続けた私は不意に視線を感じて南くんを見た。

「素で他の男のこと褒めんのやめろ」

「……へ？」

「他の男のいいところとか……ムダに気付かなくていいから」

　南くんはさっきから、英語でも話してるの!?　……ぜ、ぜんぜん 意味が分からなくて頭かち割れそう！

　どうしたらいい!?

「み、南くん？」

「……お前は俺のことが好きなんでしょ」

「っど、どうしたの!? 何かお昼に変なもの食べたとか？ それとも……」

南くんが立ち止まったことによって、自然と私の足も止まる。

そして、南くんが私をまっすぐ見据えるから私は話すことも忘れて、思わずゴクリと喉《のど》を鳴らした。

「黙って俺だけ見てれば？」

「〜〜っ!!」

頭が働かない。何!? 何何!?

南くんて、本当に思わせぶりが上手。私のことからかってるの？

っていうか、私、南くんしか見えてないってば!!

そう言いたいのに、もはや声も出ない。

『黙って俺だけ見てれば？』

その言葉が、私の鼓膜《こまく》を震わせて脳に届くまで、どれだけの時間がかかっただろう。

「……もっと俺でいっぱいになればいい。そしたら、俺がこんな焦ることもなくなる」

その言葉と同時に、私の髪をクシャッと触る南くんに息をするのを忘れそうになる。

さ、酸素マスク！

いや、酸素ボンベ!!

酸素ボンベください！

足りてません、酸素の取り込み方を忘れました。

　至急、酸素をください!!

「〜〜っ、み、みみ南くん!!」

「ん？」

　薄々、思ってたけど……もしかして、もしかしてさ？

「……南くん、熱あるでしょ？」

　そう言いながら南くんのおでこへと手を伸ばす。

　なんか、南くんが史上最高に変だもん。新種の流行病に感染しちゃったのかもしれない。

　もうインフルエンザも流行《はや》ってるし、熱に浮かされてるってこともありえる。

「ん〜？　熱はなっ……!?」

「いい加減にしろよ」

　本当に、私は心の底からの善意で熱を測っていただけなのに……お熱を測っていた私の手をつかんでグイッと引き寄せた南くんの眉間にはシワが……。

　な、ななな、なんで!?

「……ち、近い、近いよ！　南くん!!」

　引き寄せられたことによって、一気に縮まった南くんとの距離に、また私の心臓は過労中。

「……佑麻」

「……は、い」

　あまりの近さに、声を絞り出すのがやっとなんですけど!?

「……ごめん……キスしたい」

「……へ？」

え、ちょ……何？

キス!?

し、しかも、そのごめんって何のごめん!?

南くんが何を考えてるのかサッパリ分かんない。

どうしよう……。

「……嫌？」

「い、い嫌とかじゃ……!!　で、でも……その……っ!?」

何を言いたいのか自分でも分かっていなかった私の言葉を、吸い取るようにして南くんがキスを降らす。

こ、これで何回目だっけ……。

４回目……いや、５回目……。

いっぱいいっぱいな頭の中で、そんなことを考えてる余裕に驚きながら目を開ければ、

「……あー、本当に最近、歯止めきかねぇ」

私から距離を取って、ため息まじりに呟く南くんと目が合う。

ドキドキしすぎて死にそう!!

何がどうなってるのか分からないけど……。

「い、今のキスも、南くんの気まぐれ……気まぐれ……」

南くんの目が、熱っぽくて……思わず自惚れそうになる自分を落ち着かせるべく、自分自身に言い聞かせるように呟けば、

「……俺は好きな奴としかキスできないって……知ってんだろーが」

って。

　いつもみたいに余裕たっぷりな顔の南くんにギュッと胸が苦しくなる。

　そんなことを言われたら……治まりかけた心臓が、再びドッドッドッドと脈打つのを全身に感じる。

　そして、だんだんジワジワと目頭が熱くなってきて、

「……うっ……うぅ」

　私の目からは大量の涙が溢れる。

「何、泣いてんの？」

　泣きたいわけじゃない。

　南くんの前ではいつも笑顔でいたかったのに……泣いてるところなんて見せて、面倒くさい奴って思われたくなんかないのに……。

「……南くん、いっつも思わせぶりすぎだよぉ！　私がどれだけ……どれだけ、南くんの言葉に、態度に……一《いっ》喜《き》一《いち》憂《ゆう》してるか知らないでしょ!!　ズルいよ……私ばっかりこんな好きで!!　南くんはいっつも余裕たっぷりで……南くんのバカァ〜〜うぅ……う〜」

　散々、言いたい放題吐き出してから後悔。

　やっぱり、後悔はあとからやってくるものなんだね。

　勝手に好きになって、追いかけ回して、脈がないの分かっててそばにいたくせに、自分ばかり好きで悔しい……なんて。

　今、私は３歳児よりもタチの悪い駄々をこねているのかもしれない。

「……ご、ごめんなさいぃ〜……っうぅ」

散々好き放題言ったあとは泣きながら謝罪。南くんはきっと、もう呆れてるだろうな。

「余裕たっぷり？　俺が？」

「っ……ぅう……ぅ～」

そんなことを考えていた私に聞こえてきたのは、いつになく優しい南くんの声で……返事をしたいのに、嗚咽で言葉にならない私に南くんは続ける。

「……余裕ぶってただけで、本当はずっと……焦ってたんだと思う」

「……!?」

何を言ってるんだろう。

南くんの言葉に、心臓は壊れる寸前まで加速して……相変わらず涙は枯れることなく流れていく。

「面倒くさいし、ウザいし、うるさいし、かかわって得することなんてひとつもない。そう思ってたのに、そばにいないと気になって、落ち着かなくて、いつの間にか目で追ってた」

そう言いながら南くんが私の涙を親指で拭うから、ダメなのに、期待しちゃダメだって頭ではもう分かってるのに……。

もしかして南くんも私のこと……って、期待している自分がいる。

「俊哉に気に入られてんのも、嶋中に迫られてんのも……挙句、松浦に告られてんのも。……全部悔しいくらい妬いた」

「認めたくなかったけど」そう付け足して、眉間にシワを寄せる南くんに……どうしていいのか分からないほど胸がギューッてなる。

このまま胸が押し潰されて死んじゃうんじゃないの、私？ってくらい苦しい。

「……こんなに佑麻にハマってんだけど、どうしてくれんの？」

「っ!?　うぅ〜……そ、れって……南く、うぅ」

ぜんぜん、しゃべれないし。

どんだけ涙出てくんの自分!!

ちゃんと、聞きたいのに……南くんも私のこと好きってこと？って聞きたいのに

「……ふっ、どんだけ泣いてんの」

「だ、ってぇ〜!!　み、南く……が」

「……ん、俺が何」

こんな時ばっかり、優しい。

ズルい。本当にズルい人だ。

泣き止むどころか余計に涙が出て、また南くんの顔がぼやけてきちゃったじゃんか。

どうしてくれんの、ほんと。

「……ブッサイク」

「!?」

「ぶっ、泣き止んだ」

泣いてる女の子に、『ブッサイク』ってひどくない!?

いくら私でも……今のはハートブレイク!!

もうお嫁《よめ》に行けない。

「み、南くんなんて嫌い！」

「ダメ」

「……っ、ダ、ダメって言われても」

かわ、可愛い!!

何……!?　ダメって何!?

ねぇぇええ！

どうしちゃったわけ!?

もう、どうなってんの、これ!!

「……てか、こんだけハマらせといてどうしてくれんの？って聞いてんだけど」

「……え!?　ど、どうしてって」

っていうか、ハマってる＝好き？

ち、違うのかな。

それは私の都合のいい解釈かな。

で、でもさっき妬いたとか妬かないとか……。

ん？　勝手に“妬いた”に変換したけど、じつは“焼いた”だったりする？

え、何……私、完全に両想いシナリオを思い浮かべてたのに……。

『ブッッサイク』だもんね、両想いシナリオ……ないな!!　好きな子に対する言葉じゃ……。

「責任取って、彼女になれば」

「あー、彼女に……。かの……彼女!?」

驚く私を見ながら、苦笑いを浮かべる南くんはいつものように大きく大きくため息をついた。

　え……私また呆れられた!?

　どこだ!?　……今度はどこで……。

　あー！

『彼女になれば』ってのが、ジョークだったの!?　それを本気で捉えちゃったから……呆れられたのか。

「……素直になるって、難しい」

「え!?」

　いろいろ考えてた私に、

「佑麻」

「……は、はい」

　どこか改まった南くんの声が聞こえてきて、思わず身構えた。

「悔しいけど、俺の負け」

「それって……」

　そう聞き返した私に、クイっと口角を上げた南くんは静かにささやく。

「俺、お前のこと好きみたい」

　その顔は、やっぱり余裕そのもので。いつだって、私はいっぱいいっぱい。

「～～っ!!」

　まっ赤に染まる私を見て、満足げに笑う南くんは……こりゃまたすごくかっこよくて。

　私はきっと一生分の幸せを、今ここで使ってしまったんじゃないかと思う。

「……ね！　も、もう１回!!　南くん!!!」

「やだ」

「けっ、ケチ～!!」

　でも、それでも、いい。

「で？　彼女になってくれんの？」

「っ！　ななな、なる！　なります!!　彼女にしてください!!　南くん大好きです!!」

　これ以上に望むことなんて、私にはないんだから。

南くんの彼女（超 絶 幸 せ !!）

その夜は、眠れなかった。

家に帰ってからもずっと浮ついてる心の中は、南くんでいっぱいで、ひとりなのに、なぜか南くんがそばにいるような気さえして。

……私、彼女になれたんだ!!

好きで好きで、どんなに追いかけても届かなかった南くんに……好きって言ってもらえたんだ!!

夢なら覚めないで!!

ってひとりベッドでニヤけてた私に届いた南くんからの【おやすみ】ってメッセージに、ジーンと胸が熱くなって、夢じゃないと教えられた。

あんなに、素っ気なかった南くんが付き合った初日からこんなにも変わってしまうなんて……。

も、もしかして明日から私たち、学校でもラブラブできちゃったり……。

「邪魔」

「へ……あ、おおおはよう！　南くん！」

教室の入り口をふさぐように立っていた私を後ろから軽く押しながら教室へと入っていったのは、今日から、私とラブラブライフを送るはずの南くん……。

「朝から何、マヌケ面してんの」

「………ん？　あれ……」

　おかしいな。

　これは夢かな？

　今までと何ひとつ変わらない南くんの態度に、今起きてることが夢なんじゃないかと疑い始める私。

　だって、昨日の別れ際『また明日な、彼女さん』って髪の毛クシャクシャ、って……。

「……み、みみ南くん!!」

　私の呼びかけすらスルーして自分の席へと歩いていく南くんを、慌てて追いかける。

「ね、ね、南くん！」

「…………」

「ねぇってば〜、聞いてる？」

「んだよ、朝からうっさい」

　やっと、南くんから返ってきたのは、付き合う前に飽きるほど聞いていた言葉で……。

　え……!?

　あれ、あれれれれ!?

　私たち付き合ってるよね？

　昨日、たしかに南くんに好きだって……彼女になってくれんの？　って……。

「私、彼女だよね？　ね？」

「…………」

「え！　なんでだんまり？　え、嘘……もしかして……」

　も、もしかしてこれが現実で昨日のが夢なんじゃ……。

あ、ありえる。

てか、それしかありえない。

そ、そうか……そうだよね。

南くんが私のこと好きなんて、そんなことありえるわけがない。

嘘だと思いたい。

今朝家を出る時に、部屋のカレンダーの昨日の日付を大きくハートで囲んできちゃった自分を呪いたい。

何、私得な夢見てんの……。

夢から覚めた時の虚しさといったらない。

最悪だ……今日は１日死んだように過ごそう。

なんて、顔面蒼白《そうはく》な私は、

「佑～麻ちゃん！　おっはよ！」

「あっ、工藤くんおはよ～！」

いつものように突然現れた工藤くんに挨拶を返す。

「今日のお団子ヘアも可愛いね、佑麻ちゃん！」

「ほ、ほんと？　嬉しい！　朝から頑張ったんだ～」

そう、今日は朝から気合いを入れてお団子ヘアにしてきた。お団子の部分をツンツンとつつく工藤くんに、笑顔を向ければ工藤くんは「器用だね～」って。

昨日の南くんなら……「可愛い」くらい言ってくれるかな？って思ってたのに、まさか、都合のいい夢だったとは。

人はあんなにもリアルな夢を見られるのか、と感心にも近い気持ちになる。

そんな私たちを見ていた南くんによって、私はいきなり工藤くんから引き剥がされて、南くんの後ろへと隠される。

「俊哉、もう佑麻は俺のだから変にちょっかい出すな」

「……っ!?」

「えー、やっぱりそう言う展開？　瀬那ってほんとおいしいとこ取り」

「俺のが頑張ったのに」と、口角を上げて笑う工藤くんは、きっと……もう私へちょっかいを出す気なんてないんだと思う。

　ただ単に、南くんをからかって遊んでる……そんな感じ。

「…………」

　対する南くんは、ただ工藤くんへ冷めた目を向けるだけで特別何も口にしない。

「ま、泣かされたらいつでも俺の胸貸すからね、佑麻ちゃん！」

　おどけて見せる工藤くんに、

「泣かせねぇよ」

　やはり、余裕たっぷりの南くん。

　っていうか……。

　ややややっぱり、昨日のは夢じゃないんだよね？

　私たち、付き合ってるんだよね？

　それで、南くんは私のこと……。

「へぇ、愛されてんね、佑麻ちゃん」

　好きだってことで、いいんだよね!?

　工藤くんの言葉に、南くんは否定も肯定もしない。

　ただ、その視線が工藤くんから私へと向けられてドキドキしすぎて、過呼吸になりそう。

「わわ、わ、私の方が南くんのこと愛してる自信があるよ!?」

「……っ！」

あー。私ってば教室で……また、とんでもないことを口にしてしまった。

南くんは驚いたように目を見開いたかと思えば……そっぽを向いてしまい、焦る私。

き、教室で……しかも大声で変なこと言ったから、また怒らせたかもしれない。

どどどうしよう。

そんな私たちを交互に見た工藤くんは
「……なになに？　惚気《のろけ》大会？」

なんて茶化してくるけど、今それどころじゃな……。

「そゆことだから、俊哉は帰れ。俺たちはこれから忙しい」

はい!?

南くんはサラっと工藤くんをあしらうと、そのまま私の手を引き歩き始める。

「……ま、待って！　南くん!?　ど、どこ行くの？」

え、これって何？

お叱《しか》りを受けるパターンのやつ!?

教室であんなはずかしいこと大声で言うなって怒られちゃうやつ!?

待ってよ～、私たち付き合い始めて今日で２日目だよ？世のカップルたちは２日目っていったらそりゃもう、ラブラブなはずだよ？

南くんは止まることなく、そのままどんどん空き教室の方へと進んでいく。

ヒェエェエェエエ。

人目につかないところで!?

これ、完全に激怒だよ。やばいやつ。

あー、なんで私ってこう南くんを怒らせるのが得意なんだろう。

「み、南くん！　ご、ごめん……なさい！」

「……何が？」

空き教室の扉に手をかけた南くんは、私を振り返りそれだけ呟くと。

――ガラッ。

ためらうことなく中へと進んだ。

「…………」

「あ、あの……南くん」

教室に入ってからも、私の手を握りしめたままの南くん。

でも、何かを考えたように動かなくなってしまった。

「わ、私たち……付き合ってる、よね？　夢じゃないんだよね!?」

私は自分だけじゃもう、夢か現実か分からなくなってしまった“付き合ってるのか”という疑問を南くんに伝えると同時に……。

――ギュッ。

南くんにつかまれている方とは反対の手で、無意識に南くんのワイシャツの袖を握りしめていた。

「……夢でたまるかよ」

「へ？　じゃ、じゃあ……」

「俺があんだけ勇気出したのに、夢オチにされたら困るんだけど」

「〜〜っ！」

　不機嫌とも、照れ隠しとも取れるその表情に一瞬で満たされる。

　あんなに夢かもしれない……って不安に思ってたくせに、まるで嘘みたいに溶けて消えていく。

「……佑麻」

「な、何？」

　名前を呼びながら、私へと小さな箱を差し出す南くん。

　その箱は、私の手のひらの中にストンと収まって……。

「……あ、開けていいの？」

「ん」

　静かに箱を開ければ……そこには、

「……っか、可愛い〜!!」

　真ん中がモチーフになっていて、リボンの真ん中と、リボンの両サイドにはそれぞれキラキラと小さな石が輝いている。

　ピンキーリング。

「……あげてなかったから、誕プレ」

　あのクールな南くんが、私のためにどれだけ勇気を出して買いに行ってくれたんだろう。

「ありがとう!!　すごい、すごい嬉しい!!」

「……ふっ……ちゃんとつけとけよ。虫除け」

そう言って、箱から指輪を取り出すと私の右手の小指へと滑《すべ》らせた。

あー、いつか左手の薬指に……なんて。

そんな想像をしながら見つめる右手の小指には、キラキラと指輪が輝いている。

「っ……む、虫除け……？」

「……ん、佑麻は俺の、でしょ」

「～～っ!!」

ダメだ、南くん……分かってやってる。私をドキドキさせすぎ罪で逮捕《たいほ》したい。

確信犯だ。

鼻血出てないよね？　今鼻血とか本当やめてほしい!!　雰囲気ぶち壊す!!

軽く鼻に触れてみる……出てない。

よかった。

「……佑麻？」

「……は、はい!?」

最近の南くんは、私の名前をよく呼ぶ。嬉しいけれど、はずかしくて、南くんが甘すぎておかしくなりそう。

「俺、思ってたよりずっと重症かも」

「えっ？　重症？」

何が、重症!?

熱……は、昨日も疑ったけどなかったし。

風邪ってわけではなさそう。

え？　何か深刻な……。

「み、南くん……びょ、病気!?　や、やだ!!　やだやだ!!」

もしそうだったらどうしよう。

せっかく両想いになれたのに、「もう余命が……」とか言われたら、私生きていけない。

え、嘘でしょ!?

「……ぶっ、本当期待を裏切らないな。でも、まぁある意味病気……かもな」

人が心配してるのに、なんで笑ってんだこの人は!!

しかも……や、やっぱり病気なの!?

「……嘘……やだ～！　南くん死んじゃやだよ？　やっと南くんに好きって言ってもらえたのに～～!!　治らないの？　……その病気!!　治るよね？」

神様って……意地悪だ。

あぁ、どうしたらいいの？

できることなら、私の命と引き換えに南くんの病気を治してほしい。

お願いします、神様!!

「俺の病気……治ってもいいわけ？」

「……えっ？　そんなの」

いいに決まってる!!

むしろ、治ってくれなきゃ困……。

「佑麻が可愛くて仕方なく見えたり、誰にも渡したくないって思ったり、俺だけのものになればいいのに……ってこれ、病気だろ」

「みっ、南くん！　そ、それ……病気じゃ……っていうかずっと、ずっとその病気でいて!!　お願い!!」

「ぶっ……さっきと言ってること違うし」

　だ、だって！　病気って、てっきり命に関わる重大なやつかと思ってたんだもん。

　そ、それなのに……そんな病気ズルい。それなら私だってとっくに南ホリックだったよ。重症、この先治る見込みゼロだよ。

　勢いよく南くんの手を握りしめた私に、めずらしく目を細めて笑う南くんが私の手を握り返してくれる。

「だから、俺だけ見てて。よそ見されるとおかしくなりそう」

　甘い甘い南くんの言葉に、もうどうにかなってしまいそう。

　どんどん体が火照って、顔から火が出るんじゃないかってくらい熱い。

「……よ、よそ見なんて!!　できないよ、そんなこと！」

　できるわけがない。

　こんなにも大好きな人がいるのに……どこに他の人を見る暇があるっていうの？

「……ふぅん、言ったな」

「言ったよ？」

　そんな強気な私に、南くんはまだ納得してないような顔をしているけれど、断じて私はよそ見なんてしません!!

　南くんこそ、ちょっとでもよそ見したら許さないから。

　たしかに私より可愛い子も、キレイな子も……。

　魅力的な子はたくさんいるだろうけど。

　その中でも、南くんのいちばんでいられるように、ちゃんと努力は惜しまないから!!

　だから、南くんも絶対……よそ見なんて
「あ……三浦《みうら》○馬《ま》だ」

「うぇえ!?　……ど、どこ!?　三浦○馬どこ？」

　──グイッ。

「っ!?」

　──チュッ。

「〜〜っ!!」

　南くんがいきなり、俳優《はいゆう》の三浦○馬がいるなんて言うから……思わず身を乗り出して教室の外を覗こうとした私はまんまと捕まり、抱きすくめられ……。

「よそ見すんなって言ったじゃん」

　不機嫌なキス魔、南くんから６回目のキスをお見舞いされてしまった。

「っ……い、今のは南くんが!!」

「うるさい。言い訳禁止」

　何なの？　なんでこんなかっこいいの!?

　俳優にまで対抗意識って、私すごい愛されてる……なんて自惚れてしまう私をどうかお許しください。

　あー！　もう、ドキドキしすぎて死にそうなんですけど!!

　追いかけて、追いかけて……ただひたすら追いかけ続けてきた好きな人。

「つーか、学校に俳優なんかいるかよ」

　そんな、好きな人が……私を好きだと言ってくれた。

　どれだけすごい確率なんだろう。

「……い、言われてみればたしかに!!」

　その目に……。

　その声に……。

　その言葉に……。

　そのしぐさに……。

　南くんのすべてに私は全力で恋をしている。それは出会った日から変わることなく……揺らぐことのない気持ち。

「……ばーか」

「〜〜っ!!」

　初めて会った時と同じ笑顔に……その言葉に、この先私は何回君に恋をするのだろう。

「……南くん、大好き!!」

　これからも、たくさんたくさん伝えよう！　南くんに私の気持ちを全部っ!!

　そんな私に、

「……っ、俺は愛してるけど」

「〜〜っ!?」

　舌を出してドヤ顔する南くんは私よりも１枚も２枚もうわてらしい。

　南くんの彼女を熱烈希望してから……もうすぐ３度目の春がやってくる。

　私は今、南くんの彼女。

　それはもう……猛烈《もうれつ》に、幸せです。

　――キーンコーン。

「あ、授業始まる。……おいてくぞ」

「え？　……ちょ！　ま、待って～～！」

「無理、間に合わない、先行く」

「うぇっ!?　……ちょ、み、南くん！」

　ただし、南くんは甘いだけじゃない。

　まぁ、そこもまたいいんですけどね？


【END】

★Chapter.Ⅳ　ハイライト南くん★
…こんなに
佑麻にハマってんだけど、どうしてくれんの？

おまけ＊番外編

名前で呼びたいな、南くん。

「んー、自然に、かなぁ。本当いつの間にかって感じだったよ？」

「い、いつの間にか……？」

　昼休み、茉央ちゃんと黒崎ちゃんと３人でお昼を食べながら、話題は『どのタイミングで名前呼びになったのか』について。

　もちろん、茉央ちゃんは宮坂くんを……黒崎ちゃんは山田を。

　（※山田の扱い雑すぎないか）

「私は瑛翔《えいと》くんが、名前で呼んでって言うから、その……」

「山田……くんからかぁ」

　茉央ちゃんは、自然に。

　黒崎ちゃんは、相手から。

　そうだよね。いろんなパターンがあるよね。

「べつに付き合ってるんだもん、佑麻ちゃんが呼びたいって思ったタイミングで呼べばいいんだよ！」

「うんうん。私もそう思う！」

　んー、そういうもんなのかな？

　南くん嫌がらないかなぁ。

　で、でも仮にも……私たち付き合ってるんだもんね。

　やばい、ニヤける……よ、よだれ出そう。

　そう、南くんと付き合ってから早いものでもうすぐ２か月がたとうとしている。

　茉央ちゃんはともかく、黒崎ちゃんも付き合って比較的早い段階で名前呼びにグレードアップしてて。

　出遅れた感が満載の私は、こうしてふたりに話題を振ってみたものの。

「南くんはとっくに、佑麻ちゃんのこと呼び捨てだもんね？」

「うん。いまだにキュン死にしそう」

　胸のあたりをぎゅっと抑える私に、「大袈裟《おおげさ》だなぁ」って茉央ちゃんは笑うけど、ぜんぜん大袈裟なんかじゃないんだよ!?

　慣れるどころか日々、キュン度が増していく気がしていつか本当にやられそうで怖いよ。

「佑麻ちゃんが南くんに名前で呼ばれて嬉しい……みたいに、南くんも佑麻ちゃんに名前で呼ばれるの……嬉しいと思う」

　黒崎ちゃんは、おだやかな声と微笑みを私に向けていて、まるで菩薩様《ぼさつさま》のように見えてきた。

　やばい、こりゃ拝《おが》んどこう！

「そ、そうだよね!?　私も南くんを名前で呼びたいし……が、頑張る！」

『瀬那』

　そのキレイな響きは、南くんのクールさをより引き立てている。

　一度も口にしたことのないその名前を、彼女になった今、呼んでみたい衝動に駆られている。

　キャ――ッ!!　は、はずかしい！

　やだ、どうしよう！　照れる！

とはいえ……。


「何、さっきから」

「えっ!?　いや、何も？」

顧問《こもん》の先生が出張で部活が休みの南くんと一緒の帰り道。

『名前で呼ぶチャンス！　頑張ってね！』なんて、茉央ちゃんに言われてしまった私は……。

いつ言おう、どのタイミングで呼ぼう。

そんなことばっか考えちゃって、南くんに不審な目で見られる始末。

「嘘つけ、早いとこ吐いとけば？」

隠しとおせるわけがない。

そんな顔で私を見つめる南くんに、自分でも、隠しとおせるわけがないと思っているのは私です。

でも「名前で呼びたい」って、たったそれだけ告げるのにも、すごい緊張するし、南くんはなんて思うかな？とか、「瀬那くん」って……呼び慣れてなくてはずかしいな、とか、乙女心はいろいろと複雑なんだよ。

なーんて、南くんを見上げれば、相変わらず整った顔すぎて。

あー、余裕で鼻血出る。アーメン。

「南くん……」

「ん？」

ぐはっ!!

ダメ、南くんの『ん？』ってやつ！　何回言われても可愛すぎて悶《もだ》える。

無意識なんだろうけど、私以外の子には使わないでね！って言いたいくらいの必殺技なんだけど、本当どこで修行してきたの？

鶴仙人《つるせんにん》のもとで、キュンキュン殺法《さっぽう》とか習ってきてたりしないよね!?

って、そんなわけあるかい！

私の頭はいつもショートしまくり。落ち着け落ち着け。

「……えっと、あの」

「何」

私が話しやすいようにかな？　南くんの声色が優しくて、今なら言える！

そんな気がして……

「あの、南くんのこと……」

「あー！　瀬那くん!?」

えっ……？

「名前で呼びたい」そんな私の言葉を遮って聞こえてきたその声に、一瞬で体が凍る。

「おぉ、久しぶり」

可愛い肩くらいまでのボブヘアにオレンジにも近い茶髪。

クリッとした目に、筋の通った鼻。

薄く小さな口から発された『瀬那くん』。

――ドッドッドッド。

私の知らない女の子と、親しげな南くんに、心臓が早鐘《はやがね》を打つ。

あーあ、やだな。

完全にヤキモチ妬いてる。

「久しぶりだね？　元気だった？　って、あ！　彼女さん？」

私へと視線を向けた女の子に、とっさにペコッと頭を下げて笑ってみたけど、きっとうまく笑えてないだろうな。

「ん、まぁ」

そんな、南くんの返事にもモヤモヤしてしまって、私のこと紹介したくないのかな？

とか、どんどん悪い方に考えてしまう。

「可愛い子だね、ふふっ。そっか瀬那くんにも彼女かぁ」

「……うるさい」

「お？　照れてる？　可愛い」

「あー、もう。いいから！」

そんなふたりの会話もどこか遠くで聞こえて、どうしてこんなに苦しいんだろう。

今にも、泣きそうなのを必死に堪える。

「ごめんごめん！　じゃ、また今度遊びに行くね」

「ん、待ってる」

家に……？

え、何……家に招いちゃうくらい親しい人なの？

手をひらひらさせながら、私にも軽く微笑んで帰っていく女の人を見つめながら、胸の奥で溜まってく黒い感情が今にも溢れそうになる。

「……わり、帰るか」

　何事もなかったように歩きだす南くん。

　私も何事もなかったように歩きだしたいのに、笑顔で今の人誰？って聞ければいいのに。

　鉛《なまり》のように重たい足は一歩も前には出てくれなくて……。

　でも、こんな醜《みにく》い感情にのまれてるなんてこと、南くんには知られたくなくて。

　たった数分の出来事で、こんなになるほど自分自身がモロかったなんて情けなくて。

　堪えてた涙が、一気に溢れ出すのを感じた。

「っ、ぅ……」

　もう、今の時点で南くんに泣いてることを隠すのは不可能だって……頭では分かってるのに。

　できるだけ、嗚咽を堪えさえすれば……まだ隠せるかもしれない。

　なんて、甘い考えも捨てきれなくて。

　気付いてほしいけど。

　気付いてほしくない。

　この乙女心が分かる？って、南くんに聞けば「分かりたくもない」って言われそうだ。

「は!?　……佑麻？」

　数歩歩いてから、私が歩きださないことを不思議に思ったであろう南くんが振り返る。

「ご、めん……なさいぃ」

なぜか全力で泣いている私を見て、心底驚いている。

泣いちゃってごめんなさい。

不器用でごめんなさい。

付き合う前は、こんなにヤキモチ妬くことなんてなかったのに。

きっと、今の私は心のどこかで“私の南くん”だと思ってしまっているんだと思う。

我ながら、なんて図々しいんだろう。

彼女になったからって、“私の南くん”ってわけじゃないし。そもそも、南くんは物じゃない。

分かってはいても、ひとり占めしたいって感情は消えてくれるわけじゃない。

「何？　どっか痛い？」

「っ、ふ……ぅう」

違う違うと首を振るだけの私に、困ったような南くん。

やだな、面倒な女って思われたかな。

「……じゃあ何？　言わなきゃ分かんねぇ」

少しため息まじりの南くんの声に、私の脳は危険信号を出す。

ピピー！　イエロー！

このままじゃ南くんに愛想尽かされますよー！って。

それは嫌だとばかりに、私の口は言葉を紡《つむ》ぐ。

「……っ、うぅ、や、ヤキモチィ……」

「……は？」

意味が分からない、とばかりに固まってしまった南くんに、嗚咽を抑えながら、必死に説明する。

「……ぅ、さっきの女の人に……うぅ、ヤキモチっ、妬いて……ごめ、なさいぃ」

もう自分でも何を言ってて、何に対して謝罪してるのか謎めいてきたけど。

とりあえず、伝えたかったのは、

「面倒くさくてごめっ……嫌いにならないでっ」

お願いだから、私のこと嫌いにならないでねってことと、

「……私も、呼びたいよぉ……うぅ…」

「……ん？」

やっぱり、どうしても……。

「……うっ、うぅ……『瀬那くん』って呼びた……ひゃあっ！」

最後まで言わせてもらえなかった私の言葉は
「っ……なんでそんな可愛いの」

「っ？」

南くんの体温に包まれて、溶けて消えてしまった。

代わりに聞こえたのは、私ごと溶かしてしまいそうなくらい甘い甘い南くんの声。

「……呼んで、名前」

「？　っ、せ……な、くん」

もう頭は回らない。

はずかしさと……南くんから伝わる体温の心地よさとでどうにかなりそう。

「『くん』いらない。もっかい」

　耳元で呟かれた言葉に、やっと嗚咽が治まった私は従う。

「……瀬那」

　名前を呼ぶのと同時に見えた、意地悪く笑う南くんの顔。

　――グイッ。

「……んっ！」

　それと、ほぼ同時に降ってくるのは……南くんからの甘いキス。


「俺、嬉しいけど」

「……な、何が？」

　あれから、再び歩きだした私たち。

「付き合う前から、俺ばっか嫉妬《しっと》してる気がしてたから」

「佑麻が妬いてくれたの、嬉しい」

　そう言ってニヤッと笑う南くんに、はずかしくて顔から火が出てる。

　絶対出てる。

　消防車呼んだ方がいいかな!?

「み、南くんはいつも……余裕たっぷりだったよ」

「そんなことねぇよ。てか、名前で呼べよ」

「呼び方戻ってる」という南くんの指摘に、ハッとする。

「な、慣れなくて」

「まぁ、いいけど。佑麻に“南くん”って呼ばれんのも嫌いじゃない」

「っぐは！」

　やけに素直な南くんの隣を歩いてる私は、いつか鼻からの多量出血で輸血が必要になりそう。

「ちなみに、さっきの……誰か知りたい？」

　私に試すような視線を向ける南くんに
「……っ、し、知りたい！」

　少し、がっつきすぎたかな……なんて思ってたら、

「ぶっ、必死すぎ」

　案の定笑われてしまった。

　だって、気になるんだもん。い、家にまで呼ぶような仲なんでしょう？

　なんて、私の不安そうな顔を見つめた南くんがポツリ呟いた言葉は、

「兄貴の彼女」

「へ……お、お兄ちゃんの彼女……」

　私の勢いを一瞬で奪っていった。

「そ、どう？　安心？」

「……そ、そっか。お兄ちゃんの……よ、よかったぁあぁあぁあ!!」

　あー、なんだ、そっか！

　だから、家にも……なんだー、よかったぁ!!

「俺、お前だけだから」

「……な、ななっ」

　何を言いだしたんだこの人は！　ほんとに南くん!?　これ、甘すぎませんか!?

「キスしたいって思うのも、可愛いって思うのも、全部佑麻だけ」

「っ、み、南くん……」

「だから、安心すれば？」

なんて、南くんは優しく笑う。

これだから困るよ。

鶴仙人だか何仙人だか知らないけど、絶対絶対どっかの仙人のもとでキュンキュン殺法習得してるよこの人!!

じゃなきゃ、このクオリティはおかしいよ!!

それに、安心したいよ……私だって。

でも、人の気持ちは変わりゆくものだって、この前テレビでやってたもん。

あ！　もちろん、私の気持ちは生涯消えることなく……揺らぐこともなく南くんにだけ降り注ぐこと間違いなしだよ!?

そもそも!!

「み、南くんがそんなにかっこいいから……安心できないんだもん」

そこがいちばんの問題点じゃん。

南くんが好きにならなくても、相手は好きになるかもしれないし。

相手がグイグイ来たら押しに負けて好きになっちゃうかも。

ボソッと呟いた私の言葉に、「……はぁ」っていつものため息が聞こえてきて。

「なら、そんな不安に思う暇もないくらい愛してやる……覚悟しろよ？」

「なっ!!」

　最上級の笑顔と甘い言葉を投下した。

　……ダメだ。

　やっぱり、私。

　南くんにはきっと、一生敵わない。

【 番外編END 】

あとがき

☆afterword

はじめまして、∞yumi＊です。このたびは、たくさんの書籍の中から『南くんの彼女（熱烈希望!!）』を手に取ってくださり、本当にありがとうございます！

このお話は私の長編２作品目であり､初のラブコメです。更新中から完結後まで、本当にたくさんの方に支えていただいたとっても思い入れの深い今作品でデビューさせていただけたこと、本当に嬉しく思っています。

光栄なことに、野いちご大賞にて『りぼん賞』をいただくことができ、集英社様より発売の『りぼん増刊号』にてコミカライズという本当に貴重な経験をさせていただきました。｢あの『りぼん』に自分の作品が？｣｢漫画家さんが南くんを描いてくれるの？｣と､信じられない気持ちでいっぱいでした。コミカライズ版をお手に取ってくださった皆様にも、この場を借りてお礼申し上げます。ありがとうございました！　受賞連絡をいただいた時のドキドキと、作業の中で少しずつ形になっていくワクワクは、きっと一生忘れません。

さて、この作品。どこまでもバカまっすぐに南くん命!!な佑麻と、そんな佑麻をうっとうしく思いながらも、絶妙なタイミングで甘さを投下してくるズルい南くん。そんなふたりの恋する気持ちを、アップテンポなラブコメディにギュッと詰め込みました。ウザキャラなのに、読者の皆様からいただく感想では、いつも佑麻を可愛いと言ってもらえてじつはホッとしていました。佑麻の切ない気持ち、嬉しい気持ち、南くんへのドキドキをぜひ一緒に味わっていただけたら幸いです。作者に至らない点が多く、南くんの甘さ不足や、情景描写、キャラクターの心の揺れや変化など、様々な点で不安が残っていますが、少しでも皆様に楽しんでいただけたでしょうか？

書き始めた時は「クール男子×まっすぐ女子のラブコメ書こうかな」程度だった気持ちが、こうして１冊の本として皆様に届けする機会に恵まれた今、読んでくださった方が、読み終えたあと『恋したくなる』ような、そんな楽しい♪１冊になってくれたらいいなと願っています。

サイトでは、ふたりが付き合ってからの続編にあたる『南くんの彼女（七 転 八 起 !?)』も完結しています。お時間のある方はぜひ、お付き合いいただけたら嬉しいです。

『好きな人がいる』というのはとても素敵なことですよね。気持ちを伝える勇気を、どうか“ウザ佑麻”から受け取ってください！（※悪口はやめましょう）

最後になりますが、担当編集者の飯野様。スターツ出版の皆様。カバーイラストを担当してくださったりぼんの漫画家の海老ながれ先生。この本の出版に携わってくださったすべての方々。理解し、支えてくれた家族。そして、この本を手に取ってくださったすべての皆様に心から感謝いたします。本当にありがとうございました！　らぶ♥

2017.07.25　∞yumi＊

この物語はフィクションです。
実在の人物、団体等とは一切関係がありません。

∞yumi*先生への
ファンレターのあて先

〒104-0031
東京都中央区京橋1-3-1
八重洲口大栄ビル7F
スターツ出版（株）書籍編集部 気付
∞yumi*先生

KEITAI
SHOUSETSU
BUNKO
野いちご SINCE 2009

南くんの彼女 ～（熱烈希望!!）～
2017年7月25日　初版第1刷発行

著　者　∞yumi＊

発行人　松島滋

デザイン　カバー　川内すみれ（hive&co.,ltd.）
フォーマット　黒門ビリー＆フラミンゴスタジオ

ＤＴＰ　朝日メディアインターナショナル株式会社

編　集　飯野理美　須川奈津江

発行所　スターツ出版株式会社
〒104-0031 東京都中央区京橋1-3-1　八重洲口大栄ビル7F
TEL 販売部03-6202-0386（ご注文等に関するお問い合わせ）
http://starts-pub.jp/

印刷所　共同印刷株式会社
Printed in Japan

ISBN 978-4-8137-0287-0　C0193

ケータイ小説文庫　2017年7月発売

『悪魔くんとナイショで同居しています』　＊菜乃花《なのはな》＊・著

平和な高校生活を送っていた奏は、ある晩、いじめられっ子が悪魔を召喚しているのを目撃する。翌日、奏のクラスに転校してきた悪魔・アーラに、正体を知る奏は目をつけられてしまった。毎晩部屋に押しかけてきては、一緒に過ごすことを強要され、さらには付き合っているフリまでさせられて…？

ISBN978-4-8137-0288-7
定価：本体 590 円＋税

ピンクレーベル

『俺様王子と Kiss から始めます。』　SEA《シー》・著

高２の莉乙は、「イケメン俺様王子」の翼に片思い中。自分の存在をアピールするため莉乙は翼を呼び出すけど、勢い余って自分からキス！　これをきっかけに莉乙は翼に弱味を握られ振り回されるようになるが、２人は距離を縮めていく。だけど翼には好きな人がいて…。キスから始まる恋の行方は⁉

ISBN978-4-8137-0289-4
定価：本体 590 円＋税

ピンクレーベル

『きみに、好きと言える日まで。』　ゆいっと・著

高校生のまひろは、校庭でハイジャンプを跳んでいた男子にひとめぼれする。彼がクラスメイトの耀太であることが発覚するが、彼は過去のトラウマから、ハイジャンを辞めてしまっていた。まひろのために再び跳びはじめるが、大会当日に事故にあってしまい…。すれ違いの切なさに号泣の感動作！

ISBN978-4-8137-0290-0
定価：本体 590 円＋税

ブルーレーベル

『世界から音が消えても、泣きたくなるほどキミが好きで。』　涙鳴《るいな》・著

高２の愛音は耳が聞こえない。ある日、太陽みたいに笑う少年・善と出会い、「そばにいたい」と言われるが、過去の過ちから自分が幸せになることは許されないと思い詰める。善もまた重い過去を背負っていて…。人気作家・涙鳴が初の書き下ろしで贈る、心に傷を負った二人の感動の再生物語！

ISBN978-4-8137-0291-7
定価：本体 640 円＋税

ブルーレーベル

ケータイ小説文庫　好評の既刊

『新装版　白いジャージ』reY《レイ》・著

高校の人気の体育教師、新垣先生に恋した直。家族や友達とのことを相談していくうちに、気持ちがあふれ出して好きだと伝えてしまう。一度は想いを通じ合わせた先生と直だが、厳しい現実が待ち受けていて…。先生と生徒の恋愛を描いた大ヒット人気作が、新装版となって登場！

ISBN978-4-8137-0271-9
定価：本体 590 円＋税

ピンクレーベル

『山下くんがテキトーすぎて。』柊乃《しゅうの》・著

ハイテンションガールな高２の愛音は、テキトーだけどカッコいい山下くんに一目ボレしたけど、山下に友達としか思われていないと諦めようとしていた。しかし、パシったり、構ったりする山下の思わせぶりな行動に愛音はドキドキする。そんな中、爽やかイケメンの大倉くんからも迫られて……？

ISBN978-4-8137-0272-6
定価：本体 590 円＋税

ピンクレーベル

『新装版　狼彼氏×天然彼女』ばにぃ・著

可愛いのに天然な実紅は、全寮制の高校に入学し、美少女しか入れない「レディクラ」候補に選ばれる。しかも王子様系イケメンの舜と同じクラスで、寮は隣の部屋だった‼　舜は実紅の前でだけ狼キャラになり、実紅に迫ってきて⁉　累計20万部突破の大人気作の新装版、限定エピソードも収録‼

ISBN978-4-8137-0255-9
定価：本体 590 円＋税

ピンクレーベル

『だから、俺にしとけよ。』まは。・著

高校生の伊都は、遊び人で幼なじみの京に片思い中。ある日、京と女子がイチャついているのを見た伊都は涙ぐんでしまう。しかも、その様子を同じクラスの入谷に目撃され、突然のキス。強引な入谷を意識しはじめる伊都だけど…。２人の男子の間で揺れる主人公を描いた、切なくて甘いラブストーリー！

ISBN978-4-8137-0256-6
定価：本体 580 円＋税

ピンクレーベル

極彩の夜に駆ける君と、
目に見えない恋をした。

志馬なにがし

GA文庫

カバー・口絵　本文イラスト
raemz

the dark night of blindness shone with the glory of stars unseen.

盲目の暗黒な夜にも、見えないながら美しい星が輝くようになりました。

——ヘレン・ケラー

1. 夜の桜

なぜだろう。
体調を崩すたび、かけるくんの「アンネの日記」が聞きたくなる。
あのボイスレコーダーを手探りでみつけて、イヤホンをつけて再生する。
出会ったころの若々しいかけるくんの声が耳元に流れる。
一生懸命な言葉を聞くと、安らかな気持ちになった。

♬

♪

横からかけるくんの吐息が聞こえる。
は、は、は、と息を漏《も》らす音がする。
私の内側からどくんどくんと心臓が鳴っている。
かけるくんの肘《ひじ》を摑《つか》ませてもらって、いっしょに走っている。
かけるくんは目が見えない私に代わって走りやすい道を誘導してくれる。
そんなふうに感じる。
そういうやさしさが伝わってくる。

こんばんは～、とかけるくんの声がした。

一瞬、ん？　と思う。何をしているんだろうって。

けど次第に理解する。きっと道行く人に声をかけているんだろうって。

たぶん、私が走っていて、変に思われないように。

きっと目が見えない人と走るって、めずらしいんだと思う。

けど、こっそり道の端を走るんじゃない。

堂々と道の真ん中を走らせてくれる。

このやさしさが、すてきだなと思う。

四月の夜の空気はまだ冷たかった。頬《ほお》からうなじに風が通り抜ける。同時に薄い潮《しお》の匂《にお》いがした。足を踏み出すたび、ずしんと体の重みがかかとに乗る。体が重かった。少ししか走っていないのにすぐに息が上がって、冷たい空気を吸い込むと肺が凍りそうになった。

「そろそろ歩こうか」

疲れが顔に出ていたのかな。かけるくんがペースを落とした。私は歩調を合わせる。

「まだ、走れます」

「無理は禁物」

かけるくんはそう言ってゆっくりと歩きその場に止まった。私は膝《ひざ》に手をついて、吐き出すばかりの息を落ち着けた。口の中がなんだか、鉄の味がした。

「やっぱり、体力が、落ちてますね」

「そりゃそうだよ。ずっと入院してたんだから」

私は三年前、病気で命が尽きそうだった。

けど、かけるくんが希望をくれた。

それから丸二年かけ、なんとか命を繋《つな》ぐことができた。

去年、北海道《ほっかいどう》から帰ってきて大学に復学したけれど、体力の低下がひどくて、かけるくんと夜に散歩することから始めた。

そして今日、なんとなく走れる気がして、「走ってみましょう！」って言ってみた。

かけるくんは、「無理はしない方が」と心配そうな声を出していたけれど、私はどうしても自分の体力がどの程度持つのか、試してみたくなった。

「どのくらい、走りましたかね？」

「うーん。五十メートルくらいかなあ」

「まだ五十メートルですか」

「ゆっくり体力をつければいいよ。それよりベンチに座る？」

「座りましょう」

「ここ座れるよ。右手で触れる？」

そう言って、かけるくんはベンチに私を誘導してくれた。

私はベンチをそっと触って、その場に座る。

「ありがとうございます。はあ、疲れました」

「ゆっくりいこう、ゆっくり」

ありがとうございます、と何度も言葉にした。

私を誘導してくれることが自然になっていくかけるくんに、どれだけ感謝しても伝えきれない。

ああ、いっしょにいてくれてうれしいな、なんて心があたたかくなる。

ふたりで夜風にあたる。

静かな雰囲気を感じる。

「寒い？」

「え？」

「いや、手をこすってるから」

「大丈夫ですよ」

「手を握《にぎ》るね」

かけるくんは私の手を握ってくれた。かけるくんの手のあたたかさが指先に広がった。

「あったか〜い」

「人をホットドリンクみたいに言わないでよ」

あはは、と自然と笑いが漏れた。

「あ」

「どうしました？」

いや、とかけるくんが前置きして、

「ベンチの後ろに桜があってね。ひらひらと花びらが舞ってる」

「きれいですか？」

「うん。きれい」

「私、桜って好きですよ」

「春はきれいだよね」

「春はっていうか、一年を通して好きです」

そう言って、私は記憶の中の桜を思い浮かべる。

きっと満開の桜が私の後ろに植わっていて、風が吹くたびにひらひらとピンクの花びらが舞っている。その桜吹雪に包まれるように、私たちはベンチに座っている。

ふたりきりの世界を思い浮かべた。

「すてきですね」

ぼそりとつぶやくと、

「じっとしてて、頭に桜の花びらがのってる」

そう言って、私の頭をよしよししてくれるように桜の花びらを払ってくれたようだった。

好きな人から頭を撫《な》でられて、にやにやしてしまう。

気持ち的には猫になった気分だ。にゃあ。

「ほんと、小春《こはる》は笑ってばっかりだよね」

「だって、こうやって毎晩散歩に付き合ってくれて。彼氏として満点です」

え、あ、そう、と、かけるくんは声を半音上げる。

その声色《こわいろ》の変化にうれしくなる。

また、柔らかい潮風が吹いた。後ろから木々の揺れる音がした。

きっとここは私のマンションから出て、遊歩道を進んだ先にあるベンチだ。

月島《つきしま》の沿岸にある遊歩道。

目が見えていたころに一度通ったことがあるけれど、そのときの景色が記憶に残っているわけではない。

だから、かけるくんから聞こうと思う。

かけるくんはひとつひとつ教えてくれて、私の世界を広げてくれる。

「目の前は海ですか」

海と混ざりあう隅田川《すみだがわ》が目の前に流れている。幅の広い雄大な川。そう、イメージする。

「見えるの？」

「見えるわけないじゃないですか」

笑うと、そんなに笑わなくていいじゃん、ってかけるくんは言う。

「いつもみたいに、教えてほしいんです」

聞くと、かけるくんは嫌な声ひとつ出さず、景色が見えない私に代わって教えてくれた。

夜空よりも真っ暗な水面《みなも》。星は映っていない。街灯とマンションの光だけがゆらゆらと揺蕩《たゆた》っている。その光景を聞いて、水族館で昔見た、ぷかぷかと泳ぐくらげの水槽《すいそう》を思い出した。

「水面はどんなふうですか？」

「ゆらゆらと揺れているよ」

「ゆらゆらと光が揺れる姿って、どこか、くらげと似ていますね」

そう言うと、「さっき僕も思ったよ」とかけるくんは言った。

かけるくんが話してくれる世界を想像すると、今この場所はまるでふたりだけの世界に思えるときがある。なんだろう、すごくうれしくなる。

かけるくんと出会えて、本当によかったって、そう思う。

「そろそろ行く？」

そうかけるくんが言うので、

「んーん。もうちょっと」

かけるくんの手をひっぱってしまった。

そんな私の手を、かけるくんは強く握ってくれる。

まるで全身を抱きしめられたような気持ちにさせてくれる。

「もうちょっと休んだら、また走っていいですか？」

「え。また走るの？」

「いいじゃないですか」

「じゃあ次ので今日は最後だよ」

目をつむってだれかと走れるだろうか。

きっとかけるくん以外の人とは難しいと思う。

こんなに安心して走れるのは、かけるくんだからってことが大きいんだと思う。

「ねえかけるくん」

「ん？」

「顔をさわっていいですか？」

「え、顔？」

かけるくんが驚いた声を出す。

驚かせてごめんなさい。

けど。

けど私は、かけるくんに少しでも触れていたい。

♪


「では、乾杯の音頭《おんど》は私が取らせていただきます」と優子《ゆうこ》ちゃんの声がした。

「もうええから、はよ飲ませてな」と鳴海《なるみ》さんの声もした。

がやがやした店内にはウスターソースの匂いが充満している。

みんなの行きつけのもんじゃ屋さんに連れてきてもらった私は、かけるくんから「乾杯するよ」って細長いグラスを受け取った。今から始まる面白《おもしろ》そうな雰囲気にわくわくしていた。

「もう照れないでよ」

優子ちゃんが茶化すと、「照れてへんわ」と鳴海さんの笑い声。

じゃあ、と優子ちゃんが一拍《いっぱく》置く。

そして、優子ちゃんは聞こえるように、すうっと息を吸った。

「鳴海くんの内定獲得を祝って！」

かんぱーい！

と、みんながグラスをぶつける音がする。

私も、かんぱーい、とグラスを前に出すと、カチャンカチャンとみんながグラスをぶつけてくれた。

おめでとう！　と優子ちゃんもかけるくんも言っている。

私もおめでとう！　って声を出す。

みんなで乾杯《かんぱい》して、おめでとうって言い合うだけなのに、とても楽しい気持ちになる。

おめでとう！

世界のみんなおめでとう！

そんな気分になってしまう。

店内はずっとがやがやしていて、ところどころから大きな笑い声が聞こえる。

飲み会ってこんなに楽しいところなんだ！　ってわくわくが止まらない。

「えー、じゃあ、見事、第一志望の会社から内定を勝ちとった鳴海選手より、ひと言いただいてもよろしいでしょうか」

優子ちゃんが渋い声を出して、鳴海さんに聞く。

なんやねん、と恥ずかしそうに、鳴海さんの方から椅子《いす》を引く音がした。

「えー、あーあー、マイクテス。マイクテス」

上の方から鳴海さんの声がした。きっと立ち上がったんだと思う。

　マイクテスって、もう面白い。

「諦《あきら》めそうになったときもありました。ひとり涙した夜もありました。けど、こうやって俺《おれ》がここにいるのは……」

鳴海さんがちょっといいことを言おうとしていたときだった。

かけるくんが、「ちょっと、このもんじゃあとどのくらいで食べられる?」と話の腰を折った。

「ちょおお〜」と鳴海さんの情けない声が聞こえた。

それがおかしくって、おなかが痛くなるくらい笑ってしまった。

「ちょ、冬月《ふゆつき》はん、笑いすぎやで」

「ご、ごめん、ごめんなさい。あはは」

見えないけれど、困ったような顔をしているんだろうなって思うと笑っちゃう。

「よかったじゃん、小春にめっちゃウケて」

と、かけるくん。

「もう、小春ちゃん、鳴海くんが調子に乗るから笑っちゃダメだよ〜」

「調子に乗るってなんやねん」

「関西人、すぐ芸人になるとか言い出すじゃん」

「あ、今めちゃめちゃ偏見《へんけん》でもの言った!」

「ちなみに鳴海くんはボケとツッコミどっち?」

「せやな〜。俺はずっとツッコミやな」

「ほら。聞かれたらさらっとそんなこと言うじゃん」

「なんて巧妙《こうみょう》なトラップ!」

私の頭の中では、優子ちゃんがジトって目をしたり、鳴海さんがのけぞったりして、面白おかしく話してる。もう鳴海さんと優子ちゃんの息がぴったりで、ずっと仲良かったんだな〜って思ったら、うれしくなってしまった。

かけるくんの服を引っ張って、耳を貸してくださいってお願いした。

「（ふたり、仲いいですね）」

すると、かけるくんから、思わぬ答えが返ってきた。

「（まぁけどあのふたり、ちょっと複雑なんだよ）」

え？

どうして？　って聞こうと思ったけど、

「あと三分焼いたらヘラでつついてやー！　俺、年々もんじゃ力が上がっている気がすんねん」

と、鳴海さんが言って、聞くタイミングを逃してしまった。

「もんじゃ力ってなんだよ」と、かけるくん。

「そりゃ、もんじゃの魅力を最大限引き出す力や。俺のもんじゃ力は四二〇〇を超える」

「その数値の基準を教えてくれ」

「空野《そらの》は二やな」

「だから基準を教えろって」

私はもうほっぺたが痛かった。

だれかがボケたら話がそっちにいって、軌道修正したかと思ったら別の人がまたボケて。

話がすぐあちこちに面白い方向にいってしまう。

「そういえば、関西の人ってもんじゃ食べるんですか？」

鳴海さんに聞くと、「おっと小春……」と、横から声がした。

「よくぞ聞いてくれました！」と鳴海さん。

鳴海さんの声がなんだかほくほくしている。

わくわくして待っていると、

「かあちゃんが群馬《ぐんま》出身で、俺、関西と関東のハーフやねん」

どやあって感じの鳴海さんの声だった。

すると、かけるくんのあきれ声で、

「小春、これ鳴海の鉄板ネタなんだよ。何か言ってあげて」

「え。関西と関東のハーフですか！」

斬新な考え方に思わずうきうきしてしまう。

「では、では、お好み焼きは関西風と広島《ひろしま》風だと、どっちを食べるんですか？」

「それは……関東は関係なく、どっちも西やな」

今度は私が話の腰を折ってしまったのか、鳴海さんからしゅんとした声がした。

見えていないけど、ワンちゃんが残念がっているようなイメージが頭に浮かぶ。

「あっ、ごめんなさい」

優子ちゃんから、もう、って声がした。

「鳴海くんがつまんないこと言うから」

「つまんないってなんやねん。これで面接はドッカンドッカンやったんやで。最後の役員面接、抱腹絶倒《ほうふくぜっとう》やったわ」

「きっと面接の引き継ぎ事項に書かれてたのよ。『関東と関西のハーフってネタを自信満々に言ってくるが、面白くない』って。それを鳴海くんが実際に言うから、『ほんとにやったー！』って失笑したのよ」

「早瀬《はやせ》はん……あんた今日はなかなかに辛辣《しんらつ》やな。今日の主役は俺やで」

「すみませーん！　ビールおかわりください！」

「無視かい！」

またすぐに夫婦《めおと》漫才みたいな会話が始まる。

みんなといるって楽しいなって心から思う。

ほんと、退院できてよかった。そんなことを、かみしめる。

「そうですよ、優子ちゃん。今日は鳴海さんのお祝いなんですから、笑ってあげないと」

「笑ってあげないとって、小春も辛辣だな」

かけるくんにそう言われ、また「あっ」ってなった。

「す、すみません」

「そろそろ食べごろやで……」と鳴海さんの方から力のない声がした。

「ほら、小春」

「はい？」

「もんじゃ、お皿に入れたよ。正面にお皿と割り箸がある」

「ありがとうございます」

腕を上げたところにちょうど机の角があって、そこからテーブルの天板を触る。まっすぐ手を這《は》わせていくと、お箸とお皿があった。ちょっとお皿の中を触って、どのあたりにもんじゃがあるか確認する。そして、ぱくりと食べてみた。

「はじめて連れてきてもらいましたけど、おいしいですね！」

キャベツの甘みとソースの酸味。その奥から桜エビやイカのうま味が感じられる。トッピングのラーメンスナックはしっとりしているところと、サクサクしているところが残っていて、すごくおいしい。家でおかあさんが作ってくれるもんじゃとは違う。まさに店の味って感じがして衝撃だった。こんなにおいしいとは！

「冬月にも気に入ってもらってうれしいわ～」と鳴海さん。

「おいしいです～」

外でご飯を食べることが苦手だった。

もしも汚れてしまって、そんなところを見られたら、恥ずかしいって思うから。

けど、かけるくんと知り合って、みんなと知り合って、もったいないって思うようになった。

こんなに楽しい時間を恥ずかしいってくらいで逃していたら、それこそもったいない！

そう思って特訓したのだ。

「箸よりスプーンの方がいい？」

かけるくんの小さな声がした。

「どうしてですか？」

「箸だとこぼれちゃわないかなって」

「スプーンとかより、箸の方がつかんだ感じがして食べやすいんですよ」

私は、お皿を口元の近くに持って、服にこぼさないように食べた。

「ほら。私のことは心配しないでください。あ、おかわりいただけますか」

「了解」

「かけるくんも食べていますか？」

「めっちゃ食べてるよ」

なんとなく、うそだなって思った。

さっきから隣にいるかけるくんの手が動いている様子はなかったからだ。

たぶん私が心配なんだと勝手に思ってみて、なんだか申し訳なくなる。

けど、こんなときこそしっかりしなきゃって、思う。

私がしっかりしたらこんなに気を遣わなくて済むのだから。

「鳴海さんはフェリー会社に就職するんでしたっけ？」

「そうなんよ〜。第一志望やったからほっとしとるわ〜。今日はこんな会を開いてもらって、ほんまありがとう」

「そんなに頭を下げないでくれよ。さすがに土下座は……」とかけるくん。

「え、え。土下座？」

びっくりしていると、

「さすがに土下座はしてへんわ！　冬月を騙《だま》そうとすんなや」

「あ、かけるくんの冗談！」

むう、と頬を膨らませると、かけるくんはへへ、と笑っていた。

「まあ、感謝しているのは事実やで。早瀬も空野も、就職決めたら祝賀会を開かんとなあ」

鳴海さんの明るい声がする。

「私が受かったら焼き肉ね」と優子ちゃん。

「じゃあ僕は寿司でいこう」とかけるくん。

「……もんじゃでええやん」と鳴海さんの肩を落としたような声。

だめ。また笑っちゃう。

「じゃあ、私が就職したときは天ぷらで！」

そう言ってみた。

言ってみたものの、私が簡単に就職できるとは考えてはいない。ひとり暮らししながら生計を立ててみてって、そういう自立した生活にあこがれる気持ちはあるけれど、やっぱり簡単じゃないんだって思う。たくさん理解してもらったり、乗り越えたりしなきゃいけないことがあるんだと思う。

そんなことを考えたけど、すぐ「もんじゃでええやん！」って鳴海さんがつっこんでくれて、すごく……心があたたかくなった。

みんなの一員でいられることが、こんなにもあたたかい。

ありがとうって、言っても言いたりない。

「そういえば空野はどうなん？」

「どうなんって？」

「いや、四年になったわりには毎日大学におるから、単位がやばいんかなって」

「単位はほぼ取ってるよ。小春が大学に行くから付き添ってるっていうか」

鳴海さんは、「過保護やな～」と言うので、

「そうなんです！　かけるくんは過保護なんです」

と、鳴海さんの話に乗る。

そうなのだ。かけるくんは、私のことばっかりで、自分をおろそかにする傾向がある。

そこがちょっと心配だった。

「過保護って……」

「就活の方はどうなん？　あんまやってへんやろ」

「まあ……まず、どういうところに行きたいかもあんまりないんだよな。早瀬は？」

「私はベンチャーとかいろいろ受けまくってるよ。最終面接まで残ってる会社もあるけど、どこ行くかは後で考えるつもり」

「さすが早瀬……すごいな」

アグレッシブな優子ちゃんだ。

かけるくんは唖然《あぜん》としたような声だった。

そんなこと言ってる場合じゃないですよ、そう言おうとしたときだった。

「空野くんは就職したら、小春ちゃんとどうするの？」

優子ちゃんはそんなことを言った。

一瞬、私も優子ちゃんの言葉の意図が汲《く》めなくて、フリーズしてしまった。

かけるくんも同じなのか、言葉が止まった気がした。

急に、お店のガヤガヤした音が大きくなる。

「どうするって」

かけるくんはようやく口にした。

「小春はまだ大学があるし」

「そこは結婚なり同棲《どうせい》なりを考えていますって、なんで言えないかね。ね～？　小春ちゃん？」

あ、そういう意味か。と、ようやく理解が追いついた。

結婚。同棲。思ってもいなかった言葉にドキリとする。今、いっしょにいられるだけで幸せなのに、そんなことになったらどうなってしまうんだろう。

わかった。優子ちゃんはきっと酔っているんだ。

「もう、優子ちゃん、酔っ払っていますか？」

「そうだよ、早瀬。それはめんどくさいよ～」

「え。かけるくん、めんどくさいんですか？」

私のことだったら、ショック。

「そういう意味じゃなくて、早瀬の絡《から》み方がめんどうって意味。小春じゃない」

なんだよかった。よかった？　いや、めんどくさいって優子ちゃんがかわいそう。

すると優子ちゃんは予想以上に「めんどくさい」を気にしたようだった。

「めんどくさいって……どうせ私はめんどくさいよ……」

すみませーん、ビールおかわり！　と優子ちゃん。

「ど、どうしたんですか。優子ちゃん」

「なんかこの前フラれたみたいやで」

鳴海さんが小声で言うと、優子ちゃんが「うわーん」と泣いた。

「連絡がそっけなくてもだめ、マメでもだめ、いったいどうしてほしいんだよ！」

優子ちゃんの泣き声がし始める。

見えないから何が起きているのかよくわからない。

きょろきょろすると、かけるくんが「大丈夫」って言ってくれた。

「恋愛って、難しいなあ……」

優子ちゃんがそんなことを言った。

なぜかその言葉がすごく耳に残った。

それから鳴海さんの就職おめでとう会は優子ちゃんをなぐさめる会に変わった。


♪


五月も終わり、六月にもなると日没の風も暖かく感じるようになってきた。

大学の芝生広場に入ると芝生を踏む感覚が靴越しに伝わってきた。

青々しい草の匂いがして、なんだか初夏を感じる。

右側にはかけるくんがいて肘を摑ませてくれている。

かけるくんは日没の様子を私に教えてくれる。

夕焼け空が濃い青に覆《おお》われて、だんだんと暗くなっていく。

紺色と茜《あかね》色のグラデーションがきれいなんだ。

そんなことを教えてくれて、また私の世界を広げてくれる。

そのときだった。正面からマイクで拡張された優子ちゃんの声が聞こえた。

「さあ、今年も学祭を締めくくるのは、恒例の打ち上げ花火です！　ラストにはこどもたちが考えた花火が打ち上がりますので、最後までお楽しみください！」

そう。今日は大学祭だった。

三年前、私たちが大学一年のときに始めた「こども花火」は大学祭の恒例行事になっていた。大学の船着き場から打ち上がる約八十発と、こどもたちが描いたイラストを形にした花火十発の計九十発。イラスト紹介を含めて十五分の催しは大勢の人たちが集まるイベントになっていた。

芝生広場は賑《にぎ》わっているような雰囲気があった。

たくさんの人の笑い声と足音。そんな音が聞こえる。屋台からかな。ソースやお肉が焼ける匂いもする。こんなに人が集まるイベントになるとは。まさに大学祭って感じだ。

「じゃあ、琴麦《ことむぎ》先輩のところに行こうか」

かけるくんが手を繋いでくれて、いっしょに船着き場に向かった。

「あ、琴麦先輩！」と、かけるくんが声を上げる。

花火研究会の会長である琴麦先輩は、留年と大学院への進学などでまだご在学中だった。

かけるくん曰《いわ》く、この先輩がいたからこそ「こども花火」を恒例行事にすることができたという。そのくらい花火会社とのパイプがあるんだとか。

もともとこども花火とは私が入院していた病院で入院中のこどもたちが描いた絵を空に打ち上げようという企画だ。

三年前のあの日、私を励《はげ》まそうとかけるくんたちが打ち上げてくれた大切な花火だった。

「お〜！　空野くん」

と、間延びした声。琴麦先輩だ。

「そろそろ打ち上げてよさそうですよ」

「わかった。じゃあ、打ち上げていこうか」

お願いしまーす、と琴麦先輩はいろんな方向へ声を張る。

すると。

ぽすっと、空に玉が打ち上がった。

数秒遅れて、ドン、と音がした。

芝生広場の方からか、「お〜！」と歓声が上がり、火薬の匂いがした。

花火が始まった。

ドン、ドン、ドン、と連続で花火の音がする。

何色なんだろう。

どんな形なんだろう。

考えると、わくわくしてくる。

「小春？」

「どうしました？」

「いや、すっごい楽しそうな顔をしているから」

どんな顔をしていたんだろうって、恥ずかしくなる。

「この花火、私が病院にいる間も毎年やっていたんですか？」

「うん。世代交代しながら病院の学生ボランティアも続けてね」

「なんだかうれしいですね」

「うれしい？　何が？」

「私がいない間も、こうやって大学が盛り上がっていて、楽しそうで。戻ってこられて本当に、よかったです。これからの毎日が楽しみでしかたないです」

ひときわ大きな音で、ドン、と体を震わすような爆音が鳴った。

観客の声も、「お〜！」から「おおおお！」と大きくなっている。

「かけるくん」

お願い。

「手を繋いで」

わかった、ってやさしい声がして、右手の先が握られた。

かけるくんのあたたかな手は私の指と指を絡めていく。

じんわりとかけるくんの体温が手のひらから伝わってくる。

かけるくんの体温は、私に安らぎを与えてくれる。

「ねえ、かけるくん」

「ん？」

「花火を教えてくれませんか」

いいよ。

また、やさしい声。

「黄色い花火が丸く開いた」

「錦《にしき》の菊先《きくさき》ですか。あ、バンバンバンって聞こえましたけど、スターマインですかね」

「すっかり小春も琴麦先輩の影響を受けてるな」

「あれだけ花火の話を聞かされるとですね」

ふたりで笑い合うと、花火の音はぴたりとやんだ。

生暖かい潮風が船着き場から流れてきた。薄い潮の匂いと、濃い火薬の匂いがした。

「もう終わりですか？」

「いや、これからこどもたちが考えた花火が上がるんだよ」

耳をすますと、優子ちゃんの声が聞こえる。

こどもたちが花火にどんな願いを込めたのか説明をする。

そして、ぱすっと打ち上げの音がした。

パン、と弾《はじ》ける音がして、そして拍手が起こる。

型物花火《かたものはなび》と言われる、夜空に絵を描く花火。

なんの形ですか？

スマイルとか、ハート型とか。

かけるくんはささやくように教えてくれた。

耳元でささやくから耳に熱がこもる。

「つらい闘病生活をさ」

かけるくんは言う。

「吹き飛ばすことはできなくても、ひとつの光が胸に灯《とも》れば、いいよね」

その言葉に、すごく共感した。

私も、あの日の花火があったからこそ、今がある。

だから、そんな希望の花火を恒例行事にしてくれたみんなに感謝してもしきれなかった。

「それでは、最後は空野かけるくんの花火です」

と、優子ちゃんの声。

「彼は必死に病気と闘った恋人のために、花火をつくりました」

優子ちゃんの声がすると、「おお～！」と琴麦先輩のかけるくんを茶化す声がした。

「え、かけるくんの花火ですか？」

「これは、僕が玉詰めしたんだ」

玉詰めとは花火の玉に火薬を詰める作業だった気がする。

ええ～！　そんなことしてたんだ！

「作らせてもらえたんです？」

「大変だったよ。作業着を着て、腕がパンパンになるまで何度もクラフト紙を貼って」

「ありがとうございます」

「これは小春の復学祝い」

ポシュ、って打ち上がる音がして、パンと弾《はじ》ける音がした。

「どんな花火ですか？」

「紅乃赤《べにのあか》っていう、紅色の花火だよ」

「きれいな花火なんでしょうね」

「花火の色には意味があってね」

「そうなんですか」

「紅色には、『縁を結ぶ』という意味があるんだ」

と、かけるくんは言って、きゅっと私の手を握る力が強くなった。

きっと、私との縁のことだと思う。そうだといいな。

こんなに大切にされて、花火まで作ってくれて、私は何が返せるだろう。

そんなことを考えてしまう。

私の命がまだ繋がっていることは、かけるくんのおかげと言ってもいい。

こんな奇跡をくれた人に、私は奇跡を返せるだろうか？

そんなことを考えると、申し訳なくなってしまう。

奇跡を起こせない凡人《ぼんじん》の私は、恩を返すどころか、甘えたり、頼ってばかりだったりする。

う～ん。

困りました。

「どうしたの？」

「え？」

「いや、う～ん、って声がしたから」

なんでもないよってごまかして、かけるくんへ笑う。

私の病気は完治することはほとんどない、らしい。

病魔とうまく付き合ってどれだけ寿命を延ばすか、そういう病気だと、先生が話していた。

だから、きっとタイムリミットがある。

だから、そのタイムリミットまでに、かけるくんに返さないといけない。

いっぱいありがとうって伝えたらいいんだろうか。

いっぱい好きって伝えたらいいんだろうか。

いやきっと違う。言葉だけを送りたいわけじゃない。

難しいなあ。

きっとそれを見つけることが、奇跡をもらった意味なのかもしれない。

この命の使い方なのかもしれない。

「ずっと、いっしょにいたいよな」

ぼそっと、かけるくんが言ってくれた。

私もまったく同じことを思っていた。

うれしくて、顔が熱くなる。

顔が赤くなっていたら恥ずかしいなって思って、下を向いた。

私は何も言えず、かけるくんと繋いでいる手を、ぎゅうってした。

2. 指輪のサイズ

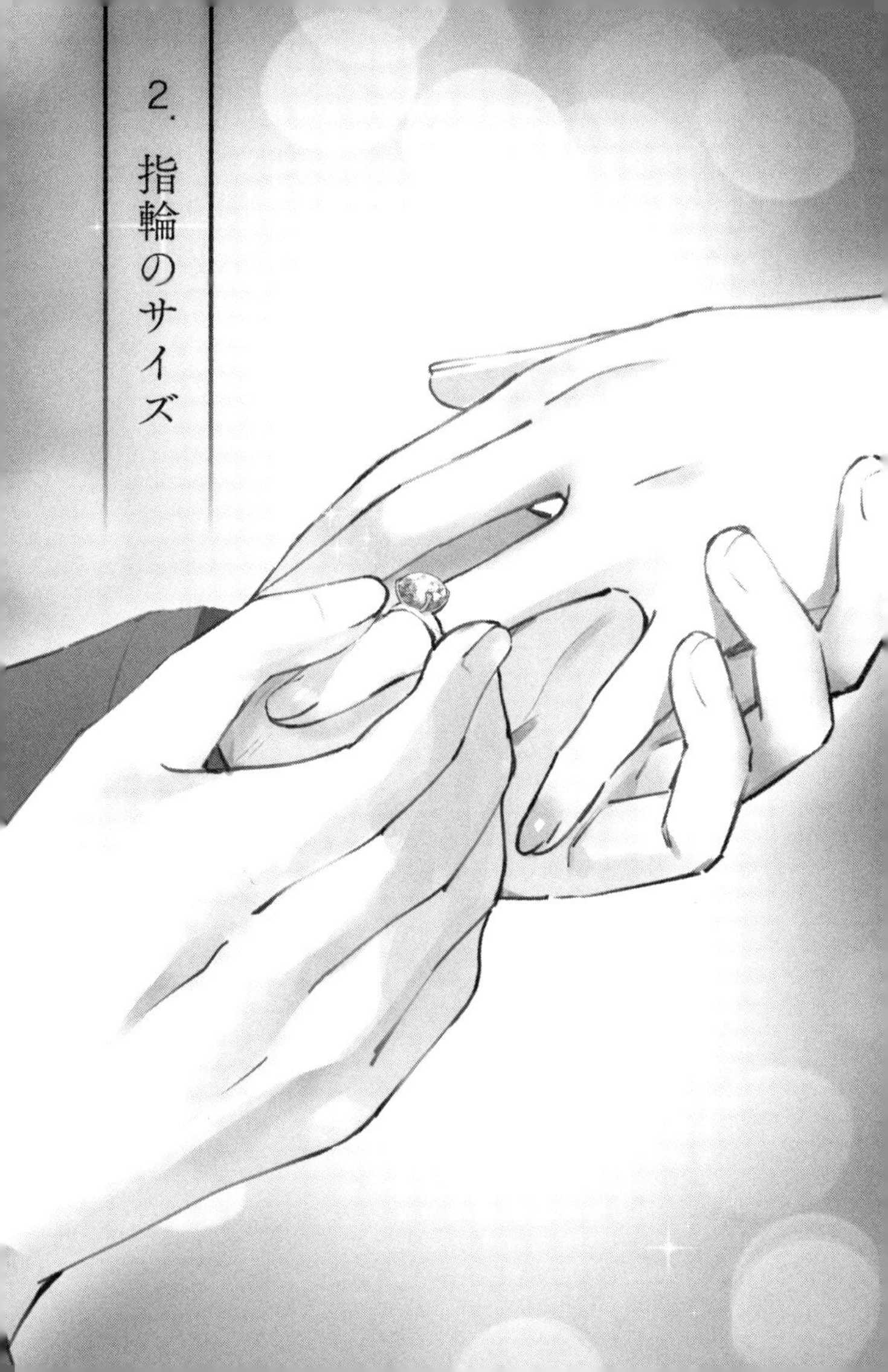

♪


七月になって、かけるくんは就職活動に本腰を入れ始めた。

本腰を入れたっていうより、いつまでたっても動き出さないかけるくんを見かねた優子《ゆうこ》ちゃんが合同説明会に連れ出したりして、ようやく始まったって感じらしい。

そんな話を優子ちゃんから聞いた。

「ふふ。かけるくんにはがんばってほしいです」

って笑うと、

「笑いごとじゃないんだって〜」

優子ちゃんはあきれた声を出していた。

大学でかけるくんと会うことは少なくなっていた。

復学してからというものかけるくんはなるべく私に付き添ってくれて、それこそ毎日いっしょにいた。それが最近会えなかったりして、ちょっとだけさみしかったりする。

もともと大学へはひとりで行ける。

もう大学にも慣れたもので、次の講義室までの近道やどのあたりに段差があるかなどなど、さくさく自分で進むことができる。自販機でミルクティーだって買えるし、最近は芝生広場にあるベンチでひなたぼっこすることがマイブームだったりする。

「冬月《ふゆつき》さん。おはよ～」

クラスメイトの声がした。この声はたまに声をかけてくれる、綾川《あやかわ》さん。

綾川さんの声は意思の通った力のある声だと思っている。

「おはようございます～」

「次、講義室変更だって」

「え。あ、そうなんですか」

講義室の変更や日時の変更などは私にとってハードルが高い。学生用の掲示板にお知らせが張り出される仕組みになっていて、私はその紙が読めないのだ。やさしい教授は前日までにメールをくれたりするけれど、教授個人の厚意によるところがあって、先生みんなが連絡をくれるわけではない。

この前、講義室に入ったらなんか静かだな、というか人がいないな、あれ教授もこないぞ、ってなったときがある。やられた～って笑うしかなかったけど、ちょっとかなしい気持ちになった。だから、こうやって教えてくれる人の存在は本当にありがたい。

「私とでいいなら、いっしょに行く？」

「もちろんです。ありがとうございます」

「腕とか、貸した方がいい？」

「いえ。こう見えてひとりでさくさく歩けるんですよ」

白杖《はくじょう》で地面を確かめながら歩く。今日は日差しが気持ちよかった。

「冬月さんってさ」

「はい？」

「ぶっちゃけ、いくつなの？」

休学もあって、同級生のみんなより私は年上になっていた。そっか。何年休学したとか、そういうことを話す機会がなかったから、私は年齢不詳《ふしょう》になっていたのか。

「こう見えて、もう二十二歳になりました」

「どう見ても冬月さんっておねえさんっぽいから驚きはないけど」

「え、私っておねえさんっぽいですか？」

「いつも先輩の彼氏？　と歩いているし。あの人って彼氏なの？」

「彼氏です。自分で、『彼氏です』って言うのって、とても恥ずかしいですね」

綾川さんから「のろけちゃって～」って笑われた。

「本人にこう言うのもあれなんだけど、冬月さんって話しやすいんだね」

「え、私って話しかけにくいオーラ出ていますか？」

あ～、と綾川さんは言う。

「失礼かもだけど、どっちかっていうと私たちの問題かもね」

「じゃあ、遠慮なくどんどん話しかけちゃってください」

笑うと、綾川さんも笑っていた。

どんな顔なのか、どんな笑い方をする人かはわからない。けど、きっとすてきな人なんだろうって思った。私のイメージの中では少しだけボーイッシュな印象だ。

「じゃあ、ちょっと気になってたこと、もうひとつ聞いていい？」

綾川さんが言葉を詰まらせた。

「どうしました？」

「やっぱり、掲示板って読めないの？」

「残念ながら紙に印刷されたものは読めないんです。念視《ねんし》ができたらいいんですけど」

「冬月さんって冗談言うんだ」

綾川さんの声に笑い声が混ざる。

「じゃあ、私でよかったら連絡先を交換しない？　掲示板に何か張り出されたら連絡するよ。っていうか、スマホは使える？」

「ふふ。スマホなら目をつむってでも使えますよ。あ、これも、もちろん冗談ですよ。冗談って、目をつむってっていうのが冗談で、スマホが使えるのは事実です」

「あはは、冬月さんって話すとおかしな人なんだね～」

となりで綾川さんが笑ってくれる。

「おかしな人ってなんなんですか～」

かけるくんたち以外にも、やさしくしてくれる人ができた。

それがとてもうれしいことだったりする。

私は大抵のことがひとりでできる。

それでも、たくさんの人が支えてくれる。

たくさんの人が手を差し伸べてくれる。

その手を摑《つか》んで生きている。

私はそうやって生きているんだ。

ちょっとは申し訳ないと思うときもある。

けど、申し訳ないって思うくらいなら、感謝を伝える方がすてきなことだと思う。

「本当にありがとうございます、綾川さん」

全然いいよ〜と綾川さんは答えてくれた。

それがうれしくて胸がいっぱいになった。

そのときだ。

男の人の声で、「あ、テラス席の天使さん。今日、彼氏といない」と聞こえた。

「冬月さんって、男子から天使って言われているけど、なにかあったの？」と綾川さん。

思わず顔を手で覆《おお》ってしまった。

「私が聞きたいよ〜」

こればかりは、本当にやめて……って、思っていたりする。

♪


「小春《こはる》〜ここに服を置いておくわね」

そろそろかけるくんが来る時間だからと、おかあさんがスポーツウエアを持ってきてくれた。

毎晩かけるくんがマンションに来てくれる。

そしてふたりで散歩に出かける。

その前に着替えをするんだけど、おかあさんは毎回部屋に服を届けてくれるのだ。

「おかあさんありがとう」

「いいのよ〜。気をつけていってらっしゃい」

おかあさんの弾んだ声が聞こえた。おかあさんはかけるくんが家にくる日はうれしそうな声を出す。きっとおかあさんもかけるくんが好きなのだ。

私はベッドに置かれたスポーツウエアを掴む。私が掴みやすい場所におかあさんは置いてくれていた。スポーツウエアは柔軟剤のいい匂《にお》いがして、きれいに畳《たた》まれていた。

よくよく考えると、洗濯も、物干しも私はまだしたことがない。

毎日おかあさんがしてくれている。そっか、洗濯だけじゃないか。

料理も、お皿洗いも、お掃除も、お風呂《ふろ》の準備だって。

ぜんぶがぜんぶ、おかあさんがやってくれているんだ。

そんなことを思うと、私ってできないことがたくさんあるんだなあ……って、さみしくなる。

そのときだった。ピンポーンと呼び鈴《りん》が鳴った。

「空野《そらの》くんが来たわよ〜」

は〜い、と返す。

おかあさんの声はうれしそうだった。


夜は涼《すず》しいけれど、歩くとじっとりとした汗が出る。

まだ蝉《せみ》は鳴いていないけど、どこからか虫の鳴き声が聞こえてくる。夜の東京《とうきょう》湾を巡ったようなぬるい潮《しお》風が吹いている。桜の木々が青々としていると、かけるくんは教えてくれた。

かけるくんは鳴海《なるみ》さんと同じ飲食店でアルバイトを始めていて、昨日の夜、バイト先に優子ちゃんが来た話を私にしてくれていた。

「それで優子ちゃん、何時までいたんですか」

「結局、閉店時間の二十三時までいたよ。他のお客さんと飲んでた」

「お知り合いだったんですか？」

「全然知らない人だって。酔っ払った早瀬《はやせ》に『今知り合ったの！』なんて言われて困ったよ」

「まあまあ」

かけるくんが働くお店は、昼はカフェで、夜になるとバー形態に変わるお店と聞いた。

ようは夜になればお酒を出すらしい。

かけるくん曰《いわ》く、優子ちゃん×《かける》お酒の化学反応が起きると、大抵めんどくさくなるらしい。

そんなことを迷惑と思っていないような声でかけるくんは話している。

ともすれば楽しいとさえ思ってそうでもある。さすがかけるくん。

「鳴海とタクシーに乗って東京駅から清澄白河《きよすみしらかわ》、清澄から寮までって迂回《うかい》したんだから」

「かけるくんもおつかれさまです」

「あいつ……いつか酒で失敗する」

「そのときは助けてあげてくださいね」

まあ、とかけるくん。

「僕がその場にいたら、全然助けるけど」

そんなやさしいことを口にする。

それがなんだかうれしくて、かけるくんの腕に抱きついてしまった。

ふっと肩口からかけるくんの匂いがした。私とはまた違った汗の匂い。私の好きな匂い。

「ちょっと小春さん？　歩きづらくないですか？」

「優子ちゃんは助けてあげるのに、私は助けてくれないんですか？」

「え。今何かお困りですか？」

「ちゃんと誘導してください」

なんだよそれって、かけるくんが笑っている。

あ、そこ草があるから、と誘導してくれる。

いつもの月島《つきしま》の遊歩道は、薄い海の匂いに、草の匂いが混じっている。

夏が始まってこういった緑の匂いも強くなっていた。

こう、夏は生命の力みたいなものを感じる季節だと思う。

なんだか私も力がみなぎってくる感じがする。

「今日は星が見えますか？」

「あ〜、あんまり見えないな〜」

そういってかけるくんは教えてくれる。

夏の大三角は見えない。ときどき飛行機が赤く点滅していて、ゆっくり流れる流れ星みたいだって、かけるくんは言った。そんな景色を想像する。

「早瀬の酒癖《さけぐせ》がなおりますように！」

かけるくんが急に叫んだ。「流れ星じゃないんですから」ってつっこむと、「拾ってくれてありがとう」ってかけるくんは笑っていた。

ふたりでそんなことを言い合える時間が、とても幸せだったりする。

「明日はひさびさのデートですね。どこ行きます？」

「銀座《ぎんざ》でいい？」

「もちろんです」

「じゃあ、朝迎えに行くから」

「ありがとうございます」

それより……ってちょっと思った。

「一日、バイトがない日に、大丈夫なんですか？」

「大丈夫って？」

「いえ。就職活動とか、他にも忙しいんじゃないかと」

「気にしなくていいよ。ちゃんとやってるから。ぼちぼち面接も進み出したし」

「順調ですか？」

「ぶっちゃけ三歩進んで二歩下がるって感じ。進んではいるんだけど」

「ファイトです」

「就活は体力勝負っていうし、小春と体力つけなきゃ」

じゃあ少し走りましょうか。

そう言って、かけるくんと軽く走った。

春から走る、歩く、走る、歩くを繰り返していくうち、だんだんと距離が伸びてきた。

今では二百メートルぐらいは走れるようになったと、かけるくんは言ってくれた。

「ごめん」

遠くの国道からクラクションの音がして一瞬かけるくんの声が聞こえなかった。

けど、なんとなく謝ってきたことは感じ取れた。

「何がです?」

「いや……最近バイトとか就活とか忙しくてなかなか会えなくてさ」

「大丈夫ですよ。いつも寝る前は連絡をくれるじゃないですか」

「けど、小春寝てるじゃん」

「私は十時には寝ちゃうので。けど朝にかけるくんからメッセージが来ていると、それはそれでうれしいものですよ」

ありがとう、とかけるくんは言う。

「大学は大丈夫?」

「大丈夫ですよ。なんだかんだみなさんが手助けしてくれます」

「みなさんって、男だと嫌だな」

「まさか嫉妬《しっと》⁉」

かけるくんに体を寄せる。

「嫉妬じゃ……なくはなくもないかもしれないけど」

「なくは、なくも、ない。結局どっちですか」

かけるくんが嫉妬してくれるのがなんだかうれしくて、顔がニヤニヤしてしまった。

「それよりバイトをそんなにがんばって、本当はなにを企《たくら》んでいるのでしょう」

「本当とかないよ。ただこれからお金がいるなって」

「本当ですか？」

「彼氏を疑う？」

「むう」

頬《ほお》を膨らませてみた。

これは、本当のことをしゃべらないと怒りますよ、の精一杯の威嚇《いかく》。

威嚇だったのに、

「かっわいい〜。写真撮っていい？」

って、茶化されてしまった。


♪


次の日、かけるくんが迎えに来てくれて、私たちは銀座デートに行った。

「あと二段で階段が終わるよ」

かけるくんは慣れた感じで私と階段を上ってくれる。

地下鉄の銀座駅から地上に出ると、かけるくんが開口一番に言った。

「なんだろう。銀座って、ドレスコードでもあるのかな」

「え。どうしたんですか。いきなり」

「だってそこかしこにおしゃれな人がいるよ。サマーニットを肩にかけているおねえさんとか、着物姿のマダムとか、ザ・イタリアって感じのスーツ姿のダンディーとか。ファッション誌から出てきたみたい。みんなおしゃれ。おしゃれに必死。おしゃれモンスターだよ」

「なんですかそれ」

「小春はいいよ。今日のおかあさまセレクトの洋服も似合ってるし」

「かけるくんには言っておきますけど、私だってお洋服、何を着るかとても悩むんですからね。おかあさんに色とか質感とか教えてもらって、かけるくんがかわいいって言ってくれるのはどれかなあってすごく時間がかかるんです」

「あ、え、うん。そういう意味じゃなくて、もちろんそうだとは思うけど」

しどろもどろになるかけるくん、かわいい。

かわいいけど、かわいそうなので助け船を出す。

「似合っていますか？」

「もちろん、かわいい……よ？」

「ありがとうございます」

かけるくんの左腕をぎゅって抱いてくっつく。どうしてだろう。かけるくんとくっついていたい、なるべく触っていたい、そんなことを思わずにはいられない。

いっしょになって、ひとつになって、くっついていたい。そう思ってしまう。これが恋というものなのだろうか。同化してしまいたいって、恋から一段上がった感情のような気がする。

「人がいっぱいいるからさ、ちょっと恥ずかしいよ」

「大丈夫です、私見えませんし」

「いやそういう言い方ずるい」

「しかたない。帰るとき、マンション前でぎゅってしてくれるなら離れます」

「それもおかあさまに見られたら気まずいなあ……」

も～恥ずかしがり屋～、ってかけるくんから離れる。

「じゃあ手でも繋《つな》ごうよ」

かけるくんがそう言ってくれるので、かけるくんの手に指を絡《から》めた。かけるくんと手で繋がって、かけるくんと私がひとつになる感覚がする。

かけるくんが教えてくれるには、今日銀座は歩行者天国になっているそうだった。

「歩行者天国ってことは、ここは道のど真ん中ってことですか？」

「めちゃめちゃうきうきした声出すじゃん」

「だって気持ちいいですし」

なんだか空気が清々《すがすが》しい。太陽はカラッとしていて、コンクリートの照り返しが強い。

私のイメージでは、今、銀座の大通りの真ん中を歩いている。

両側はビルに囲まれて、たくさんの人が歩いている。

ふだん車が走って人が歩けない道を、ずんずんと歩いている。

背徳感のような、開放感のような。そうか、開放感が近いのかな。

とにかく、歩くだけで気持ちがよかった。

「なんだろう。この開放感って、地元に似てる」

「下関《しものせき》でも、歩行者天国があるんですか?」

「いやそういう意味じゃなくて」

なにやら関門海峡《かんもんかいきょう》のそばを歩いたときの開放感がこの歩行者天国の雰囲気に似ているらしい。

「私も歩いてみたいな～」

「じゃあ、就活が落ち着いたら行こうよ。下関」

「え。いいんですか」

「まあ、ついでに僕の母親に会うことになるけど」

「私はぜひぜひって思いますけど」

「そうとなったら就活がんばらないとな〜」

「がんばってください」

そんなことを話していたときだった。

「あの〜」

と、女性の声が聞こえた。「あ、はい」とかけるくんの声がしたので、私たちに声がかかったのだと理解する。

「私、こういうものでして」

かけるくんが女性の話を聞いてくれていた。要約すると、銀座エリア限定のフリーペーパーの記者さんのようで、街中のスナップショットを撮っているらしい。そこで、私たちもどうかというお誘いだった。

「小春、どうする？」

「恥ずかしいですけど、がんばってみます」

そう言うと、「ありがとうございます」と声がした。

じゃあ、そのあたりに立ちましょうか、と誘導される。

かけるくんと写真か〜、と思っていると、かけるくんは「彼氏さんはいいかな〜」とやんわり断られていた。ということは私ひとりの写真ってことだ。

急に恥ずかしくなって、顔を隠したくなる。

「あ、白杖あずかるよ」

かけるくんはそう言って、どこか行ってしまった。

「じゃあ、彼女さん、何かポーズをお願いします」と女性とは別の野太い男性の声がした。

たぶん、カメラマンが女性記者の方とは別にいらっしゃるのかと思った。

ポーズ？

恥ずかしくなって顔から火が出そうだ。

もうどうにでもなれと渾身《こんしん》のポージングをする。

腰に手を当て、足を斜めに出し、足のつま先を上げる。

すると、

「小春……ポーズが……古い」

なんとかけるくんが笑っていやがったのだ。

「え。え。え」

だって昔、テレビで見ていたアイドルさんとか、こんなポーズだったし。

笑わなくてもいいじゃないですか〜、と泣きそうになってしまう。

すると、

「小春？」

かけるくんが肩に触れて、やさしい声色で話してくれた。

「笑ってごめん。そうだよな。最近のファッション誌とか見られないもんな」

そういう事情を、すぐ察してくれた。

それが、なんだろう、たまらなくうれしくなった。

本当に私のことを汲《く》んでくれる。すごいなあ、やさしいなあって。

「まっすぐ立つだけで大丈夫。かわいいから、大丈夫」

そう言って、頭を撫《な》でてくれた。

頭を撫でられたこと。「かわいい」という言葉。すぐに顔が熱くなってしまった。

絶対、顔赤い！

もうどうにでもなって！

そう思って、それからの撮影を乗り切った。

撮影中、女性記者さんとかけるくんの話し声が聞こえた。

「かわいい方ですね」

「かわいいだけじゃないんですよ。性格も最高ですし」

かけるくんの自慢げな声に、もう……もうっ！　ってなる。さっき恥ずかしいから離れてって言ったのはどこのどいつだよ～って。かけるくんの方が恥ずかしいことしてるし！

「彼女さんは目が見えないんですか？」

女性記者さんが聞いた。

「見えないですよ」

「そう、ですか」

「けど目が見えなくても、ちゃんとおしゃれして、案外ふつうです」

そんなことをかけるくんは言ってくれた。くすぐったくて、たまらなくなる。なんだか体がくねくねしそうになった。

「ご結婚されているんですか？」

急な質問に吹き出しそうになる。

「え。まだですよ！　僕たちまだ大学生ですし」

「そうでしたか。あまりに自然なので」

「付き合って長いんですけどね」

「のろけています？」

「そりゃあ、のろけるでしょ」

かけるくんはのろけすぎていた。とても、とても恥ずかしくて、けどなんだろう、とても想《おも》ってもらえているんだなあって感じた。

撮影会も終わってデートを再開する。と、かけるくんはとある場所で歩みを止めた。

「ねえ、僕たちさ」

「はい？」

「付き合って二年以上経《た》つけど、ペアリングとか買ったことないじゃん」

「え。買ってくれるんですか？」

「早い早い。小春、いったん落ち着こう」

かけるくんから笑い声が聞こえた。

「いずれペアリングとか買うかもしれないからさ。指輪のサイズだけでも測っておきたいんだけど、いいかな？」

え〜、うれしい！

うれしくないわけがない！

「ぜひぜひ！」

それからふたりでジュエリーショップのようなところに入った。店内は香水のような甘い匂いがした。コンシェルジュのような落ち着いた話し方をする人に、指のサイズを測ってもらうことになった。

コンシェルジュさんは女性で、すごくやさしい声をしていた。

「どの指のサイズを測りましょうか」

と聞かれ、かけるくんが「薬指で」と答えた。

すると、

「右手と左手、どちらにされますか」

と聞かれてしまった。

つい私は、「ひ、左手ですか」と声が裏返ってしまって、コンシェルジュさんにもかけるくんにも笑われてしまった。

「み、右手でお願いします……」

「六号ですね」

顔を隠しながら右手を差し出すと、なんどかひんやりとした感覚が薬指を通った。

いまいちピンとこなかったけど、細い方らしい。

「ちなみに右手と左手って、指輪のサイズは違うものなんですか？」

と、かけるくん。

「違う方も多いですね。ちょっと左手もお借りしますね」

コンシェルジュさんは私の左手を取って、薬指に指輪をはめてくれた。

「彼女さまはサイズがいっしょですね」

僕はどうですかね、とかけるくんも測ってもらっているようだった。

「小春の指って細いんだね〜。僕の半分以下じゃん」

ふたりの指輪のサイズがわかったあと、コンシェルジュさんがこんなことを言ってくれた。

「いくつか、指輪をお持ちしましょうか」

かけるくんが、「カップル用のペアリングをいくつか見せてもらえますか」って言ってくれて、いくつか指輪を試着させてもらった。

「あ、ここがざらざらしているので、宝石がついているんですか？」

「はい。そちらにメレダイヤがついています」

指輪をはめた右手を目の前に掲げると、「かわいらしいんでしょうね」って声が出た。

「これにします？」

かけるくんに思い切って甘えてみると、

「早い早い。今日はサイズを測りに来ただけだよ」

って、失敗してしまった。

「ちぇ～」

「将来、十カラットぐらいのダイヤのついた指輪買ってあげるから」

こどもをあやすような声でかけるくんが言った。

「将来っていつですか～」

「百年後ぐらい？」

そんな冗談を言ってきたので、

「じゃあ、百二十二歳まで長生きしましょう！」

って、ジュエリーショップで長寿《ちょうじゅ》を宣言する感じになってしまった。

その後、ジュエリーショップを出た私たちはランチが食べられるところを探した。

かけるくんがテラス席のあるベーカリーをみつけてくれて、そのベーカリーのテラスの端に通してもらった。

かけるくんが教えてくれるには、このテラス席は四階にあって、目の前には銀座の低いビルが見える。円卓《えんたく》が並んでいて、あまりお客さんはいない。

「かけるくんって、こういうエスコートが上手ですよね」

「なんで頬を膨らませてる?」

「いえ。どこで覚えたんだろうな～って」

「あ、そういうこと」

「なんですかそのうれしそうな声は」

「小春も嫉妬するんだなーって」

「しますよ……ふつうに」

そう言うと、

「かわいいなあ」

って、かけるくんが言った。

一気に顔が熱くなる。公衆の面前で恥ずかしいことを言わないでほしい。

「さっきもですけど、外では……やめてください」

「小春以外の人とこういうことしないから」

「ほんとですか？」

「え。するように見える？」

「私、見えませんし」

はは、とかけるくんは笑った。

きっと私たちに慣れていないと、こんなの笑ってくれない。

私は笑ってほしいだけなのに、気を遣われると申し訳なくなる。

だから正解なのだ。ははって笑ってくれて。

こんな冗談に笑ってくれるって安心する。

受け入れられているって実感する。

「ちょっと耳を貸してもらえますか」

「はい。貸した」

手探りにかけるくんの耳を触る。耳の場所を確認して、小さく言った。

「大好きです」

「あ、うん。……僕も」

かけるくんが恥ずかしそうな声を出すから、言った私まで顔が燃えそうになってしまった。

それからふたりでメニューを選んだ。かけるくんがメニューを上からぜんぶ読み上げてくれた。

私はたまごサンド、かけるくんは肉サンドなる肉々しいメニューを選んでいた。

注文のとき、「たまごサンドはひと口大に切ってもらえますか」って、かけるくんはさりげないやさしさを発揮してくれた。もうやさしさライセンス特級レベルだ。

ふと、後ろから赤ちゃんの泣き声がした。

かけるくんも気になったみたいで、教えてくれた。

「カップルがベビーカーに乗った赤ちゃんをあやしてる」

カップルというより夫婦か、あまりに若いから、夫婦って感じがしなかった、って続けた。

「こういうテラス席の方が、声が反響しないし、気が楽かもね」とかけるくん。

「元気でいいですね」

「夫婦さんたちは僕たちより少し上って感じ」

「早くに結婚されたんですね」

赤ちゃんが自由に泣けるって和むな～って思っていると、

「そういえばさっき、街角スナップで、記者さんから『結婚してるの？』って聞かれた」

不意打ちにかけるくんはそんなことを言うので、「へ、へえ～」と変な声が出る。

いや、僕もびっくりしたよ、ってかけるくんの声が上ずった。

そして、

「小春って、早くに結婚とかって、どう思う？」

この質問でピンときてしまった。

就活が終わったら下関にとか、指輪とか、点と点が繋がって、もしかするとって気がついてしまったのだ。私の勘違いかもしれないけど、かけるくんはそういうことを考えてくれているんじゃないかって……思ってしまった。

え。うれしい。

率直にそう思った。

けど、そんなことを考えた瞬間、いろいろなことが頭をめぐった。

まだ私はできていないことが多い。

学校でもだれかに助けてもらうし、おかあさんにも頼りっぱなしだし、かけるくんにだって。

そんなことを考えると、まず私がしっかりしないといけないんじゃないのかな、って思った。

かけるくんに頼り続けることは、たぶん、健全じゃない。

だから、そっか、私、やらないといけないことが多いんだ。

だから。

そうですねえ、と言って、

「かけるくんは今年で大学卒業しますけど、私はあと三年残っているので」

にこっと笑顔を作ってみた。

「まず私は、ちゃんと卒業しないと」

62

私は逃げていた。

3. 家族

♪

夏休みになったし、もっと家事を手伝わせてほしいとおかあさんに相談すると、「いいわよ。小春《こはる》の花嫁修業ね」とおかあさんの声は弾んでいた。

いざ始めてみると、洗濯ひとつにしても、覚えることがたくさんあった。

洗濯機のボタンの位置、洗剤投入口の場所、洗剤をどのくらい入れたらいいのか、などなど、ぜんぶ記憶して操作しないといけない。

「乾燥機にかけていいものは洗濯乾燥モードで運転して、お洋服とかはドライモードで洗濯して干すのよ」

おかあさんが教えてくれる。

「これ触って」

「はい」

「これは乾燥機にかけていいわ」

「はい」

「次はこれ」

「はい」

「こっちはドライ洗濯」

と、手触りで教えてくれる。

覚えることがいっぱいだって思っていたら、

「まあ、洗えたらいいんだから多少間違っても大丈夫よ。洗剤はだいたい一杯で大丈夫」

適当でオッケー、とおかあさんは笑っていた。

お洗濯のあとフローリングワイパーで床をお掃除していたときだった。

「小春～」

「はーい」

「今度、小春が料理をして、空野《そらの》くんにごちそうしましょうか」

「え。いいの？」

「目標があった方がいいじゃない」

おかあさんが肩を抱いてくれる。

「やった！」

「空野くんって、なにが好きなの？」

「カレーが好きだよ～」

「ふふ。空野くんらしい」

オッケー。練習しましょう、っておかあさんはぽんと肩を叩《たた》いてくれた。

それから私の猛特訓が始まったのであった。

右上のボタンを押して電源を入れる。電源ボタンの左、上から二番目が洗濯・乾燥モード。洗剤の投入口、真ん中が洗濯洗剤でその右が柔軟剤。とりあえず、キャップ一杯ずつ入れたら大丈夫。洗濯洗剤のキャップに指を入れて、どのくらい入っているか手触りで確認する。

「おかあさーん、洗濯の準備できたよ～！」

はいは～い、とおかあさんが来てくれる。

「確認してみましょう」

「厳正な審査をお願いします！」

今日はひとりで洗濯にチャレンジすることにした。チャレンジと言ってもドラム式の洗濯乾燥機なのでボタンひとつで乾燥までやってくれるけど、下着はネットに入れて、お洋服は分けて、どのボタンを押せばいいか、洗剤はどこにどのくらい入れたらいいか、いろいろ手順が多かった。

「洗剤よし、乾燥機にかけちゃダメなものも入っていません。完璧《かんぺき》です。やったね小春」

と、おかあさんが手を握《にぎ》ってくれた。

「よかった。これでこの洗濯機もマイ洗濯機です」

「マイ洗濯機ってなんなの」

おかあさんの笑い声。

「この洗濯機なら私は目をつむってでもお洗濯できちゃうの」

「すごいすごい。すごい才能が小春にはあったのね〜」

「次はお皿洗いをマスターしようかな」

「じゃあ、キッチンに行こうかしら。お手伝いお願いしていい？」

「もっと自分でできるようになって、ひとり暮らしにもチャレンジできるようになりたいな〜」

「私がずっといっしょにいてあげるからそんなに気負わなくても大丈夫よ」

うふふ、っておかあさんが笑っている。

ひとつひとつできることが増えていくって、楽しいなあなんて思った。


♪


「今日はおかあさんとハンバーグを作りました。食べて行きます？」

「え。わるいよ」

「大丈夫ですよ。かけるくんも食べると思って、三人分作ってますから」

「そう？　じゃあ、散歩のあと、お言葉に甘えさせてもらおうかな」

おかあさーん、かけるくん食べるって〜！　リビングの方へ叫ぶと、オッケー！　って返ってきた。

夜、かけるくんと散歩に出かける前、ふたりして玄関で虫除《むしょ》けスプレーをかけていた。

夏の夜の散歩は油断したらすぐ蚊に刺されてしまう。

とくに隅田川《すみだがわ》の遊歩道には植え込みとかあって蚊が多い。

シュッシュッシュッとかけるくんが虫除けスプレーをかけてくれる。かけてくれたところを手のひらで伸ばしていく。

「そういえば、今日、検査結果どうだった？」

「問題なしです。心配ご無用ですよ」

「ほんと？」

「疑うんですか？」

「前科があるからな～」

もう、と頬《ほお》を膨らませてしまった。

がんを克服したとはいえ、半年に一度検査を受けないといけない。

再発していないか、転移はないか。

そのための検査。

再発したことがあるから、怖くないかと言われれば、うそになる。

いつまた入院生活が始まるのかと考えると、気が滅入《めい》りそうになる。

けど。

けどけど。

気持ちを落としていても、いいことなんかない。

だれだって、いつ大病するかわからないし、いつ事故に遭うかもわからない。

ようは精一杯生きるしかないのだ。

私はもう、負けてなんか、やらない。

あの花火のように笑っていようって、かけるくんが教えてくれた。

「スプレーするから後ろ向いて」

「ありがとうございます」

後ろを向いて、首にスプレーしやすいように髪を前に持っていく。

シュッと冷たいスプレーがかかって、「ひゃん」と声が出た。

そのときだった。

かけるくんが、後ろからぎゅって、してくれた。

「ど、どうしたんですか」

いきなりのことで心臓がバクバクした。

いや……とかけるくんが言葉をためらう。

「検査結果さ、『問題なし』って言われるのに慣れたら、怖いなって」

そんなことをかけるくんは言う。

そうか。

かけるくんも抱えてくれているんだ。そう、思った。

もしも「問題なし」に慣れてしまったら。

身構えていないときに問題ありと言われたとして。

それはとても怖い。

かけるくんは私の不安を半分持ってくれている。そう思うと、目頭が熱くなった。

「ありがとうございます」

そう何度も言って、かけるくんが回してくれた手を触る。

「本当にうれしいです。けど、おかあさん、来たら気まずくないですか」

かけるくんは我に返ったのか、さっと手を解く。

小さく、ごめん……って、聞こえた。

「行きましょうか」

かけるくんが触れてくれたところが、なんだかずっと熱い。

手を繋《つな》いで、ふたりで部屋を出た。

まさに熱帯夜だった。

汗が噴き出て、さっき塗った虫除け薬が流れていくような気になる。暑さからか、セミさんたちの鳴き声もどこか元気がないように聞こえた。

「暑いね」

「すぐ汗が出ちゃいますね」

「帰る？」

「え。なんでですか？」

聞くと、かけるくんは私の体に障《さわ》るんじゃないかと考えたそう。

「もう、せっかくの散歩なんですから」

おかしくて笑ってしまった。

「そういえば」

「ん？」

前、かけるくんが言いかけて、気になっていたことを聞いてみた。

「優子《ゆうこ》ちゃんと鳴海《なるみ》さんって、複雑な関係って言ってたじゃないですか」

「あ、それ？」

「そう、それです。あれってなんなんですか？」

「あのふたり、小春が入院している間、付き合ってたんだよ」

「え！」

「まさかだよね」

かけるくん曰《いわ》く、ふたりは大学三年のとき、急に恋人関係になった。

そして三ヶ月足らずでこれまた急に別れた。

かけるくんは付き合った理由とか、別れた理由とか、詳細は知らないらしい。

「友達同士の恋仲なんて、根掘り葉掘り聞くものじゃないからさ」

「まあそうですよね」

てくてくとふたり分の足音が聞こえる。きっと今日は他の人は散歩していないんだろう。

「『やっぱりなんか違う気がして、友達に戻ることになった。円満な別れだから気にせんとき』って鳴海から聞かされただけでさ。なにがあったんだろうな。あのふたり」

「この前のもんじゃのときは元恋人同士のそぶりはなかったですよね」

「そう？　結構、まだ仲良かったように見えたよ」

友達として仲良しってことなんでしょうね～、と言って、しみじみ思った。

「いや～、衝撃の事実でしたね～。なんで言ってくれないんですか」

「言おうと思ったらすぐ別れて、僕もタイミングを失ったんだよ」

と、かけるくん。

いや～、あのふたりが付き合っていたとは。

それにしても別れたあとでも仲良しでよかったって思った。思ってすぐ、それはすごく自分本位だなって気がついた。仲良し四人組の関係性が壊れなくてよかったと、自分勝手なことを思っていただけなのだ。

沈黙が続いたからだろうか。かけるくんが急に真剣な声を出した。

「最近、夜しか会えなくてごめんね」

「いえいえ。いつも会いに来てくれてありがとうございます。就職活動は大丈夫ですか？」

「そっちは大丈夫だよ。きっとなんとかなると思うし、なんとかしないとまずいというか」

「なんでそんなに歯切れがわるいんですか」

冗談っぽいかけるくんの口調にまた笑ってしまう。

「パリ広場についたよ。休憩する？」

「大丈夫ですよ。まだ歩きましょう」

いつもの散歩コースはマンションを出てまず信号を渡ってまっすぐ進む。地図でいうと北側に向かうらしい。三日月型をした月島《つきしま》のてっぺんには「パリ広場」っていう広場があって、その広場でひと息つくことも多かった。パリ広場から道なりに中央大橋《ちゅうおうおおはし》なる橋があって、その先には佃公園《つくだこうえん》っていう公園もある。その佃公園で引き返して、マンションへ戻るコースがいつもの散歩コースだった。

「なんでパリ広場って言うんでしょうね」

「さあ、なんでだろう」

このパリ広場から浅草《あさくさ》方面を見ると、青くライトアップされた永代橋《えいたいばし》と、その奥にこれまた青くライトアップされたスカイツリーが見えるってかけるくんは教えてくれた。

暗い水面《みなも》に、青い橋と、青い塔が逆さになって映っている。

黒と青。惹《ひ》きつけられるような幻想的な景色だと思った。

そんな光景が頭の中に広がる。

「この景色が、パリっぽいってことでしょうか」

「こんな景色も、フランスにあったらいいね」

「そうですねえ」

きっと別の由来があると思う。

けど、この景色で十分だと思った。

フランスにも川に映り込むこんな景色があったなら、すてきだろうなって思った。

「明日、面接があるんでしたっけ」

「そうだよ。志望動機とか覚えて、早瀬《はやせ》にも協力してもらった」

「じゃあ、かけるくんの面接が落ち着いたら、私が料理を振る舞いましょうか」

「え。いいの？」

「かけるくんのためにも、家事をがんばっているので」

ふと口にして恥ずかしくなった。まるでお嫁さんにしてくださいといった言い方だ。

「そっか〜、わるいね。フルコース料理なんて。準備も大変でしょう」

かけるくんはすぐ冗談を言ってくる。

もうって笑いながら、

「メニューはカレーです」

「辛口？」

「間をとって中辛でいかがでしょうか」

そっか、がんばらないとな〜と横から聞こえた。

「面接、がんばってくださいね」

「小春のためにもがんばる」

そんなことをかけるくんは言うので、すぐに言葉を返していた。

「私のためじゃなくて、ちゃんと自分のためにがんばらなきゃ」

そんな言葉を口にして、違和感があった。

なんだろうって考えて、そっか、と気がついた。

私も、家事を覚えることって、そもそも自分のためだって。

私こそかけるくんのためじゃなくて、ちゃんと自分のためにがんばらなきゃ。


♪

「もう洗濯とお掃除は結構マスターできてきたかもしれません」

別の日の散歩中にベンチに座って、私は日々の成果をかけるくんに話す。

かけるくんは手を繋いで聞いてくれた。

ちゃんと聞いてくれるときの口癖の「へー」で、やさしく相づちを打ってくれた。

ちょっと相づちが上手すぎて、他の女の子にもこんな感じで話を聞いていないか心配になったくらいだ。けど、まあ、かけるくんはそういうことしないと思う。なんとなく。

「そうやって目標を決めてがんばることが小春のすごいところだよな～」

ナチュラルにそんなことをかけるくんは言ってくれて、えへへ、とうれしくなる。頭を撫《な》でてほしいくらいだ。

「ねえ、僕の強みってなんだと思う？」

突然、真面目《まじめ》な声でかけるくんは聞いてきた。

意図を聞いてみると、就職活動の面接では、必ずと言っていいほど、「あなたの強みはなんですか」と質問されるそうだ。かけるくんはいつもその質問に対して、どう答えていいかわからず、この前の面接で大失敗してしまったそうなのだ。

「え」

って、驚いてしまった。

そしてかけるくんも、

「え」

って、驚いていた。

かけるくんから心配そうな声がした。

「……ない、の？」

「違うんですよ」

と、慌てて訂正する。

「強みというか、いいところがいっぱいあるのに、なんで聞くんだろうって思っちゃって」

「ほほう。じゃあ、僕のいいところ十個言える？」

そんなことを言うので、指折り数えて読み上げてあげた。

「やさしいところ。助けてくれるところ。声がすてきなところ。手があたたかいところ。リードしてくれるところ。かっこいいところ」

「ちょっと待って、ちょっと待って」

恥ずかしそうにかけるくんは私の指折りを制止してくる。

「いや、あまりにすらすら出るから恥ずかしくなってくる。それにかっこいいってなんでわかるの」

「だって、かけるくんはかっこいいですよ」

かけるくんがたじたじしていてかわいい。

「ちなみにかけるくんは、私のいいところ十個言えますか？」

「言えるけど、恥ずかしいからここでは言わない」

「この前、銀座《ぎんざ》で平然と恥ずかしいことを言ったくせに？」

「今度、ちゃんと言ってあげる」

けち〜、って口にしていた。

「就職活動で『自分の強み』を話すんですよね」

「そう」

「私にも分け隔てなく接してくれた、そういうところが、ほかの人と比べると強みなんじゃないかなあって思います」

「そっかあ……」

「そうです」

ミンミンとセミの鳴く声がした。夜でも鳴いて、働き者だなあって思った。

「ありがとう」

ぼそりと、かけるくんの声がする。

「小春って、すぐにそういうこと言ってくれるよね。正直、めっちゃ助かる」

感謝され、なんだろう、相談してくれるってとてもうれしくなる。

自分でも役に立てるんだって胸がいっぱいになってしまった。

「あ～、明日、面接か～」

そうかけるくんは言っていた。

見えなくても、きっと、期待半分、不安半分みたいな感じで、空を見上げながら言ったように思えた。


♪


翌日、大学から帰宅して、部屋のベッドにごろんとしながらかけるくんへ電話した。すると、かけるくんの声は沈んでいた。沈んでいたというより少しトゲがあるような声だった。

「なにか、いやなことでもありましたか？」

『え？　どうして？』

今日はかけるくんの勝負の面接があったはずだった。どうだったかなあって、気になって電話してみたけど、この調子だとあまりいい結果には繋がらなかったのかもしれない。

「少し、声が暗いので」

『そんなことないよ。超元気。今から心より愛している労働にいそしむから』

「私以外に愛しているって言わないでほしいです」

『え。労働もダメなの？』

「私以外、すべてダメです」

わかった、って耳元に笑い声が響いた。

笑っているけど、どこか元気のない声だった。

そんな声質に不安を覚えた。

「面接、どうでした？」

いたって明るく聞いてみた。

すると、かけるくんは沈黙してしまった。

あ、これはって思った。そして、自分があまりにも無神経だったと焦《あせ》ってしまった。

「ごめんなさい。うまくいかなかった……ですか？」

そう言うと、かけるくんもかけるくんで焦ったような声を出した。

『いや、そんな感じじゃなくて、うまくはいったよ。小春のおかげで面接はばっちりだった』

「じゃあ……どうしたんです？」

『ちょっと喧嘩《けんか》になっちゃって……面接、辞退しちゃった』

「け、喧嘩ですか？　またどうして」

またかけるくんが黙ってしまったから、私は正直に話してほしいと言っていた。かけるくんの力になりたいと、言っていた。

『面接でさ、目の見えない彼女と付き合ってるって話になって』

「え。私の話ですか？」

『そう。すっごくかわいくて、明るくて、尊敬しているんですって話をしていたらさ』

そ、そうですか……と気恥ずかしくなった。そんなにまっすぐ褒めないでほしい。

すると、かけるくんの口から想像だにしない言葉が、出てきた。

『そうしたら、面接官が、よくそんな彼女と付き合おうと思ったね、って聞いてきたんだ』

「え」

『そんな言い方はないでしょう、ってつい口が滑っちゃって』

「ごめんなさい」

『なんで小春が謝るんだよ。わるいのはあっちだって。許せなくてさ。辞退しますって』

――言っちゃったんだ。

その言葉を聞いて、呆然《ぼうぜん》としてしまった。

急に、言葉が出なくなった。喉《のど》の奥が渇いて、冷たい液体が血管に流し込まれたような感覚が私を襲った。

小春？　って、かけるくんの声。

なにか言わなきゃって、声を絞り出した。

「かけるくんがのろけるからですよ～。あーあ。うまくいったのに、もったいないですね。私のことなんか気にせず、スルーしてくれてもよかったんですよ」

『そういうわけにもいかないよ』

かけるくんの声は怒っていた。また思い出したように、怒ってくれていた。

心臓が止まったみたいに、胸が苦しくなった。

『そろそろバイト始まるから、また夜にね』

そう言って、かけるくんは電話を切った。

電話が切れた途端、こらえていたものが堰《せき》を切って出てしまいそうになった。

私がかけるくんの足かせになっていないだろうか。

たまらなく不安になる。

「そういう存在には……なりたくないな」

目元からじわりと熱い雫《しずく》が漏《も》れ出して、手のひらに落ちた。

ここで泣いていたらおかあさんに心配かけるかなって、外の空気を吸いに行こうと家を出た。

スロープの手すりにもたれて夜風を浴びていた。夜風というより夕方の風なんだろうか。今の時間帯の空はオレンジ色の頃合《ころあ》いだろう。

道路から車の音がする。人はあまり歩いていないように思える。チリチリと自転車の車輪が回る音がする。隅田川からはフェリーのような船の音がした。

ここでひとりで泣いていたら、それはそれで変な人に思われるだろうか。

おもいっきり泣ける場所ってなかなかないんだなって、ふと思う。

気にせず大声で泣ける場所があれば、どれほどいいものか。

あふれそうな涙をがまんして鼻をすすっていると、「小春ちゃん?」って声がした。

「どうしたの?」

その声は優子ちゃんだった。

「え?　優子ちゃん?」

「驚いたよ。通りかかったら小春ちゃんがいたんだから」

なんと優子ちゃんだった。

どうやら就職活動で知り合った人たちから、月島のもんじゃ屋さんを案内してほしいとお願いされて、お昼から飲み会をしていたそうだ。それから酔い冷ましに歩いておうちへ帰っていたところらしい。そして私のマンション前を通りかかったら、私がいたそうだ。

「どうしたの?　おかあさんと喧嘩したの?」

「いえいえ。そんなことは」

しばらく言いよどんでいると、

「言いたくなかったらいいよ。ちょっと私も休憩～」

優子ちゃんはそう言って、私のとなりに寄り添ってくれた。それこそ肩が当たる距離に。

何を話すでもなく、ふたりでぼうっとしていた。

「ねえ、小春ちゃん」

「どうしました？」

「夕方なのに、月が見える」

優子ちゃんは空を見上げているような気がした。同じように上を向いてみて、月を想像してみる。大きな月がぽんと浮かんでいた。

「雲はないんですか」

「雲はないよ」

「どんな形ですか？」

「上弦《じょうげん》の月っていうのかな。はんぶんこ〜」

半分の月が空に浮かんでいる。

「月もさ、明るいところだけじゃないんだよね。半分は陰なんだよ」

そういうもんだよね〜、みんな。

酔っているからか、優子ちゃんは、そんな哲学的なことを言った。

「せっかく就活で知り合ったんだからこれから違う会社に入っても仲良くしていこうねって、でも結局、社会人になったら合コンしようね〜って話だったんだよね〜」

しかもあわよくば持ち帰ろうとしてくるやついるし。

そんなことを優子ちゃんは言う。

優子ちゃんの表情は見えないけど、きっとあきれた顔をしているんだと想像した。

「え〜！　大丈夫だったんですか」

「大丈夫、大丈夫。華麗《かれい》にスルーして一次会で抜けてやった」

「さすがの優子ちゃんです」

「まかせてよ！」

キリッとした声を出す優子ちゃんに笑ってしまった。すると、優子ちゃんの方からも笑い声が聞こえた。なんだろう。半分の月が昇っている今日なら弱音を吐いてもいい気がした。

「さっきですね」

「うん」

「かけるくんと電話していたんですけど」

「うん」

「第一志望の面接で、恋人の話になったらしくて」

「なに空野くん、面接でのろけ話したの？」

「いえ、そういうわけではないらしくて。面接官の方に、私のことをわるく言われたらしくて、辞退しちゃったって」

一拍《いっぱく》おいて、優子ちゃんから「はあ〜？」と声がした。

「いや、空野くんは間違っていないんだけど、それを小春ちゃんに言うかね」

しかも私がどれだけ面接練習してあげたと思ってるのよ。それを辞退って。

ふつふつと怒りのこもった声が優子ちゃんからする。

「よし小春ちゃん。行こう」

「どこへ？」

「空野くんのバイト先だよ」

「え。今からですか？」

「ちょうどタクシーが通りかかっているから、止めるね」

一度言い出したら優子ちゃんは全然止まらなかった。

あれよあれよとタクシーに押し込まれるように乗せられて、私たちはかけるくんのバイト先に向かった。


かけるくんのバイト先は東京《とうきょう》駅地下にあるお店だと知っていた。夜はお酒も出すカフェ。実は行ったことがないって話をすると、優子ちゃんはちょくちょく行っているようだった。お酒が飲めるからね、って楽しそうに笑う優子ちゃんの声に、優子ちゃんはいつからこんなにお酒にハマってしまったんだろうって考えてしまった。

「着いたよ」

腕を貸してくれていた優子ちゃんが足を止めた。

「ほんとに来てしまっていいのでしょうか。かけるくんも、お仕事中なのに」

「いいのいいの。閉店前になったら結構暇そうだし」

優子ちゃんはさすがの常連さんって感じのことを言う。

じゃあ、入ろっか。

そう言って、優子ちゃんは私を店内に連れて行ってくれた。

すると、かけるくんの声で、

「いらっしゃいませ。空いている席にお座りください」

って聞こえてきた。店内はガヤガヤしていて忙しそうに思えてしまった。

「って、早瀬と、小春？」

きょとんとしたかけるくんの声がした。

「どうしたの？」

「どうしたのじゃないよ！　空野くん、私に言うことは？」

「え、え。急にどうした」

怒っている優子ちゃんの声と困っているかけるくんの声。きっとかけるくんは優子ちゃんに詰め寄られている。

「せっかくうまくいきそうな面接で、辞退だって？　小春ちゃんから聞いたよ！　そのあたり、きっちり説明してもらうから！　座って待ってるね！」

小春ちゃん行くよ！

そう言って、優子ちゃんは私をテーブルまで案内してくれた。

「かけるくん、ごめんなさい！」

そう言うと、「まあ、ごゆっくり～」と返ってきた。

「あ、空野くん！」

「お客さま、店内は少しお静かにお願いできますと」

「とりあえずハイボールね！」

優子ちゃんは捨て台詞《ぜりふ》のようにそう言って、私を席に誘導してくれた。

「かけるくん、困ってませんでしたか？」

優子ちゃんに聞くと、あはは、と笑った。

「そりゃ、困ってそうだったよ～。それよりさ、何か食べる？　結構おいしいよ。キッチンは鳴海くん担当だから、彼、けっこう料理はうまいから」

優子ちゃんはメニューブックを読み上げてくれて、私はたまごサンドとミルクティーをお願いした。

「おーい！　空野くーん！」

「なんざんしょ」

すっごいあきれた声を出すかけるくんが来てくれた。

「もっと愛想《あいそ》よくできないかね。客商売だよ～」

「もしクビになったら早瀬のせいだから」

「えっとねー。たまごサンドとミルクティーと、このトマトパスタひとつ」

「無視かい」

「急におしかけてしまって、ほんと申し訳ないです」

かけるくんの声がする方に頭を下げる。

「まあ来たのならゆっくりしていってよ。たまごサンドはひと口大に切るね」

「ありがとうございます」

かけるくんはそう注文を取って去っていった。

「そういえば、鳴海さんも働いてるんでしたっけ」

「そうそう。空野くんがバイトしたいって思ったときに、ちょうど鳴海くんのところで募集中だったんだって」

「ねえ、優子ちゃん」

「なに？」

「聞きづらいこと、聞いていい？」

「いいよ」

「鳴海さんと別れたのに来にくいとかなかったですか？　私に気を遣ってませんか？」

「大丈夫大丈夫。小春ちゃん気にしすぎだって」

あはは、と優子ちゃんは笑っている。

ちょうどそのとき、「はい、ハイボールとミルクティーです」とかけるくんが来た。

「なに、そんな爆笑して」

「なんでもないよ～。それよりあとで今度の就活についてミーティングだから」

「あ、はい」

しゅんとした声を出すかけるくんはすぐさま帰っていく。

優子ちゃんはかんぱーいって言って、んぐんぐぷはーって飲みっぷりのいい音がした。

「優子ちゃん、もしかして一気飲みですか？」

「違う違う。まだ四分の一は残ってるよ」

空野くんおかわりお願いね～！　って優子ちゃんは叫んだ。

なんだかそれがおかしくって笑ってしまった。

「ねえ優子ちゃん」

「なに？」

「なんで鳴海さんと別れちゃったんですか？」

ちょっと間があいて、優子ちゃんは「あ～、ちゃんと話してなかったね」と続けた。

「もちろん、嫌いになったわけじゃないよ」

優子ちゃんの声はやわらかい。

「人としては好きだし、友達としても気が合うし、ふたりでいて楽だな～って思うの」

ただ、運命じゃなかったんだと思う。

そう優子ちゃんは言った。

「運命？」

「そう運命。小春ちゃんは、かけるくんと別れたあとって想像する？」

「別れる？　かけるくんと？」

そう考えてみると、別れることは……考えたことがなかった。

「まったくないです」

「私はね。付き合って一ヶ月してもう怖かったの。もし別れたら、もう友達じゃいられなくなるな～って」

好きなのに。気が合うのに。変だよね。

そんなことをかなしそうな声で優子ちゃんは言う。

「もうそんなことを考え出したら、終わりだよね」

そう、優子ちゃんのつらそうな笑い声を聞いて、

「ごめんなさい」

って言っていた。

そのときだった。

「なん。早瀬と冬月《ふゆつき》やん」

鳴海さんの声がして、

「はい。トマトパスタとサンドイッチね」

テーブルの上に、コト、コトって、お皿が置かれる音がした。

「ありがとう」って優子ちゃん。

「なんの話してたん？」

「私と鳴海くんが付き合っていた話だよ～」

ふっと優子ちゃんから少しお酒の匂《にお》いがした。

「ちょ、やめえや」

「いいじゃん。減るもんじゃないし」

声からして、ふたりはまだ仲がいい感じだった。

すると、「ちょ、鳴海も立ち話しちゃだめでしょ」って言いながら、かけるくんが来た。

「はい。ハイボール一丁お待たせしました」

「ちゃんと濃いめ？」と優子ちゃん。

「バイトをクビにならない程度にちゃんと濃くさせていただいております」

まるで舎弟《しゃてい》のような口調にまた笑わされそうだった。

鳴海さんの方から、

「まあもうお客さんもほとんどおらんし、大丈夫やろ」

「お、じゃあ一緒に飲む？　おごるよ？」と優子ちゃん。

「遠慮しとくわ」「遠慮しておきます」

鳴海さんとかけるくんの声がかぶっておかしい。

「私の酒が飲めないってか～」って、また優子ちゃんからぐびぐびと飲む音がした。

「ちょ、飲みすぎやで。また帰れんことなっても知らんで」

「らいじょうぶ、らいじょうぶ」

優子ちゃんの呂律《ろれつ》はすっかり怪しくなっている。

「で、なんの話をしてたの？」とかけるくん。

すっかり酔った優子ちゃんが爆弾発言をした。

「小春ちゃんが気にしてくれたみたいで、私と鳴海くんが付き合ってた話～。私も鳴海くんと、小春ちゃんと空野くんみたいになれるかな～って思って、付き合ったんだけどね。ふたりで運命じゃないって気づいて、別れたの」

あまりにもおっぴろげな話で私もドキリとしてしまった。

「鳴海、いいのかよ」とかけるくん。

「もうこうなったらしゃーないやろ」と鳴海さん。

まあ察しはついているかもしれんけど、と鳴海さんは続けた。

「三ヶ月ぐらい付き合ったんやけど、ぜんぜん友達のときと感情が変わらなかったんよ。手をつないだらドキドキもせんやった」

「ねえ、ひどくない？　私と手をつないで、『ドキドキせんなあ』って言ったんだよ、こいつ」

「早瀬も『私もしないな』って笑っとったやん」

それを聞いて、かけるくんは「なんだよそれ」って笑った。

すると優子ちゃんは、

「なんだかんだ私ら、運命じゃなかったんだよ」

と、続けた。

「どう見ても運命で結ばれているふたりは、うらやましいなあって思うよ」

きっと、私とかけるくん、ふたりを見て言ってくれた言葉だと思った。

「運命ってなんだよ」とかけるくん。

「運命は運命だよ」

とにかく！　と優子ちゃんは声を上げた。

「幸せになりなよ」

って、たぶんかけるくんに向けての言葉だった。

すごく私たちを応援してくれていることは伝わって、なんだろう、優子ちゃんが友達でよかったな、なんて思う。

「ありがとう」

かけるくんがそう言うと、

「小春ちゃんを幸せにするのは義務なんだからね！　その前に就職！　でどうするのさ！」

って、優子ちゃんは手厳しい。

「ちょっと待って、さっき就活サイト経由でメールが来てたから」

「閲覧を許す」

「ご厚意、まことに感謝いたします」

「なんやねん」

と、鳴海さんがつっこんだ。

そのやりとりがおかしくて、また笑ってしまった。

もうみんな揃《そろ》うといつも面白《おもしろ》い。

すると、「え！」ってかけるくんが声を上げた。

「どうしたんですか？」

「面接辞退した企業からさ、謝罪したいからどこかで会えないかってメールが来た」


♪

朝からカレーを作った。

おかあさんの手は借りず、スーパーに行って食材を買って、ぜんぶひとりでカレーを作った。

朝の十時から準備開始で、もう夕方になっていた。

人よりもずっと時間はかかるけど、私にとって大きな一歩だったと思う。

「小春？　ごはんは炊《た》いたの？」

「あ」

最後の最後、見かねたおかあさんからアドバイスがあった。

手触りだけでお米を計量する。おかあさんは無洗米を選んでくれていて、浸水させるだけで大丈夫。炊飯ジャーにお米をセットして、一番右にあるボタンを探す。大抵の電化製品は開始とかスタートとかのボタンに、ひとつ凸点《とってん》をつけてくれている。その凸点を頼りに炊飯ボタンを押した。炊飯ボタンを押すと速いテンポの「キラキラ星」が流れる。なんでこの曲なんだろうって、ふと不思議に思った。

「空野くんって、何時にくるの？」とおかあさん。

「十九時の予定だよ～」

「じゃあ、おかあさんが付け合わせのサラダ作っていい？」

「ダメだよ。今日は私ひとりで作るって決めてるんだから」

けち～、とおかあさんの声がする。

今日はかけるくんをお招きして、私の料理を振る舞うのだ。


「いただきます！」

かけるくんがパチンと手を合わせたようだった。

そしてカチャカチャと、お皿にスプーンが当たる音がする。

食事前におかあさんは私の髪の毛を結んでくれた。

「空野くんのお口に合うといいんだけど」とおかあさん。

「も～、なんでおかあさんがそんなこと言うの」

はは、とふたりの笑い声。

「これ、小春がぜんぶ作ったの？」

「はい。買い物から、料理まで、ぜんぶ私です」

「へー、すごいじゃん」

私はかけるくんがどんな反応をするか、気が気じゃなかった。

たくさん味見したし、ふつうだとは思う。

けど、こういうとき、顔色が見えないから余計にドキドキしてしまう。

かけるくんがどう反応してくれるのか。

気になって、気になって、仕方がなかった。

「おいしい」

第一声にかけるくんそう言ってくれて、とても、とても安心した。

「おいしいですか？」

「うん。野菜のごろっと感もいいし、ちゃんと中まで味が染《し》みてる」

「わ～、うれしいなあ」

「うれしいのは僕の方だよ。僕のためにスパイス調合からしてくれて」

「え」

「わざわざアメ横《よこ》までスパイスを買いに行ってくれたって」

ふふふ、とおかあさんが笑っている。そこでかけるくんの冗談だと気がついた。

「アメ横、行ってないですよ！　市販のカレールーです！　そんなこと言う人には次はすっごく辛《から》くしますから」

「僕は大丈夫というか大歓迎だけど、小春こそ辛いの食べられるの？」

「この中辛でギリギリです」

「ギリギリなんだ」

「ギリギリアウトです」

さっきから辛くて辛くて舌が熱い。

あはは、だめじゃん、とかけるくんから笑われてしまった。

「我が家はずっと小春に合わせて甘口だったから」

「次は無理せず甘口でいいよ」

「きっと慣れるので大丈夫ですよ～」

「ほんと、ありがとうね」

かけるくんがそう言ってくれるだけで、胸がいっぱいになった。

正面に座るかけるくんの足を、私は足を伸ばして絡《から》ませる。

「なに？」

なに、と聞かれましても。

うれしくて、ただかけるくんに触れたいだけなのだ。女心をわかってほしい。

「おいしいですか？」

「おいしいよ」

「百万回ぐらい言ってください」

も～、とかけるくんは声を出す。どんな表情しているのかわからないけど、きっとやさしい顔をしてくれているんだと思った。

「そういえば、僕から報告があるんだ」

かけるくんはそう、真剣味を帯びた声を出した。

「あらあら。どうしました？」とおかあさん。

「無事、就職が決まりました」

と、かけるくんは言った。

「じゃあ、この前の一件はうまくいったんですね」

かけるくんは面接辞退した会社の人と後日、門前仲町《もんぜんなかちょう》の喫茶店で会ったらしい。役員の方がいらっしゃって、まずは謝罪と、そして間違ったことを間違っているって言える人に入社してもらいたいと勧誘を受けたそうだ。かけるくんはしばらくその役員さんと話して、こんな学生にも真摯《しんし》な会社ならと入社を決めたらしい。

「小春にも心配かけたね」

「あら！　本当におめでたいじゃない」

「じゃあ今日はお祝いの席ということでカレーよりすき焼きとかにすればよかったかもです」

「小春が作ったものならなんでもうれしいよ」

今すぐ、かけるくんに抱きつきたかったけど、おかあさんの前だったからがまんした。

すると、おかあさんがいきなり言った。

「空野くんは卒業したらここにいっしょに住む？」

「え！」

ふふふ、とおかあさんはかけるくんを茶化しているみたいだった。

「もう、おかあさんったら」

ちょっとだけドキドキした。

かけるくんといっしょに住むことを想像してしまったのだ。

そっか。

かけるくんも就職するし、そういう可能性もないわけじゃないわけか。

最近は、洗濯もお皿洗いも、料理だって、少しずつできはじめている。

このまま、かけるくんといっしょになってもやっていけるのかなあ。

そんなことを考えると体が熱くなった。きっとカレーが辛いせいだ。

「小春？」

かけるくんの声がした。

「は、はい」

「どうした？　ぼうっとして」

いえいえと、かけるくんの方へ笑いかける。

そういう未来がきたらいいな。

私、一生懸命がんばろう。

そう、思っていたときだった。

「あ、花火」

って、おかあさんの声がした。

「そういえば今日は隅田川の花火大会だったわね」

「ここから見えるんですか？」とかけるくんの声。

「ちょうど花火の前にマンションがあって、端っこしか見えないけど」

おかあさんはそう言って静かになる。かけるくんも静かになって、きっと、ふたりで窓の外をじっと見ているような気がした。

「花火、見えますか？」

「あ、ごめん。夢中になって。やっぱりマンションが邪魔になってる」ってかけるくん。

「永代橋の方からなら、景色が開けているから見えるかしら」とおかあさん。

「じゃあ、パリ広場から見えるかな」

そうかけるくんがぼそりと口にすると、おかあさんは「片付けはいいから、行ってくれば」と言ってくれた。

帰ったら片付けするから。いいのいいの。ダメだって。いってらっしゃい。置いといてよ！

おかあさんとそんな押し問答をして、それからふたりで外に出た。

マンションから降りていつもの散歩道を歩く。

かけるくんの左側がすっかり定位置になっていて、自然と私の右側に立ってくれるかけるくんについうれしくなる。

花火会場から遠いからか、人の気配はそこまでない。花火が割れる音が小さく聞こえてくる。

「花火、見えるといいですね」

「見えたら穴場だよね」

かけるくんの腕を借りていっしょに歩いた。七月末の夜はじっとりと暑くて、かけるくんの腕は少し汗ばんでいた。

「そろそろパリ広場に着くよ」

かけるくんが足を止めたので、かけるくんの腕をぎゅっと抱いてみた。肩口からかけるくんの匂いがした。なんだろう。好きな人の匂いって、女の子を狂わせる匂いでも混ざっているんだろうか。もっとぎゅってしたくなる。肩口に顔をすり寄せたくなる。

「座る？」

かけるくんの声がして正気に返る。

「立ったままでも大丈夫ですよ」

花火は見えますか？　って聞いてみた。

パリ広場には人がいる雰囲気がした。話し声や、「見える見える！」って声がする。

「うん。見える」

「教えて」

かけるくんが花火を説明してくれた。

「永代橋の上におっきな花火が打ち上がったんだ。まんまるに弾《はじ》けて、銀色に輝いている。

次はスカイツリーの手前かな。三重芯《みえしん》って言って、花火の真ん中に向かって赤青黄って三色に輝いている」

花火の音は小さい。きっと遠くて小さな花火しか見えないんだろうな。

けど、私の頭の中には大きな、大きな花火が開いている。

青く光る永代橋と、青く光るスカイツリーの間に、大きな花火が次々に打ち上がる。

隅田川には色鮮やかな花火が映り込んで、バンバン、と大きな音まで聞こえてくる気がした。

「スターマインが始まった。ババババババって黄色い花火が上がってる」

そんな言葉に、頭の中が黄色い光で満たされる。

目が見えなくても、かけるくんといっしょなら、私も花火を楽しむことができる。

本当に、いっしょにいてくれてありがとうって、心から思った。

私の世界を広げてくれるかけるくんと、できればずっと、そばにいたいって……そう思う。

このままかけるくんと、いっしょになれればいいのに。

目の前には色とりどりの花火が輝いている。

私はかけるくんの右手を抱いて、肩口に頭を乗せた。

好き。

そうつぶやくと、「なにか言った？」ってかけるくんが聞いてきた。

「なんでもない」

そう笑顔を送ってみる。かけるくんに一瞬でも良い私を見ていてもらいたい。

「連れてきてくれて、ありがとうございます」

「いいよ。僕も花火見たかったし」

ここは穴場ですねえ。来年も来ようか。

そんなことを話していたときだった。

ピピピ、と私のスマホが鳴った。

「失礼しますね」

タップするとおかあさんからの着信ってことがわかった。

なんだろうって思って電話に出ると、おかあさんは開口一番、「小春たいへん！」って言った。

「どうしたの？」

様子がおかしかったので聞いてみると、予想しなかったことをおかあさんは言った。

「新潟《にいがた》のおばあちゃんが亡《な》くなったって」

♪

亡くなったおばあちゃんというのは、おとうさんのおかあさんにあたる嘉子《よしこ》おばあちゃんだった。今年で米寿《べいじゅ》を迎えるから、みんなで集まってお祝いをしましょうかと話していた矢先、風邪をこじらせて亡くなったらしい。

翌日、私たちはおばあちゃんのところに向かった。

おとうさんは仕事先から直接向かうとかで、私とおかあさん、ふたりで新幹線に乗っておばあちゃんちに行った。

お通夜《つや》があって、お葬式があった。

正直言うと私はおばあちゃんとの思い出はほとんどなかった。

おとうさんはあまり帰省する方じゃなかったし、私が病気になってからはほとんど会う機会もなくなった。

だから、おばあちゃんが亡くなって悲しいっていうよりも、なんだろう、お通夜やお葬式で、何もお手伝いできない自分が悔しかった。

おとうさんが喪主《もしゅ》だったから、おかあさんもいろいろ大忙しで、会場の手配とか、親族やお世話になった人の連絡とか、訃報《ふほう》が入ってからずっとバタバタしているのに、おかあさんは私の喪服の準備までしてくれた。おばあちゃんちに着いた後も、お通夜の料理の手配とか、来てくれた人への挨拶《あいさつ》とか息つく暇もなかったように思えた。

一番悲しい人が一番忙しくしていて、私も何か手伝わなきゃって思った。

思ったけど、こういうときの私は部屋の隅っこで正座しておくぐらいしかできなかった。

もう大人なのに、なぜこんなに私は何もできないのだろう。

悔しくて、悔しくて、奥歯を噛《か》みしめていた。目が見えればいいのにって、心から思った。

「まあ、八十七まで生きたんだから、大往生《だいおうじょう》だよな」

親戚のだれかの声がした。おばあちゃんのお葬式には湿《しめ》った雰囲気はなく、みんな、お世話になりましたと見送っていた。それが唯一の救いだと思った。

お通夜もお葬式も火葬も終わって、精進《しょうじん》落としと呼ばれる会食がおばあちゃんちで行われた。

お線香の匂いのする大広間。たくさんの人が集まっていた。

「小春はここにいてもらえる？」

おかあさんは来てくれた人にお酌《しゃく》しに行くという。おとうさんは遠くの方で親族に囲まれているような声がする。

「小春ちゃん、食べてるかね」

親戚の人が声をかけてくれた。たしか、おとうさんの従兄弟《いとこ》のおじさんって紹介してもらった覚えがある。

「はい。食べていますよ。おいしいですね」

「このお米もここの土地で作ったお米だからね」

南魚沼《みなみうおぬま》のお米は日本一なんだよって、おじさんは言う。

「困ったことがあったら、声かけてね。遠慮せず」

そう、おじさんは言った。

きっと私の目のことを心配して来てくれたんだと思った。

かけるくんみたいにやさしい人もいるんだなって安心する。一方、何もできていないことに申し訳ない気持ちが再燃する。

ふと、この場所にどのくらいの人がいるのか気になった。

おとうさん……というか、冬月家はもともと親族も多いようで、おばあちゃんはずっと農家を続けていて知り合いも多かったそう。

まっすぐ向いて耳をすましてみると、いろんな音が聞こえた。

大人の話し声と笑い声、グラスを机に置く音、料理を配膳する足音、「手で食べないの」ってこどもをしかる声、どたどたと走り回るこどもの音。

ふと、おばあちゃんとの会話を思い出した。

あれは私が目が見えなくなる一年前の夏。家族でおばあちゃんちに泊まったときのこと。今思えば、あの思い出が、おばあちゃんの姿を見た最後の記憶だった。

おばあちゃんは糖尿病があったけど、こっそり私と縁側に並んでスイカを食べていた。

『小春?』

『なに?』

『小春も私みたいに大きな病気をするかもしれん』

なんでそんな話をするんだろうって思った。

けど、おばあちゃんの言葉には妙な説得力があった。

『それは運命ってこと。運命は、乗り越えられる人にしか試練を与えん』

だから私の病気も大丈夫ってこと。

そう言いながら、おばあちゃんはスイカを切ってくれて、

『こっちは小春が食べなさい』

と、渡してきた。

『ね、小春』

『なに？』

『がんばるんだよ』

『がんばる？』

『がんばっているとね、人が応援してくれる。怠《なま》ける人間にはだれも見向きもせん』

おばあちゃんはスイカをするように食べながら、甘いね、としわくちゃな顔で笑った。

『それと、笑うこと。笑っていたら、まわりが助けてくれる。いい人が集まってくれる。辛気《しんき》くさい人にはだれも寄りつかん』

そう、おばあちゃんは種を吐き出しながら言った。

『がんばることと、笑うこと』

これが人生で大切なこと。

そう、おばあちゃんは笑っていた。

そんなことを、私は思い出して、なるほどなって思った。

おばあちゃんは、こんなにもたくさんの人に囲まれていたんだなって知る。

目が見えなくても、たくさん集まっていることがわかるし、だれもしんみりしすぎていないことも伝わる。

「こういうのがいいな」

自然と、そんなことをつぶやいていた。

「なにがいいの？」と、おかあさん。

「あ、へ？　戻ってたの？」

「戻ってたわよ～。あ、小春、おいなりさん食べる？　お皿に置いておくわね。正面十二時」

「おかあさん、お疲れさまだね」

そう言うと、おかあさんは顔を寄せてくれたのか、耳元近くで、ちいさな声を出した。

「けどおとうさんもお疲れなの。ほとんど寝てないと思うわ」

「倒れないといいけど……」

「これが終わったらみんなで温泉でも行って、ゆっくりしたいわね」

「ふふ。それいいね～」

「空野くんも来るかしら？」

「おとうさんといきなり裸の付き合いってどうなんだろう？」

それもそうね〜と、おかあさんは大笑いしていた。

「もうおかあさんったら」

ちょっとお花を摘《つ》みに行きたくなって立ち上がる。おかあさんから「ついて行きましょう」と声がした。

鞄《かばん》とスマホを持って後ろに下がると、そばからドタドタドタと走る音がした。「走らないの！」としかる声がしたと思ったら、ドン、とだれかがぶつかってきた。

「小春！」とおかあさん。

私はその場で尻餅《しりもち》をついた。

いろんな人から大丈夫？　って声をかけられた。「すみません、うちの子が」って、おかあさんに謝っているような声もした。

こどもが走って私にぶつかったんだ。

「おねえちゃん、ごめんなさい」

と、こどもの声。逆に私はその子が怪我《けが》していないか見てあげられない。

「大丈夫ですよ。それよりも怪我してませんか？」

大丈夫って返ってきてほっとする。

「小春、大丈夫だった？」とおかあさんの声がして、そっと手を添えられる。

「大丈夫です。元気ですね、こどもは」

「倒れた拍子《ひょうし》に、スマホが落ちたみたい」

おかあさんは私にスマホを渡してくれる。

画面を触ると、違和感があった。

「ちょっとひびが入っちゃったわね」

とおかあさん。

指でなぞると画面の右上の端にちょっとしたざらつきがあった。

「このくらいなら大丈夫だよ。操作も問題ないみたい」

「修理しなくて大丈夫？」

「また落としちゃったりして、どうしようもなくなったら修理をお願いするかも」

気をつけてね、っておかあさんはまた笑っていた。

精進落としも終わって、片付けをしているときだった。

親戚の人たちが私の話をしていた。

たぶん、私がいないと思っての会話だったんだと思う。

だから私は、なるべく見つからないように息を殺した。


こどもを避けられないなんて、とか。

あれは子育ても大変でしょうね、とか。

結婚してもこどもは産めないだろう、とか。

家事も手伝えないんだから結婚も難しいんじゃない、とか。

口調は悪意のある感じでもなかった。

天気予報は晴れだったのに雨が降りそうね、くらいの何気ない口調で、私の話をしていた。

私は存在感を消して、その場にいないようにした。


東京に帰ると、おかあさんはおとうさんに怒っていた。

「あなた、なんで小春があそこまで言われているのに怒らないのよ」

って、おかあさんは言ってくれた。

おとうさんは心底疲れたような声でこう言った。

「すまなかった。それでも事実だから、言い返せないじゃないか」

その言葉が刃物のように心にぐさりと刺さる。

親戚の言葉よりも胸をえぐるような言葉だった。

走り回るこどもも避けられない。

手伝いもできない。

やっぱりふつうとは違うんだって。

私は一生だれかに助けてもらわないと生きていけないんだって、突きつけられた気がした。

4. 海響の街

♪

「就職も決まったし、今度、帰省しようと思っているんだけど、小春《こはる》も来ない？」

かけるくんの生まれ育った故郷に行ってみたいとずっと思っていた。

流れが速いという関門海峡《かんもんかいきょう》がどんな場所なのか肌身で感じてみたかった。

だから、かけるくんが帰省に誘ってくれたとき、もちろんうれしかった。

心といっしょに、体まで跳ねてしまいそうになった。

だけど、うれしいだけではもちろんなかった。

移動が大丈夫だろうかと心配になった。

私は飛行機が苦手だ。

古くて揺れちゃうエレベーターでさえ怖いって思うほど、あの感じが苦手なのに、飛行機ならなおさら叫んじゃいそうになる。

北海道《ほっかいどう》の病院へ入院するときは、体調がわるくてそれどころではなかった。

退院するとき、飛行機で帰るとなって、実際、泣いた。

となると新幹線で移動するしかないけれど、新幹線でも困ったことがあった。

お手洗いがまん。

東京新潟《とうきょうにいがた》間の二時間はまだ大丈夫。

けど、東京から北九州の小倉《こくら》っていうところまで約四時間半。

大丈夫かなあって思った。

けど、こんなことを言っていたらいつまでたっても旅行に行けないし、いつかは克服《こくふく》しないといけないことなんだと思うと覚悟を決めるしかなかった。

この長距離移動はなんとかなるだろうって思った。

うん。

不安の原因はこれじゃない。

一番の不安は、かけるくんのおかあさんに会うこと。

このことだった。

親戚の言葉がリフレインする。

おとうさんの言葉が再び胸を締め付ける。

こんな私で、大丈夫だろうか。

目が見えなくて、大丈夫だろうか。

拒絶されることが怖い。

そう、思ってしまう。

かけるくんは大丈夫って言うだろうけど、かけるくんが言うならそうなんだろうって思う。

じゃあ逆に許されたら？

許されてしまったらどうするの？

それもそれで怖いと思ってしまう。

彼氏彼女の恋愛関係だったら、まだいい。

けれど、もっと先に進んだら？

そんな不安が、このごろ……ある。

親戚とおとうさんの言葉が頭から離れない。

かけるくんが就職して、私も大学を卒業して、この恋愛関係が進んだら？

きっとかけるくんは私とのこれからを考えてくれていると思う。

そういうことが伝わる。

ちゃんと就職もしておかあさんにも会わせてくれて、私のおとうさんにも会いたいとも言ってくれた。

けど。

だけど。

あの日から、つい考えてしまう。

私は、かけるくんといっしょになっていいのだろうか。

体も弱いし、目も見えない。走るこどもも避けられない。
家事も遅いし、料理のレパートリーも少ない。
きっといっしょになったら大変だと思う。
きっと頼る方が多くなる。
それって……かけるくんの人生を壊してしまうんじゃないか。
こんな不安が、胸の中をずっと占めている。
いっしょになりたいって、私のひとりよがりじゃないのか。
私で、いいのだろうか。
こんなことを思うのなら、付き合わなきゃよかったのかな。
体を壊して、それでもかけるくんは信じてくれて、奇跡が起こって。
その奇跡の先で、こんなことを考える。
なんて私は、ずるいのだろう。
そんなことを考える。
考えてしまうんだ。

「小春？　そろそろ起きようか。小倉に着くよ」

かけるくんの声がした。やさしい声だった。

新幹線に乗って、うとうとしながら嫌なことを考えていたら結局寝てしまっていた。

「ごめんなさい。うとうとしていました」

「うとうとって、がっつり寝てたでしょ」

かけるくんの笑い声がした。私が悩んでいるとき、かけるくんは意識して明るく接してくれる気がする。やさしいなあなんて思う。

「夜、寝られないかもしれないですね」

かけるくんは暇じゃなかったかな。

申し訳ない気持ちが胸を占めた。

「大丈夫。僕も寝てたから」

あたたかい声が耳に響いた。

さっきから右手にあたたかい感触があった。

ぎゅっと握《にぎ》り返してみると、このあたたかさはかけるくんの手だと気がついた。

ああ。

手から伝わるあたたかさが頭の中に広がっていく。幸せだなあ、なんて感じて。

さっきまで考えていた悩みが吹き飛んでいく。

やっぱり、ずっと……。

ずっとずっと、かけるくんといたい。

そんなことを考えてしまう。

ずるいなあ。


♪


小倉駅から在来線に乗り換えて下関《しものせき》へ。

ガタンゴトンって音も揺れも大きな電車だった。言葉のごとく、電車に揺られるって感じで楽しかった。下関駅に着くころ、かけるくんのスマホへかけるくんのおかあさんからＬＩＮＥが入った。

「なんか、かあさん残業になりそうって。どこかで時間をつぶしててって」

「お忙しい中、本当にありがとうございます」

「どうする？」

「かけるくんが言っていた、関門海峡のそばに行ってみたいです」

わかった、とかけるくんは手を繋《つな》いでくれた。

それからふたりでバスに乗った。

バスはすいていて、ふたりで並んで座れた。

低いビルが続いて、ぱっと開けて海が見える。

全部、かけるくんが教えてくれた。私たちが乗るバスは青色で、青色のバスが青い海、青い空のそばを進んでいる。そんなイメージが頭の中に浮かんだ。

海響館《かいきょうかん》前というバス停で降りた。

「海響館って？」

かけるくん曰《いわ》く水族館らしい。

「それより、横断歩道を渡るから、ちゃんと手を繋いで」

「もう、すぐこども扱い」

「嫌？」

「嫌じゃないですけど」

横断歩道を渡りながら、かけるくんは教えてくれる。

もう少し行くと関門海峡がある。関門海峡に隣接するエリアには、左を見ると唐戸市場《からといちば》という市場があって、正面には水族館があって、水族館の右側には観覧車付きの小さな遊園地がある。この一帯は、観光客が集う一帯となっているそうだ。

遊園地の前にカフェがあって、テイクアウトでコーヒーを買った。

「小春は何がいい？」

「ミルクティーってありますか?」

ありますよ、と店員さん。

かけるくんは私の代わりにアイスミルクティーを持ってくれた。

それから遊園地の裏に座れるところがあって、私たちはそこに座った。

そこから関門海峡が一望できるらしい。月島《つきしま》付近のいつもの匂《にお》いとは違って、ここは濃い潮《しお》の匂いがする。風が強く吹いている。

遊園地の裏ということもあって、後ろからローラーコースターの音がした。ローラーコースターに乗る人たちの楽しそうな声も聞こえてくる。

「目の前は海ですか」

「見えるの?」

「見えるわけないじゃないですか」

またそんな冗談を、って言うとかけるくんは笑っていた。

「いつもみたいに、教えてほしいんです」

いつものようにかけるくんはやさしい声で私の世界を広げてくれる。

青。海も空も対岸の街も山もすべてが青い世界。鏡のような水面《みなも》に太陽の光が反射している。目が眩《くら》むほど光まばゆい世界。海は右から左にすらすら流れていて、まるで時が止まったような景色の中、海だけが進んでいるように見える。そう、かけるくんが教えてくれた。

目をつむって想像する。

まるで自分が景色と一体化するような感覚があった。青に光り輝く景色といっしょになっていくような気がした。気持ちいいなあ、なんてつぶやいていた。

「気に入った？」

「いいところですね」

湿気《しっけ》を含んだ潮風が、なんだか気持ちよかった。

「目の前の海って、泳げるんですか？」

「泳げない泳げない。泳いだら溺れるよ」

きっと十秒も持たないんじゃないかな、そんなことをかけるくんは付け加える。

「潮の流れって、どのくらい速いんですか？」

「う～ん」

少し考えるかけるくん。

「桃太郎《ももたろう》の桃がどんぶらこどんぶらこって流れてる感じ？」

「なんですかそれ」

「いや、あれずっと思ってたんだけど、遠くの桃がすぐ取りにいける位置に流れてくるって、めちゃめちゃ速くない？　取りに入ったおばあちゃん、絶対危険だったって」

あはは～、と声が出る。シュールだよ～って、大笑いしてしまった。

「細い川の流れのように速いんですね」

「そうそう。それが言いたかった」

そんなに早いんですか〜、とまた前を向く。

ボーと大きな汽笛が聞こえた。

大きなコンテナ船が目の前を横切っているらしい。

「そういえば新幹線に乗る前にサンドイッチを買ってたんだった。食べない？」

「食べます食べます。おなかぺこぺこです」

「新幹線で起こせばよかったかな」

「いえいえ。寝たのは私ですし」

「疲れた？」

「寝ていましたから元気ですよ！　逆に、夜寝られるか心配です」

「僕の実家に泊まってもらってごめんね」

「なにがごめんなんです？」

「いやはじめての環境で、僕の実家って落ち着かないかなーって」

「別に大丈夫ですよ」

ただ、と私は言った。

「お手洗いと、お風呂《ふろ》は、よくよく説明してほしいですね」

これは確実にお願いしないといけないことだった。

恥ずかしがっている場合でもない、切実なこと。

実際、ちょっとは恥ずかしいけど、遠慮なんてできることではなかった。

するとかけるくんは、

「たしかに、目をつむって風呂に入ったり、トイレに行ったりするなら、どこに何があるかとか、めちゃめちゃ詳しく説明してほしいよなあ」

と、言ってくれた。そのひとつひとつ理解しようとしてくれるところがうれしくて、かけるくんの服を摑《つか》んでしまう。

「あ、風呂はかあさんがいっしょに入るって」

「それは遠慮します！」

即座に断る。さすがにそれはハードルが高い。

かあさんさ、とかけるくんはやさしい声で言った。

「小春を連れていくって言ったら、結婚の挨拶《あいさつ》かなにかかと勘違いしているよ」

付き合っていますって言いたいだけなのにね。

そう言われ、言葉に詰まった。

なんて答えればいいんだろう。

ちょうど、強い海風が吹いて髪がなびいた。

とっさに髪を押さえる。

風がやんで、「私が」と口にした。

「私が、ちゃんと大学を卒業したら、また、挨拶に来られたらいいですね」

そうごまかしてしまった。胸が痛かった。

本当は、「私でいいんですか」って聞きたかった。

抱えている不安をちゃんと話して、聞いてみたかった。

聞いてみて、万が一にでも関係が壊れたらって考えると、怖くて聞けなかった。

急に、「きゃあ」と楽しそうな声がして、次にざぶんと水しぶきの音がした。

「この音なんです？」

「ああ、水族館でイルカショーでもしているんだろうね」

「イルカですか」

「行きたい？　かあさん、もう少し時間かかるみたいだし」

何気ないかけるくんの言葉に驚く。

たまに思うことがある。

かけるくんは私が見えないことを忘れているんじゃないかって。

そんなことをされると、この人しかいないって思ってしまう。

今はそんなことを考えると胸が痛む。うれしいけどグサグサと刺されてしまう。

「私を水族館に誘ってくれるって、本当にかけるくんはやさしいです」

「だって、前から花火したいとかピアノ弾《ひ》きたいとか水上バスに乗りたいとか、目が見えなくても楽しんでるじゃん」

「困ったなあ……」

私にはかけるくんしかいないんだなって心の底から実感する。そんなことを実感してしまい、どうしたらいいのかわからなくなった。

「何が？」

「うれしくて困ったんですよ」

「無理してない？　本当は水族館に興味ないとか」

やさしいかけるくんの声色《こわいろ》がたまらない。

「行きましょっか、水族館」

かれこれ十年ぶりの水族館だった。


障がい者手帳を受付で見せて、「割引があってラッキーですね」って言うと、かけるくんは言葉に窮《きゅう》しているように思えた。私を気遣ってのタイムラグ。気にしなくていいのにって思うと同時、かけるくんのこういうことをちゃんと考えてくれるところがいいところだ。だから、次から気にしなくていいと伝えた。

水族館の中はクーラーが効いていた。

動く歩道で斜めに上がっていくと、水の音が次第に聞こえ始めた。

水を循環させているような音がする。

水槽《すいそう》を触ると、ひんやりしていた。

「寒くない？」

「大丈夫です。ここはどんな水槽なんですか？」

「関門海峡で泳いでいる魚たちを集めた水槽かな。タイとかサバとかエイとか、他にも名前も知らない魚たちがいっぱいいる」

そうやってかけるくんはひとつひとつの水槽を説明してくれた。

なんか大きな魚が、とか、なんか大きなサメが、とか、あ、ここにヒラマサって書いてある、とか。そうやってぜんぶぜんぶ説明してくれようとしてくれた。

「そういえばさ」

「はい？」

「水槽にシールが貼《は》ってあって、この魚は何の食べ方がおいしいですって書いてある」

「ぷ。本当ですか？」

「本当の本当だよ。ヒラマサは『刺身』だって」

「かけるくんの作り話っぽい」

水族館の水槽が、一気に料亭のいけすのようにも思えてくる。

「おっ正面にはトラフグがいるよ。下関ってフグの街だから、水族館もフグ推しなんだよな」

「水の中でぷくーって膨らんでいるんですか？」

「フグって危険が迫らないと膨らまないよ」

「え、そうなんですか」

「無駄に膨らませるのって小春ぐらいだよ」

無駄ってなんですか、って頬《ほお》を膨らましてみる。

「おっ、その顔いただいてもいいですか」

パシャリとシャッターの音がした。

「もう～」

そう言うと、かけるくんが「もしかしたらさ」と言う。

「将来、目が見えない人でも写真とか映像を見られる技術とかできるかもしれないからさ」

――たくさん撮っておこうと思うんだよね。

そう、言ってくれた。

油断すると、涙がこぼれてしまいそうだった。

私を気遣うすてきな言葉ってこともあるけど、かけるくんは当たり前のように私といっしょにいることを前提にしてくれていた。そのことがたまらなくうれしかった。

胸がいっぱいになって、泣いてしまいそうだった。

そんな私の気も知らず、

「フグ、食べたことある？」

すぐそんなのんきなことを言うかけるくん。

「水族館で、食べたことある？　って斬新な質問ですね」

「まあたしかに動物園でジンギスカン食べたことある？　って聞かないか」

「もう、またそんな冗談を言う」

笑いながら進むと、「あ、くらげ」とかけるくん。

「暗い水槽にくらげが青くライトアップされている。幻想的だね」

「月島のマンションの光……」

くらげと言われて、いつもの散歩道が脳裏に浮かんだ。

「月島のマンションの光が水面に映っているとき、かけるくんがくらげみたいって言ってましたね」

「小春も、くらげみたいですか？　って言ってたよ」

「言いましたっけ」

「言ってたよ〜」

「どんなふうですか？」

「ゆっくりと、ぷかぷかと、たゆたっている」

なんだか落ちつくね、とかけるくんは言った。

「なんかさ、こうやってゆっくりと生きていけたらいいね」

「そんなことを考えていたんですか？」

「え。わるい？」

「かけるくんらしいなあって」

かけるくんの肩に頭を乗せる。

「かけるくんが楽しそうでよかった」

「あ、ごめん。僕ばかり」

「いえいえそんなことはないですよ。私も楽しんでいますから、思う存分楽しんでください」

「じゃあ一生分の思い出を作るつもりで今日は楽しむよ」

「そこまでの覚悟を持たれると困ります」

ふたりでまた笑う。「行こうか」って手を繋いでくれた。

「お、右手の方にマンボウがいる」

かけるくんが言うにはマンボウは思ったより大きいらしい。というかめちゃめちゃ大きい！三メートルくらい？　ってかけるくんのリアクションも大きかった。薄っぺらいイメージがあるけれど、思ったより厚みがあるって教えてくれた。そんなマンボウが水槽に一匹いるそうだ。

　頭の中でゆったりと泳ぐマンボウを想像する。

「マンボウってフグの仲間なんだって。水槽に体をこすったりして怪我《けが》をするから、ビニールが水槽の内側に貼られてる。すごい繊細《せんさい》な生き物なんだって」

「たしか、ひとりになったら死んじゃうっていうお魚でしたっけ？」

「あ、それデマらしいよ。正確には仲間が死んだストレスで自分も死んじゃうって話でしょ。全然そんなことなくて、ひとりでもたくましく生きるって」

「かけるくんって、意外なところで物知りですよね」

「すごいでしょ」

「……なんとなくですけど、そういう解説があったりしますか？」

「え、なぜバレた」

「だって棒読みでしたもん」

　バレたか〜、っておどけるかけるくん。もう、ってかけるくんに体当たりした。

　なんだろう。

　水槽に一匹しかいないマンボウが、ひとりでたくましく生きていけると知って、なんとなくよかったって思った。

　だれかが亡《な》くなったショックで自分まで亡くなってしまう動物がいたのなら、なんとなく申し訳ない気持ちになるからだ。たぶんそれは、私はかけるくんより長生きできないって無意識に思っているからなんだと思う。

「マンボウが強く生きていけるって知って、なんだかよかったです」

そう言うと、

「なにかよからぬことを考えただろ〜」

って、かけるくんは私の肩に手を回して、私を抱き寄せた。

驚きのあまり、「え？　え？」って声が出る。

「な、なんです？」

聞くと、「小春は大丈夫」って言ってくれた。

「笑っていたら、わるいものも逃げていくって」

そう、言ってくれた。

「あっちでヒトデに触れるって。左手に進むよ」

それからタッチングプールというところでヒトデを触った。

ヒトデは思ったよりごつごつとしていて、ざらざらで、星の形をしていた。

こんなことも、かけるくんだから、知ることができた。

ありがとうございますって何度も言った。

ヒトデを触った後はイルカのショーにも行った。イルカはキイキイとすごい高い声で鳴いていた。そういうことも、かけるくんとだから知ることができた。

　ひと通り水族館を楽しむと、かけるくんのおかあさんから連絡が入った。


♪


　かけるくんのおかあさん、香子《きょうこ》さんは、なんというか、とてもパワフルな人だった。

　だって、かけるくんの「来たよ」って声がしたと思ったら、「小春ちゃ〜ん」ってすぐ抱きつかれたんだもん。

　あなたが小春ちゃんなのね〜！　とか。

　かけるから聞いているわ〜！　とか。

　わ〜ほんときれい〜お人形さんみたい〜！　とか。

　私が答える暇もなく、おかあさんは一方的に私を抱きしめた。

「かあさん。小春が困ってるって」

「あ、ごめんね〜。私、かけるが女の子連れてくるのははじめてだから、ついうれしくって」

「はじめてなんですか？」

　かけるくんに聞くと、

「かあさん、余計なことは言わなくっていいって！」

と、慌てた声を上げていた。

はじめてなんだ、ってついうれしくなってしまった。

それから、おかあさんの車に乗せてもらって、かけるくんの家に行った。

かけるくんのおうちは、３ＬＤＫのマンションで、玄関付近に二部屋あって、奥にリビングがあった。リビングの横には和室がある。トイレとお風呂をよくよく説明してもらった。段差の少ないつくりでほっとした。

リビングでテーブル前に座ると、「今日の夜ごはんはなんでしょう」とおかあさん。

「なにその無茶ぶり……」

かけるくんはあきれた声を出した。

「かけるには聞いていません～。私は小春ちゃんに聞いているんです～」

「私ですか？」

「うん。適当に当ててみて」

「う～ん。カレーライスでしょうか？」

「も～、小春ちゃんは本当にいい子ね～」

再び抱きつかれる私。もしかするとおかあさんは私を抱き枕《まくら》と思っている可能性もある。

「かあさん抱きつきすぎ。いい子ってなんなの」とかけるくん。

「だってお寿司とかすき焼きとか高い料理は避けて、なおかつ面倒な料理も避けての『カレー』。

もう完璧《かんぺき》すぎる回答。女子力の権化《ごんげ》！」

かけるくんの好物を答えただけなのに、とても気が利《き》く人にされてしまった私。ちょっと申し訳ない気分になる。

「ちょっとかあさん、小春が困ってるじゃん」

「もちろん冗談よ。ごめんね、小春ちゃん」

おかあさんから謝られてしまって、いえいえと手を振った。

「今日は、瓦《かわら》そばっていう下関の郷土料理にしようと思うの」

瓦そば？

なんだろうって思っているうちに、おかあさんは支度《したく》をしてくれた。

じゅう〜って焼ける音がしだした。油の匂いと、どこか甘い匂いもする。

「どんな料理なんですか？」

かけるくんは、ホットプレートの上で茶そばが焼けているよ、と教えてくれる。

緑色をした茶そばを瓦で焼いて、錦糸《きんし》卵、炒めた牛肉、刻み海苔《のり》を散らして、温かい甘い出汁《だし》で食べる麺料理とのことだ。甘い出汁に、レモンの輪切りや、もみじおろしを入れたりして味変しながら食べるらしい。

「昔は、一家に一枚必ず瓦があったらしいんだけどね〜」

熱伝導率がちょうどいいんだって、とかけるくんは続ける。

ほへ〜、って思ってしまった。そんな料理があったとは。

「それは、家の瓦を一枚抜いて使っていたんですか〜。雨漏《あまも》りとかどうしたんでしょう」

もしおうちの瓦がひとつ抜けていたなら、雨漏りしちゃうと思う。

もしかすると、家の瓦とは別の瓦をわざわざ買っていたということかな。

そんなことを考えていると、ははは、と笑い声がした。

「かけるの冗談よ〜」とおかあさん。

「え。え」

ごめんごめん、とかけるくん。

むう。

「十二時に取り分けたよ。すぐ手元に箸がある」

「ありがとうございます」

じゃあ食べてみましょうって、「いただきます」と手を合わせた。

すると、

「ねえ、小春ちゃん」

とおかあさんの声。

「どうしました？」

「髪の毛、結ばないの？」

「あ、たしかにそうです！」

「髪ゴムとかある？」

「すみません。気にしたことがなくて」

「小春ちゃん、これでいい？」

「ありがとうございます？」

おかあさんから受け取ったものはシュシュだった。後ろで髪をひとつにまとめた。

「そっか。髪が口に入るしね」とかけるくん。

「どうです？　ちゃんと結べていますか？」

かけるくんに確認すると「完璧！」って言ってくれた。

そしてあらためて、「いただきます」と両手を合わせた。

箸で麺を持ち上げて、ひとくち食べた。

「おいしい」

油で焼けた麺の匂いにふんわり緑茶っぽい匂いがする。錦糸卵の甘みと麺つゆよりもう少し甘めの出汁が麺の油と合わさって、うま味みたいなものに変わっていく。レモンのさっぱりした感じがいくらでも食べられちゃいそう。

「甘いつゆにレモンっていうのがいいですね～」

「気に入ってもらってよかった。東京でも材料が揃《そろ》うといいんだけどね」とかけるくん。

「東京に瓦そばの麺とか売ってないの？」とおかあさん。

ないよ、へ～！　ってふたりで話している。

かけるくんは、「どんどんお食べ」と私によそってくれる。

「かけるくん、田舎のおばあちゃんみたいですね」

「だれがおばあちゃんだよ」

つっこみの早さが今日は一段と早くて、かけるくんも実家でうれしいんだなって感じ取れた。

「ね、小春ちゃん。いきなりな質問だけど、本当にかけるでいいの？」

本当にいきなりな質問に、「ちょい、かあさん！」とかけるくんは声を上げる。

私もどう答えたらいいのか悩んでしまった。

本当は、こちらこそ私でいいんですかね？　と聞いてみたい。

けど、

「いえいえ。私にはもったいないくらいです」

って、濁した言葉しか出なかった。

「小春ちゃんの笑顔ってほんと癒《い》やされる～。どのご家庭にもひとつは用意して頂きたい～」

「なんだよそれ」「人間洗浄機よ、知らないの？」って親子で話していた。

おかあさんは私に「かわいい」「かわいい」とたくさん言ってくれた。

とてもくすぐったくて、恥ずかしかった。

夜ごはんが終わって、各自お風呂に入ることになった。

おかあさんから、「いっしょにお風呂入る？」と聞かれたときはさすがに丁重にお断りした。

「小春ちゃん、化粧水使う？」

「あ、お借りしていいですか〜」

「たくさん使って！　しゃばしゃば使っていいよ〜」とおかあさん。

「ちょっとで大丈夫ですよ」

おかあさんはとても私を気遣ってくれていた。

かけるくんもかけるくんで、「髪の毛乾かそうか？」と親子で至れり尽くせりで私をもてなそうとしてくれる。「いいです」「いや乾かすよ」「自分でやりますよ〜」と、ドライヤーをかけるくんから奪おうにも見えないから取れない。

そんなときだった。

「そうだ。あんたたち、今日は和室で寝なさいね」

と、おかあさん。

「まじかよ」

って、かけるくんの声がした。ごくり、と喉《のど》の音も聞こえた気がした。

実はかけるくんといっしょに寝たことはない。

お泊まりもはじめてだったりする。

そういう……大人なことはまったくだったりして、きっといつか、たとえば私が大学を卒業してもっと自立したころには、そういうこともしかするとあるのかもしれない。と考えたことはあった。けど、私はもう何年も自分の裸を見ていない。だから、ちょっと不安だったりする。かけるくんのおかあさんにだって見られたくないくらい不安だったりする。かけるくんにはもっと無理。そもそも、そういうこと自体、恥ずかしすぎて顔が沸騰《ふっとう》しそうになる。

「恥ずかしいですね」

かけるくんに言ってみた。

「あ、うん」

と、かけるくん。

冗談のひとつでも返ってくると思ったけど、かけるくんは今、どんな顔をしているのだろう。

「襲わないでくださいよ～」

笑わせたくて冗談を言ってみたのに、

「そ、そういうことはちゃんとするから」

って、すごく真面目《まじめ》に返されて、逆に恥ずかしかった。

「小春ちゃんって、お酒飲めるの？」

おかあさんへ答えようとすると、「小春はまだお酒飲んでいないんだ」とかけるくんが先に答えた。

「じゃああんた飲みなさい」とおかあさん。

そのあともリビングでお話をしていた。

かけるくんの小さいころの話をおかあさんから教えてもらっていた。

かけるくんはお酒を飲んでいた。というよりおかあさんから飲まされていて、次第に声が呂律《ろれつ》の回らない感じに変わっていった。

「小春って、ノーメイクでもかわいいよな～」

このひと言で、あ、これは酔っているな、って思った。

「かけるくん？　大丈夫ですか。酔ってないですか」

「酔ってないよ」

「声が裏返っていますよ」

「あ～小春のパジャマ姿かわいいなあ。クッションにおねえさん座りをする小春かわいい」

完全に酔っちゃってる～って、おかしくなる。

「小春ちゃんは私に任せてあんた寝なさい」

「大丈夫だって」

「私なら大丈夫ですよ。先に寝てください。今日はたくさんありがとうございました」

ん～？　とかけるくん。

「小春がそういうなら、言うこと聞く」

かけるくんの方から立ち上がったような衣擦《きぬず》れの音がした。

ふすまが開く音がして、バンと閉じる音がした。

ばたんとかけるくんが布団《ふとん》に寝転ぶ音が続いた。

「ごめんなさいね。かけるったら、もう寝ちゃって」

「今日もたくさん助けてもらいましたから」

「いいのよ。使ってあげて」

「使ってあげてって」

思わず笑ってしまった。

おかあさんと一日でこんなに仲良くなるとは思わなかった。

話しやすい人だなって思っていると、「真面目なこと聞いていい？」って落ち着いた声がした。

「ね、小春ちゃん。かけるで本当にいいの？」

って。

もちろんかけるくんでいいに決まっている。

けど、私でいいのか。こんな不完全な私でいいのか。

そんな不安が心を占めている。

これ以上、心のうちを隠して笑ってごまかすことは、おかあさんに不誠実だろうか。

「逆に」

と、私は決心して口を開く。

「私でいいんでしょうか」

すると、おかあさんは今までの軽い感じで答えてくれた。

「いいのいいの。小春ちゃんなら、かけるにはもったいないくらいよ」

「けど私、目が見えませんし、持病もありますよ」

「遅かれ早かれみんな病気になるの。だから気にしないで」

「まだ家事も得意じゃなくてですね。洗濯物を干すのも苦手なんです」

「もう女がやる仕事って時代じゃないんだから、かけるにやらせなさい」

「料理もあんまりで……最近、カレーをようやく作れるようになったくらいなんですよね」

「カレーって、適当にカレーでも～みたいに言われるけど、いざ作るとめんどくさいのよ～！　カレーを作れるって小春ちゃんすごいじゃない！」

「私、自分の裸が見えないから、裸も見られるのも苦手なんです」

「貞操観念《ていそうかんねん》がゆるいよりマシじゃない。そのくらいの方が、萌《も》える！」

どうも私の心のうちが伝わっていないようにも思えた。

「けど、私のおかあさんは、私にずっと付き添ってくれて、たくさん迷惑をかけたと思うんです。毎日ごはんを作ってくれて、慣れない場所にもついてきてくれて、たくさん病院にも通ってもらいました。私が体調を崩すたび、心配をかけてしまいました。私って、そういうことなんです。だから、私でいいんでしょうか。たぶん思ったより、たくさんたくさん、かけるくんに迷惑をかける気がするんです。かけるくんはやさしいから、たくさん助けてくれると思うんです。その分、かけるくんは大変だと思うんです」

こんなことを言って、おかあさんはどう思うんだろう。

息子の彼女から重たい話をされて、だれもいい顔なんてできないんじゃないかな。

顔色が見えないから不安に思った。だからなるべく明るく言おうって思っていた。

「ね。小春ちゃんに聞いていい？」

「あ、は、はいっ！」

「なんでそんなつらい話を、そんな笑顔で言えるの？」

そこで私は自分の口角が上がっていることを自覚した。

なるべく重くならないように。

私はかなしいと思っているわけではない。

ただ、かけるくんが心配、と。

そう、伝えたくて、笑顔を作っていたことに気がついた。

「ごめんなさい。答えるの、難しいわね」

そんなことをおかあさんは言うので、

ただ、と私は続けていた。

「私が病気でつらいって思ったとき、おかあさんが泣いていたんです。おとうさんも泣いていたんです。あ、つらいのって、私だけじゃないんだな、って思ったんです。だから笑おうって。私が笑っていたら、まあ小春も楽しそうだしいっか、って思ってくれそうじゃないですか」

――そう、思うようになったんですよね。

そう言うと、

「小春ちゃん」

と声がした。

「どうしました？」

「頭、撫《な》でるわね」

「あ、はい」

「嫌じゃない？」

「大丈夫です」

「あなたはいい子なのね～」

いい子、いい子、とおかあさんは頭を撫でてくれる。

くすぐったくて、どこかかけるくんと同じ匂いがして、逆立った心が落ち着いていく。

ね、小春ちゃん、と、おかあさんは続ける。

「無理しなくていいのよ」

「いえいえ無理なんて」

「そういうことを悩んでいたのね。きっとかけるも気づいていないでしょう」

「いえ、かけるくんの問題じゃないです。私の問題です」

「私でいいかなんて、自分を否定することってつらいことだと思うの」

「つらいだなんて……」

「んーん。私ならつらいもん。そう感じることはふつうのことだと思うわ。一番うれしいときにそんなことで悩むなんて。答えも出ないでしょう」

けどね、小春ちゃん、と、おかあさんは続けた。続けてくれた。

「私は小春ちゃんがいいのよ」

って。

その言葉で、わっと目頭が熱くなった。

私が、いい？

そんなことを言われるとは思ってもいなかった。思わず、胸にあたたかいものがあふれた。

「けど……私……」

やばい。

泣いてしまいそう。

「ごめんなさい。泣かせたかったわけじゃないの」

おかあさんは、やさしく頭を撫でてくれる。

「けど」

「大丈夫」

「安心してもらいたいじゃないですか」

「大丈夫」

つうっと頬に熱い筋が残っていくことがわかる。

手で拭うと、おかあさんはティッシュをくれた。

なんとか涙の栓《せん》を閉める。

「落ち着いた？」

「はい。ごめんなさい」

「私ね」

おかあさんは落ち着いた声を出した。

「ああ、かけるって、本当にいい人を選んだんだなあって思ったの。明るくて、かわいくて、芯《しん》が強そうな人だなって。私、ずっと娘もほしかったから、こんな人が娘になればいいなあって思ったの」

これはもう無理だった。

つい、

「私でいいんですかね」

って、泣いてしまった。

なんてやさしい人なんだろうって。

「こんな、こんな私に……」

漏《も》れた言葉に、「そんなことないよ」って言葉をくれる。

「私は小春ちゃんがいいの。きっとかけるも、小春ちゃんを心から愛している」

「心配、かけちゃいますよ」

「ね。もし、ふたりが結婚したら、私は小春ちゃんの二番目のおかあさんになるの。その心配ごと娘になってほしいって、小春ちゃんなら思うんだよ」

涙が止まらない。目が熱くなって、次々にあふれていく。ティッシュじゃ追いつかなくて、両手が涙で濡《ぬ》れた。おなかの方から全身が揺れて、ひっくひっく声が出る。

自分でも泣きすぎなのはわかっていた。

こんなに泣いたのは久しぶりだった。

「ありがとうございます」

そう言うと、

「これからもよろしくね」

おかあさんはそう言って、両手でぎゅって、抱きしめてくれた。

なんだろう。

なんだろう……。

この人でよかったなって、心から思った。


夜中、目が覚めた。

泣き疲れた私は落ち着いたあと、かけるくんの隣で寝た。

目が覚めて、ふと、かけるくんの気配がないことを感じた。布団を触ってみても、やっぱりいない。

どこに行ったんだろうって、リビングの方に出てみる。

すると、かけるくんとおかあさんの会話が聞こえてしまった。どこだろう。玄関の方の別の部屋にいるような気がする。

『あんた、婚約指輪とか買ってるの？』

これは聞いちゃいけない会話な気がした。

盗み聞きはダメだなって思って、和室に引き返そうとした。

そのときだった。

『指輪？　指輪なら買ったよ』

そんなかけるくんの声がして、え？　ってなった。思わず、その場にとどまってしまった。

ちょっと見せなさい、とおかあさんの声がして、そして大きな笑い声がした。

『ちょっと！　小春が起きるよ』

『こんなブランドものを買って、背伸びしたね～。お金あったの？』

『うっさいなー。まあ、バイトしたんだよ』

かけるくんと指輪のサイズを測ったとき、いつかペアリングでも贈り合えたらなくらいは思っていた。

けど、そういうことじゃなかった。

想像した以上にすてきなことだった。

バイトを始めたことも不思議に思っていた。

その点と点が繋がって、ようやく理解した。

まさか……私に、指輪を用意してくれるためだったなんて。

さっきあれだけ泣いたのに、また目頭が熱くなってきた。

泣いているところを見られたくなくて、私は布団に戻った。

こんなにふたりから愛されて、私は何が返せるだろう。

一生を使ってかけるくんに大好きを伝えても、返せる気がしない。

――がんばることと、笑うこと。

ふと、おばあちゃんの言葉を思い出した。
そうだ。
きっと、まわりの人のためにがんばって、笑顔でいるくらいしか私にはできない。
だったら、そうするしかない。
そうだ。朝のアラーム、かけ忘れてたんだった。
ひとり言をつぶやいて、鞄《かばん》の中のスマホを探した。
スマホをみつけて、画面をスライドさせると、指先にざらっとした感触があった。
なんだろう、ってスマホを撫でる。
それはスマホの画面にできたひびだった。
この前、おばあちゃんちでスマホを落として作ったひび。
ひびを撫でる。いやな気持ちが胸を占めた。

――こどもを避けられないなんて。
――あれは子育ても大変でしょうね。
――結婚してもこどもは産めないだろう。
――家事も手伝えないんだから結婚も難しいんじゃない。

あの日の言葉がフラッシュバックする。

――それでも事実だから、言い返せないじゃないか。

おとうさんの言葉も脳裏《のうり》によみがえった。

見えない手で、喉をぎゅうって、締められているような気がした。
心臓も鷲摑《わしづか》みにされ、握り潰《つぶ》されそうになっている気もする。
苦しい、かなしい。
うれしくて流れる涙とは違う。冷たい涙が目からあふれた。
こんなに愛してもらっているのに……。
なんで私はあんな言葉に惑わされるんだろう。
なんで私は、迷ってしまうんだろう。
がんばれ。
そう自分に発破《はっぱ》をかける。
がんばれ。

握りしめた右手で太ももを叩《たた》いて、自分を鼓舞《こぶ》した。
がんばれ。
何度も何度も、太ももを叩いた。
がんばれ！

5. 銀河に浮かぶ橋

♪


下関《しものせき》から東京《とうきょう》に帰ってから、私は何をすべきか考えた。

もう、惑わされないように、なんでも自分でできるようになろうって、一層おかあさんに教えてもらうことが多くなった。

九月になって大学では前期テストがあって、かけるくんは卒業論文のために毎日大学にいるようになった。

大学の芝生広場のベンチにかけるくんと座っていた。日差しが強くて、クーラーで冷え切った体をあたためてくれる。

「私、ひとり暮らしってしてみたいなあ」

え、とかけるくんが声を出す。

「また急にどうした？」

「いえ。だってひとり暮らししたら、強制的になんでも自分でやらなきゃいけないじゃないですか」

「そりゃそうだけど」

「一度はそういう環境でがんばってみたいんです」

むんと手を握《にぎ》ると、かけるくんは「僕も協力するから、そんなに気負わなくても」って言ってくれた。

「だめですよ」

「なんで？」

「いざ私が家を出るときに、おかあさんが反対しますよ。まだ早い〜って」

そんなこと言われたら、凹《へこ》むなあ……と声が出た。

「おかあさまって、そういうこと言うんだ」

「いえ。私の想像だけかもしれませんし、がんばれって言ってくれるかもしれません」

きっと、まだ自分でできないことも多いから、私が負い目に感じているだけかもしれない。

だから、ひとり暮らしできるくらい、自分のことは自分でできるようになりたい。

「おかあさんにお願いしてみようかな」

ひとり暮らしかあ……と、かけるくんは言う。

「応援する」

「ありがとうございます」

「あとは小春《こはる》のおとうさんにも、一度は挨拶《あいさつ》できたらいいんだけどね」

「お嬢さんをくださいって言うんです？」

そうはにかんでみると、かけるくんは、「言ってほしい？」って茶化しかえしてきた。

言ってほしいなあって思った。

かけるくんは、「がんばるよ」って言って、私の手を握ってくれた。

♪

かけるくんとおとうさんの件をおかあさんに相談すると、実は小春の彼氏に会ってみない？とおかあさんもちょくちょくおとうさんに持ちかけていたようだった。けど、おとうさんはのらりくらりとかわしていたみたいだった。

だから、おとうさんが帰ってきたとき私は話そうと思っていた。

ただ、おとうさんと顔を合わせるタイミングがなくて、気づけばもう十月になっていた。

日曜日の朝、めずらしくおとうさんがいた。みんなで食卓を囲んでいた。

食器と箸が当たる音、卵焼きの匂《にお》い、お味噌汁《みそしる》の匂い、急須《きゅうす》にお湯が入る音。

なんだろう、ゆっくりとした時間が流れている。

こんな感じの日曜日の朝が好きだ。

おとうさんは口数が多い方じゃないからあまり話さない。おかあさんとふたりのときとあまり変わらず、私とおかあさんで話している。けど、おとうさんがいると、朝からニュース番組がつくので、やっぱりおとうさんがいるって雰囲気はあった。

「あなた、おかわりはいる？」

おかあさんが聞いて、おとうさんは、ん、とだけ答える。

ねえ、おとうさん。

彼氏と会ってくれない？

なかなか、その言葉が出なかった。

この前の、おとうさんの冷たい言葉が、私の喉《のど》を締めている。

そんな彼氏なんかつくってどうする。くらいのことは平気で言われてしまいそうだ。

けど。

がんばるって決めた。

「ねえ、おとうさん」

「なんだ？」

「私ね、ひとりで洗濯ができるようになったの」

「そうか」

「それに料理も、カレーとかなら作れるようになったの」

おとうさんは、また「そうか」と答えた。

いまいち反応が読めなくて、言い出すことが怖かった。

けど、えいやって、言ってみた。

「私、彼氏ができたの」

そうか、と流れで言ってくれると思ったけど、言ってくれなかった。

おとうさんは沈黙してしまった。

どんな顔をしているんだろう。見えないから、怒ってないかちょっと怖い。

すると、おかあさんが助け船を出してくれた。

「あなた何おどろいているのよ。小春もそういう歳《とし》なんだから、彼氏くらいできるわよ」

「おどろいてない！　ちょっと、喉をつまらせただけだ」

そう言って、おとうさんの方から、ずず、と音がした。

「彼氏なんだけど、空野《そらの》かけるくんって言うの。もう付き合って二年以上経《た》つし、一度会ってみてくれないかな」

「なんで俺《おれ》が」

手が震えていた。見えていませんようにってテーブルの下に隠した。

鼻で笑うおとうさんに、そうですか……と気を落としそうになった。

けど、ちょっとくらいは食い下がろうと思った。

「だっておとうさんにも自慢したいの！」

「自慢って、小春な」

あきれるおとうさん。ダメか～、と思ったときだった。

「あら、いいじゃない」とおかあさん。

「おまえは黙って」

「あ、あなた怖いんだ。愛《いと》しの小春を取られるのが怖いの〜」

煽《あお》るおかあさん。

「小春がここまで言うこともめずらしいんだから、聞いてあげれば？」

そのひと言もあってか、おとうさんは長いため息をついた。

「わかった。ただし、ひとつだけ条件がある」

♪

「おとうさまが僕に会う条件っていうのが、『一対一のサシで会う』ってことなんですよね？」

確認するかけるくんに、そうなの、とおかあさんが答えた。

「すぐ会えたらよかったんだけど、予定が合うのが十一月になっちゃってごめんね」

おとうさんが指定した日時は私がお願いしてから一ヶ月も先の日付だった。しかも開始が二十時と遅い時間。おとうさんも忙しい中、スケジュールを作ってくれたのだと思った。

「いえ、お時間もらえただけでもうれしいです。けど僕たちどこに向かってるんですか？」

かけるくんとおかあさんとタクシーに乗っていた。おかあさん、かけるくん、私の順番に後部座席に乗っている。タクシーは右へ左へ曲がっていく。そのたび、かけるくんの方に体が寄って、逆にかけるくんも私に体を寄せた。私の右側はかけるくんの体温であたたかい。

「おとうさんったら、空野くんと会うのに、ホテルのロビーのカフェとか言い出したから、『せっかく小春の彼氏と会うのなら、ごはんでも食べさせてあげなさい！』って私言ってあげたのよ。予約頼むって言われたから、オススメのお店を予約しておいたわ」

ほくほくしたおかあさんの声がした。

「結局、これから僕はおとうさまとふたりっきりで夕食というわけですね」

そんな辟易《へきえき》したかけるくんの声がした。

「大丈夫ですよ。きっとおかあさんのオススメのお店なら、おいしいに間違いないです」

「緊張で、味がしたらいいけど……」

「ファイトです！」

そう言うと、「そうそう、空野くん、ファイト！」って、おかあさんは笑っていた。

きっとおかあさんは握《にぎ》り拳《こぶし》を上に掲げている気がした。

私も左手を突き出して、「ファイト〜！」ってする。

「ふたりとも元気ですね……」

かけるくんの声はどんどん小さくなっていった。

「そんなにおとうさん怖いですか？」

「怖いよ～。だって北海道《ほっかいどう》の病院ですれ違ったことあるけど、めっちゃ強面《こわもて》じゃん」

「え～、そうですかねえ」

「そうだよ！　Ｖシネマの俳優かと思うもん」

「そうですか～」

くすくすとおかあさんの方から声がする。

私におとうさんが強面っていうイメージはあまりない。けど、本当にかけるくんにとっては魔王みたいな存在なのかもしれない。

「おまえに小春はやらん！　って言われたらどうしよ」

「そんな急な展開にならないと思いますよ？」

「小春がほしくば俺を倒していけ！　って言われたら？」

「私のおとうさん、魔王なんですか？」

「実は俺がおまえの父親だ……よく俺を乗り越えた……って言われたら？」

「まさかの私とかけるくんの姉弟《きょうだい》設定」

おかあさんが「空野くんったら～」と大きな声で笑ってる。タクシーの運転手さんの方からも笑い声がする。私もおかしくって笑ってしまった。

「まあ困ったらお酒でも頼みなさい」とおかあさん。

「お酒でも飲んで緊張をごまかしますかね」とかけるくん。

そういう意味じゃ……っておかあさんが何か言いかけたときだった。

「着きました」

と、運転手さんの声がした。

かけるくんと一緒に降りると、おかあさんも降りたのか、「ちょっと待って頂けますか」とタクシーに待ってもらっているようだった。

そしてタクシーを降りたかけるくんの第一声は、驚きに満ちていた。

「ここ⁉」

「どうしたんですか?」

慌てて尋ねると、

「とっても立派なお屋敷があるんだけど、ここで合ってる？　殿様でも住んでそうだけど」

「そんな大げさですよ～」

かけるくんの言い方が大げさすぎてつい笑ってしまった。

「大げさじゃないよ～！　まわりはオフィスビルばかりだから、てっきりオフィスビルにあるお店かと思っていたら、ビルの隙間《すきま》にぽつんとザ・屋敷って感じの巨大屋敷があるんだもん」

どうやらかけるくんの説明によると、広大な敷地が塀《へい》に囲まれていて、塀から瓦屋根や松などの木々が頭を出しているようだ。日本家屋《かおく》によくあるような門があり、その門はツタに覆《おお》われているらしい。

「おかあさん、ここで合ってますかね？」

おずおずとかけるくんが声を出すと、

「ここよ～。すっごくおいしい会席料理を予約してるから、楽しんでおいて」

きっとおかあさんは親指を立てて、ぐっとしている。

「高級料亭や……ほんまもんの高級料亭や……」

「なんで関西弁なんですか」

じゃあ、行ってきてください。

かけるくんに微笑《ほほえ》むと、「まあがんばってくるよ」って言葉をくれた。

かけるくんがお店に入ったっておかあさんが言うまで、私はかけるくんに「がんばってきてくださいね～」って手を振り続けた。

そして、じゃあ帰りましょうかって、先ほど乗せてもらったタクシーに戻って、マンションに帰った。

私とおかあさんはリビングに戻って、

「空野くんはうまくやるかしらねえ」

「かけるくんなら、大丈夫な気がするんですけどねえ」

「まあ、私たちが気を揉《も》んでもしかたないし、夕食でも作りましょうか」

と、ふたりで話していた。

ふたりでキッチンに立って、「これ洗ってもらえる？」って、私はレタスを洗っていた。

今頃《いまごろ》かけるくんは、もしかすると本当に「お嬢さんを僕にください」的なことを言ってくれているかもしれない。

逆に、私は言えるだろうか。おかあさんに。

「どうしたの？　ぼうっとして」

おかあさんが、水栓《すいせん》をきゅって締めた。ザーって音がしていた水の音が急に止まる。

おかあさんがトントンと包丁で切っている音が聞こえてくる。やっぱり料理はおかあさんの方が手際《てぎわ》がよくて、率先して作ってくれた方が早いってことがわかる。

ふと、おかあさんの言葉を思い出した。

——私がずっといっしょにいてあげるから大丈夫よ。

かけるくんとおとうさんがうまくいったとして。

将来ふたり暮らしをしていきたいって思ったとして。

おかあさんから、まだ無理よって言われることが怖い。

今まで、何から何まで助けてもらったにもかかわらずこんなことを考えるって本当に親不孝なんだろうけど、やっぱり、おかあさんから自立していくことを無理だと思われることが、私はどうしようもなく怖い。

――空野くんの迷惑になるから、私がついていきましょう。

そんなことを思われてしまったら、私はもうがんばれなくなるかもしれない。

かけるくんは勇気を出したのに、私の方はおかあさんに何も言えなくなっている。

「料理かんせ～い。さっそくテーブルに並べましょう」

「うん」

「じゃあ、小春はお箸を並べてもらえる？」

もっと私はひとりでなんでもできるようになりたいと思う。

けど、それがどれだけ大変か私が一番わかっている。

おかあさんに頼ってばっかりで簡単なことしかやらせてもらえない。

難しいんじゃない？　そんなことを言われるのが、一番怖い。

料理を並べ終えて、私たちは席につく。

そして、いただきますとふたりで手を合わせたときだった。

「そうそう。小春の髪の毛、結んであげましょう」

そう言って、おかあさんの椅子《いす》の音がした。

「ありがとう」

後ろにおかあさんが立ってくれたので、腕に付けていたシュシュをおかあさんに渡した。

「こんなシュシュ持っていたのね」

「うん。かけるくんのおかあさんにもらったんだ」

「あらあら」

そう言って、おかあさんは私の髪を結ってくれた。

思えばいつもおかあさんは食事前、私の髪を結ってくれた。かけるくんのおうちでは髪を結うことを忘れて、「結ばないの？」って聞かれた。

それもそうかもしれない。

だって、おかあさんがいつもしてくれていたから。

なんだろう。

胸の中がすごく冷たくなった気がした。

私はこれでいいんだろうか、って焦《あせ》りに近い感情が胸を占めた。

私は、ちゃんと変わっていかないといけないんじゃないかな。

かけるくんのためにも、そして、自分のためにも。

「ねえおかあさん」

ふたたび正面に座ったおかあさんに面と向かう。

もう見えない目でも、おかあさんがどこを見ているか想像がついた。

だって親子だから。

きっと、ふたりで見つめ合っている状況だと思った。

私は意を決して、おかあさんに向かって言った。

「大事な話があるの」

＊

板張りの廊下《ろうか》を進むと、場違い感が半端《はんぱ》じゃなかった。

うえ～。すげ～。

そんなことを思いつつも、これからおとうさまと会うのか～と思うと急に緊張してきた。

付き合っていることを認めてもらって、少しでも好印象を持ってもらえたら儲《もう》けもの。

そんなことを考えていると、着物姿の仲居《なかい》さんに「こちらが桔梗《ききょう》の間でございます」と部屋の前まで案内してもらった。

「ちょっと待ってもらっていいですか」

仲居さんは不思議そうにしていたが、それどころではなかった。これからあのおとうさまとのエンカウントだ。ゲームでもラスボス前に全回復してからバトルに挑むように、何度も深呼吸して気持ちを落ち着かせた。

そしてラスボスの部屋に僕は足を踏み入れた。

「失礼します」

空気がピンと張り詰めている気がした。畳《たたみ》の部屋の真ん中にはテーブルがあって、入り口からテーブルを挟んで正面に床の間があった。上座にはおとうさまがいらっしゃった。空気が張り詰めているのは、おとうさまが発している殺気のせいだった。

「君が空野くんか」

こえ～。まじおとうさま怖い……。なんで夜なのに薄い色のグラサンしているの……。

おとうさまはすらっとされた方で、顔にはこれまでの経験を表しているような深い皺《しわ》がある。ビシッと決めたスーツ姿にオールバック。グラサンの印象とも相まって、Vシネマの俳優のようにしか見えなかった。

「こ、このたびは、き、きちょうなお時間を作っていただき、ありがとうございます」

緊張で噛《か》み噛みだった。横に小春がいたなら笑っている。いや笑うなし。

「まあ、座りなさい」とおとうさま。

僕は正面に正座し、深々と頭を下げる。

「小春さんとお付き合いさせていただいています、空野かけるといいます」

「私は冬月総一郎《ふゆつきそういちろう》だ。娘と仲良くしてくれてありがとう」

と、短くもそう言って、メニューに目を落とした。

そして、

「…………」

「………」

話すことがない。

テーブルの上には「本日の献立《こんだて》」という紙が置いてあって、平目《ひらめ》、石榴《ざくろ》、生雲丹《うに》……と、献立というより食材の名前が羅列《られつ》されているだけのように見えた。いまいちどんな料理なのかがわからない。

なぜこんなに無言なの？　というより付き合ってるって伝えたよな。ということは本日のミッションはコンプリートってことでＯＫ？　あとは無言で素材系料理を食べていくだけ？　なにこれ食の品評会かなにかなの？

いやいや。思い出せ空野かける。今日の目的を！

そう自分を奮い立たせておとうさまに話しかけた。

「そちらはメニューブックですか？」

「ああ。飲み物のメニューだよ。君はお酒は飲めるかね」

「あ、はい。たしなむ程度ですが」

おとうさまはメニューブックを僕に渡して、

「好きなものを頼みなさい」

と言った。

「おとうさんは何か飲まれますか？」

「おとうさん?」

しまった、と思ったときにはもう遅く、おとうさまにぎろりとにらまれた。

「すみません」

「まあいい」

「冬月さんは何にします?」

「まあ食前酒がくるかもしれないから、それからにしよう」

「わかりました!」

はい。会話終了。

いや〜、変な汗が出るな〜。

部屋の窓から庭園が見えた。ライトアップされた木々は紅葉していて、池が鏡みたいに木々を映していた。こんな都会にこの庭園を作るなんて贅《ぜい》の極みのように感じた。池には錦鯉《にしきごい》がゆっくりと泳いでいる。

なぜだろう、こんなすごい景色なのに、「まな板の鯉」という言葉が浮かんだ。今の僕のような状態だ。

そう思っていたら、仲居さんがぞろぞろ入ってきて料理を出してくれた。

「こちら先付《さきづけ》の、平目、石榴、生雲丹……」

と、一品一品説明してくれる。やはり食材はわかるけど、どんな料理かはわからない。目の前にひと口くらいの小さな料理が五品ほど並んでいく。そして仲居さんは退席していった。

え、これだけ？

高級さと量は反比例するのだろうか。このひと口に命かけています、みたいな料理を今日は五口食べて終了なのだろうか。すごいな。とか思いながら「本日の献立」を見ると、この先付と呼ばれた料理の後にも、前菜、吸物、造り、煮物、焼物……とたくさんの料理が並んでいる。もしかして食べ終わるごとに料理を出してくれるということか。

至れり尽くせり感すごくない？　と、びびる自分がいる。

「遠慮せず食べなさい」

そう言われ、いただきます、と手を合わせた。

これまで食べてきた料理の中でどれも一番においしかった。さすが高級店。素材がいいのか、味付けがいいのか、多分両方すごいんだろうけど、とにかく食べたことがないくらいおいしかった。

おとうさまはいまいち感情が読めない仏頂面《ぶっちょうづら》で黙々と食べている。

「うまいかね？」

半分脅《おど》しのような声でにらんでくる。

「はい。ありがとうございます。こんなにおいしい料理食べたことがないです！」

これは本心だった。本当にこんなにおいしい料理ははじめてだった。

するとおとうさまは、

「これが本物だ」

と、ぼそりと言った。

「…………」

「…………」

なぜか沈黙が流れた。なんて答えていいかわからず、「ですね」とだけ答えた。

小春〜、おかあさま〜、と天を仰《あお》ぐ。

天啓《てんけい》か、『困ったらお酒でも頼みなさい』というおかあさまの言葉を思い出した。

「冬月さん、お酒を飲んでもいいでしょうか」

「好きにしなさい」

「やはり、和食には日本酒でしょうか」

おとうさまは答えないため、仲居さんを呼んで日本酒をもらうことにした。

「日本酒ひとつください」

仲居さんにお願いすると、

「おちょこはいくつお持ちしましょうか」

「いくつ？」

そうおとうさまを見ると、「ふたついただこう」と答えた。

おとうさまは黙々と食事をしていた。

そう、ひとりで「食事をしている」感じだった。

しかし、酒が届いて状況が少し変わった。

「とりあえず、飲みましょう！」

僕が注《そそ》いだお酒をくいっ、くいっ、と飲んだおとうさまはみるみる顔が赤くなっていた。

そして、僕に話題を振ってきたのだ。

「空野くんは、もしかすると、一度会ったことがあるかね」

「あ、はい。北海道の病院で一度すれ違ったことがあります」

「そうだそうだ。わざわざ北海道まですまないね」

「いえいえ。当然です」

「代わりと言ったらなんだが、今日は旨《うま》い料理をたらふく食べてくれ」

おとうさまは金目鯛《きんめだい》の煮付けをほぐし、大きな身をたっぷり煮汁に浸してぱくりと食べた。

そしてくいっと酒を飲む。僕も食べたけど、こんなにおいしい煮魚ははじめてだと思った。

「旨いかね」

「はい、おいしいです！」

「ほら、空野くんも肉を食べなさい、肉を」

会席料理というんだろうか。たくさんの小鉢、刺身、煮魚、煮物、めちゃめちゃ食べた結果、肉料理が届く頃には満腹になっている。さらにこれから、ミニ天丼、ミニ海鮮丼、雑炊から選べるシメのごはんと、最後にデザートが運ばれてくるらしい。太らせて僕たちを食うつもりなのだろうかと思ってしまう。それほど量があった。

　ただ不思議なことに、噛みしめればじゅわっと肉汁があふれる目の前の皿のステーキ肉は、飲み物的感覚でいくらでも食べられる気がした。とくに塩とわさびで和牛を食べると絶品で、脳内に「旨い」があふれ、鼻からツンとしたわさびの香りが抜けていく。明日も明後日《あさって》もこのステーキが食べたい。

「空野くんは、どういうところに就職したのかね」

「あ、はい。物流会社の……」

と就職した会社について話すと、

「ロジスティクスは企業の力だからね。そういうところで学ぶといい。その会社とは私も取り引きがある」

「え。そうなんですか」

「人がいい印象の会社だよ」

「へ～そうなんですね」

「まあ大概《たいがい》、君も人が良さそうだね」

と、おとうさまが笑っていた。

え～！　笑ってる～！　と思って見てしまった。Ｖシネマ風に言うと、まるで対立組織を罠《わな》にはめてよろこんでいるように見える。うお～笑顔も渋い。

「おとうさんもそんなに笑わないでくださいよ」

場の雰囲気もよくなって、打ち解ける雰囲気だと思った。

しかし、おとうさまは、どうしても「おとうさん」という言葉は許せなかったようで、

「君におとうさんと呼ばれる筋合いはないんだが！」

と大きな声が出るおとうさま。

口が滑った……と後悔と同時、娘を持つ父親が言う定番の台詞《せりふ》に、おお……言うんだ、と思ってしまう。

見るからにおとうさまは酒に酔っていて、顔が赤かった。

ふらふらっと立ち上がって僕を指さした。

「よく聞けよ、空野くん！」

「は、はい！」

「百歩譲って、一万歩譲って！　付き合いは認めるけどな！　結婚は考えていないよな！」

「いいえ！　めちゃめちゃ考えています！」

「うっそだろ!?」とおとうさま。

「うそじゃないですよ！」

「なんで小春なんだい！」

「そりゃめちゃめちゃ素敵だからですよ！」

ええい、とおとうさまは声を上げた。

「とにかく！　とにかくだ！　俺が結婚を認めるときはこないからな！」

そのときだ。「お持ちしました～」と、仲居さんたちがぞろぞろと部屋に入ってきた。立ち上がっているおとうさまを見て、何事かと目を丸くしている。おとうさまはどこか気まずそうに目を白黒させて静かに座り込んだ。どこかで見たことある光景かと思ったら、カラオケで歌っている途中に店員さんが入ってくるような気まずさだった。こんな高級店でそんな羞恥《しゅうち》を味わうってきついだろうなって……思った。

おとうさまは恥ずかしそうに座り込んで、机に突っ伏して、そして、寝た。

おとうさまは途中何度かトイレに起きたりしたけれど、一時間は寝ていた。

途中、料理を下げに仲居さんが入ってきた。僕は申し訳ないですと謝ると、冬月様でしたらごゆっくりされていってください、と長居を許してもらえた。

「お……俺は、寝ていたのか？」

「あ、起きましたか。もう料理終わっちゃいましたよ」

「俺が寝ているとき、なにか粗相《そそう》はしなかったかね」

粗相ですか、と僕は続けた。

「あまりたいしたことじゃないんですけど、トイレでめっちゃ吐いていました」

「そ、そうか」

「目を離した隙に廊下で寝てましたね」

「お……おっと」

「極めつけは、中庭の錦鯉を俺が料理してやるって飛び込もうとしていましたね。止めるのに苦労しましたよ」

そう言うと、おとうさまは頭を抱えて黙ってしまった。

そして、

「ほんとかい？」

と、信じられないご様子。

「嘘《うそ》ついてどうするんですか」

おとうさまは自分のおでこに乗っていた濡《ぬ》れタオルを握りしめた。

「空野くんが俺をここまで介抱《かいほう》する理由もないじゃないか」

「そりゃあ」

と、本心をぶつけることにした。

「小春さんが好きだからですよ。おとうさんにも好かれたいって、打算くらいあります」

おとうさんは体勢を崩してあぐらをかいた。ネクタイを緩《ゆる》めてワイシャツのボタンを外す。

「そうか」と口の中で反芻《はんすう》するようにしみじみとおとうさんは言った。

そして、「そんなに、小春が好きなんだな」と続ける。

「ええ。まあ」

「本当に、小春がいいのか？」

まだ酔っていないながらも、そう聞くおとうさんの視線は鋭かった。

「はい。小春さんがいいです」

「小春は、目が見えないぞ」

一瞬、何を言われているのかわからなくなった。

今さら当たり前のことを言われ、そうですが、しか答えられない気がした。

しかし、すぐに思い直す。これは覚悟を問われているのだと、そう解釈することにした。

「知っています。もう慣れました」

「健康な女性を選んだ方がいいんじゃないのか」

「おとうさんも小春と同じことを言うんですね。三年前にも同じことを言われました」

「だから、おとうさんじゃ」

ごほごほ、とおとうさんは咳《せき》込んだ。

もう冷めた湯飲みを渡すと、おとうさんはごくりと飲んだ。

「いいじゃないですか。おとうさんで」

ふん、とおとうさんは鼻を鳴らす。

「想像以上に大変だぞ。またいつ病気が再発するかわからない」

「僕だっていつどんな病気になるかわからないじゃないですか」

「人よりリスクが高いってことだ」

はあ、とおとうさんはため息をつく。

そのため息にカチンときてしまった。デメリットばかりで嫌気が差したんだと思う。

「さっきからなんなんですか。小春はいいところがいっぱいありますよ。ずっと笑うし、冗談もつきあってくれますし、できないことを放置しない、乗り越えようと努力する強さも持っています。そんなにわるく言わないでください。自分の娘でしょう！」

つい、熱くなってしまった。「あの、熱くなって、すみません」とすぐ謝る。

おとうさんは僕の方を向いて、目を見開いていた。

「君は、ちゃんと小春のために怒れるんだな」

ぼそりと、「俺にはできなかった」と言う。

「僕は、小春……小春さんに、救われたんです。ずっと人の顔色ばかり窺《うかが》って、何もしてこなかった僕が、少しずつ、いい方に変われたんです。そんな人と出会ってしまったら、もう運命って感じるしかないじゃないですか。だから、僕は、小春さんがいい」

そう言うと、おとうさんは、ふはは、と笑った。

「運命か……」

そうぼそりとつぶやいて、

「そうか。そういえば俺も、陽華《はるか》と出会ったとき、そう思ったな」

陽華とはおかあさまのことだろうか。

おとうさんは目元に皺を寄せて、うれしそうに笑っている。

「まあ、小春が選ぶなら、俺は応援するしかないんだけどな」

そう言って、もう一杯だけ飲もう、とおとうさんは言った。

「もう飲まない方が……」

「男が盃《さかずき》を交わす意味がわからないわけでもないだろう」

おとうさんはテーブルに残ったとっくりから、ふたつのおちょこに日本酒を注いだ。

「小春を、幸せにしてやってくれ」

そんなことを言って、おとうさんはくいっと酒をあおった。


♪

おかあさんに話があるって切り出して、しばらく言葉が出なかった。

なんて言おうか悶々《もんもん》として、相手の反応も見えないから、早く言わなきゃって、気持ちばかり焦った。

「小春？　どうしたの？」

おかあさんの心配そうな声質に、とっさに言葉を発した。

「私ね」

そして、ゆっくりと心の中で反芻した言葉を、声に出していく。

「かけるくんと、いずれ結婚したいって思ってるの」

すると、おかあさんは「まあまあ」とうれしそうな声を出してくれた。

「そうなるって思ってたわよ。だから何も反対することなんてない。むしろ大歓迎」

おかあさんもかけるくんを歓迎してくれていることは伝わる。

二つ返事で自分の選択が認められると、こんなにうれしいものなんだ。

おかあさんから信頼されている実感が湧《わ》いて、胸があたたかくなる。

やっぱりかけるくん大人気だなあって思っていたときだった。

「空野くんと暮らすようになったら、私もいっしょに暮らせるようにしないとねえ」

そんなことをおかあさんは言った。

「この前、空野くんには『このマンションで暮らす？』って聞いたけど、やっぱり手狭《てぜま》よね。もっと広い物件が空いているかしら」

そんなことを、おかあさんはほくほくした声で言っていた。

やっぱりおかあさんはそう言うんだ。

おかあさんが結んでくれたシュシュを触った。私が苦労しないように、転ばないように、おかあさんはいつも私を優先して考えてくれる。

けど。

私はそれじゃダメだって思っている。

「おかあさん」

はっきりとした声を出そうって思った。

「私、ひとり暮らししてみたいの」

おかあさんからの返事はなかった。

「今までたくさん手を貸してくれたのに、たくさん助けてくれたのに、まだひとりでできないことも多いのに、それでも、いつかはできるようにならないといけないの」

だから、と続ける。

「だから、応援してほしいの」

少し、時間が空いたと思う。

おかあさんから、「小春……」って声が漏《も》れた。

自分でも言葉がまとまっていないことがわかる。

自分にしてはめずらしく、口にしようとした言葉が砂糖菓子のように口の中で溶けていく。

きっと、怖いんだ。

きっと、私だって親離れが怖い。

けど。

「私もね」

これは言わないといけないことなんだって、続けた。

「こどもができたら、その子の世話ができるようになりたいし、家事だってぜんぶできるようになりたい。こどもが走ったら、走らないよ～、って捕まえたいし、親戚の集まりとかで手伝いましょうかって、率先できるくらいにはなんでもできるようになりたい」

そこまで言って、一瞬ためらってしまった。

無理なことだから諦《あきら》めなさいと、私が面倒みるわよと、そう言われてしまうことが怖い。

なんのためにおかあさんがいつもそばにいてくれたのか。

それを突きつけられることが、怖い。

まるで一生、ひとりでは何もできないと言われるようで、とてもおそろしい。

だから、「ごめんね」って漏れた。

ああ、たぶんこの「ごめんね」が、おかあさんに対する、本心だった。

「こんなに手助けしてくれたのに、今さら、ひとりでがんばりたいって言われてもかなしいと思うけど、できれば私はおかあさんの力を借りずに生きられるように、がんばりたいんだ」

そこまで言うと、おかあさんは何をいうでもなく、手を握ってくれた。

私の手を覆うように、おかあさんは手のひらを被《かぶ》せてくれて、手の甲を親指で撫《な》でてくれる。

おかあさんから、ずずっと、鼻をすする音がした。見えないけど、きっと目を赤らめている気がする。私まで目元に涙が浮かんでしまった。

「おかあさん、大変だったでしょ。いっぱい迷惑をかけちゃって。私、がんばるから」

そう言うと、おかあさんは言った。

「いいえ」

と。

そして、

「私、大変だって思ったことないですよ」

ってやさしい声色《こわいろ》で言ってくれた。

「けど、迷惑をいっぱいかけたよ」

「そうでもなかったですよ。小春は手がかからなかった方だから」

じわりと目元が熱を持った。

手がかからなかった方？

うそだ。

こんな手がかかるこどもはむしろいない。

「病気もいっぱいしたし、目が見えなくなっちゃったし、いろいろしてもらったよ？」

「それでも、なにひとつ、迷惑だなんて思ったことはありませんよ」

「でも！　たくさん病院にだって付いてきてもらったよ。点字を覚えるのだっておかあさんの協力があったからだし、スマホのスクリーンリーダーの使い方だって、一から十まで教えてくれたのはおかあさんだったじゃん！　すっごい大変だったと思うんだよ……」

おかあさんはまた言ってくれた。

「いいえ」

と。

そして、

「大変だなんて、一度も思ったことはありません」

羽のようないつもの軽《かろ》やかな声で、やさしい言葉をくれた。

おかあさんがぎゅって、してくれた。

「なにひとつ迷惑だなんて思ったことはありませんよ」

小春はそんなことを考えていたんですか？

って、耳元でささやくように言ってくれた。

背中をやさしくさすりながら、私をあやすように言葉をくれる。

「こどもがいる幸せはね。なにものにも代えられないんです。朝起こしてごはんを作って、いっしょに食べて、見送って。帰ってきたあなたから一日の出来事を聞いたりして。そんな時間が、どれだけ幸せだったか。あなたとの時間は、おかあさんの宝物です。だから、迷惑をかけたなんて、言わないでほしいな」

こんなことを言われたら。

こんなことを言われてしまったら、もう、泣くしかなかった。

あれだけ迷惑をかけたのに！

それでも抱きしめてくれて、やさしい言葉を、くれる。

たぶん私はどこかおかあさんに負い目があって、ずっとこんな言葉を言ってもらいたかったんだと思った。

おなかの真ん中が痙攣《けいれん》したみたいにヒクヒクして、喉の奥からへんな音が鳴る。もう涙が止まらなくて、手の甲で拭っても拭っても拭いきれない。

「おかあさん、小春のおかあさんになれて、どれだけ幸せだったか」

だから、とおかあさんは続ける。

「小春が、もっとがんばりたいって言うのなら、私は応援するに決まってるじゃない」

肩を摑《つか》んで、おかあさんはそう言ってくれた。

もう涙が止まらなくてうまく話せなかった。

「けど、おかあさん『いっしょに暮らそうか』って」

「ばかねえ」

おかあさんが頭を撫でてくれた。

「小春を信用していないからそう言うんじゃないの。小春が心配だからそう言うのよ」

おかあさん！

もう無理だった。おかあさんの胸の中でわんわん泣いた。

「小春ならできる。できるんだから、たくさんがんばらないとね！」

そう、おかあさんは頭を撫でてくれる。

「けどね、小春」

「ん？」

「ほんとは、ちょっとさみしいの」

だから、と湿《しめ》った声がした。

「小春はできると思うけど、いつでも頼ってくれていいのよ」

そう言って、私を応援してくれた。

がんばろう。

なんでもできるようになって、立派な大人になろう。

いつか、目が見えなくても、なんでもできるじゃんって言われるように、がんばろう。

けど今日くらいは、おかあさんに甘えよう。

そんなことを思った。

♪

それからおかあさんと夕食を終えると、かけるくんから連絡が入った。

おとうさんとお店を出るから、迎えにきてくれないかとのこと。

おかあさんとタクシーに乗ってかけるくんたちを迎えに行くと、おとうさんとかけるくんは肩を組んでいたらしい。あらあら、とおかあさんは笑いながらふたりの状況を教えてくれた。

「空野くん銀座《ぎんざ》行くぞ銀座！　俺が大人の遊びを教えてやるからな～！」

「はいはい。あなたお酒弱いんだから、そういうところに付き合いで行ってもすぐ寝ちゃうでしょう」

「俺は弱くないぞ！　昔は一升《いっしょう》は飲んでた！」

「はいはい。昔はですね。前世はお酒強かったんでしょうね」

おかあさんがおとうさんをたしなめる声がする。

「小春、おまたせ」

「ごめんなさい。おとうさん、大変じゃなかったですか」

「全然。僕の方こそ飲ませすぎてごめん」

かけるくんのやさしい声がした。

「あなた、タクシー乗るわよ」

おかあさんのあきれた声もする。

「あなた！　後部座席で横にならないでください！」

おかあさんの声がどんどん怒った声に変わっていった。

「どうやらタクシー乗れないっぽいよ」とかけるくん。

するとすぐおかあさんの声が近づいてきた。

「ごめんなさい。おとうさんったらタクシーの後ろの座席で横になって寝ちゃって。すぐ別のタクシー呼ぶから」

「あ、いいですよ。いつもの夜散歩も兼ねて、歩いて帰ります」とかけるくん。

小春はそれでいい？　と聞かれたので、もちろんです、と答えた。

「じゃあ、気をつけて帰ってきてね」

おかあさんもタクシーに乗って、家に帰っていった。

じゃあ帰ろうかとふたりで夜道を歩くことにした。

かけるくんとおとうさんのお食事会の会場は新富町《しんとみちょう》だった。

隅田川《すみだがわ》沿いの遊歩道を歩いて、佃大橋《つくだおおはし》を渡る。そして、いつもの散歩道を通って帰ろうと、かけるくんは言った。

十一月の夜は肌寒い。潮《しお》風にほんの少し冬の香りが混ざっている。きんと冷えた氷のような、鼻の奥をツンとさせるような、そんな冬の香りがする。

「桜の葉っぱが結構落ちているから滑らないようにね」

かけるくんはそう言って、私が歩きやすい道を先導してくれた。

「わ～、遊歩道の桜の木がね、黄色やえんじ色に葉っぱを紅葉させているよ。秋だね～」

言わずとも景色を教えてくれる。

おかげで、紅葉で色鮮やかになった道を歩いている自分を想像できる。

私の頭の中は右手に隅田川の暗い水面《みなも》があって、目の前には紅葉した桜並木が続いている。

街灯が色とりどりの葉っぱを照らしていて、そして右手側にはかけるくんがいる。

かけるくんはおとうさんへ挨拶ということで、スーツを着てくれていた。

「やっぱり私、桜って好きだな～」

かけるくんの声が半笑いのような声質になった。

「いつか友達と、桜を植えたいとか言わないでよ」

「え。なんでですか？」

「だって、前、『花火しましょう』って言ったから。今度は『桜を植えましょう！』とか言いだしそうじゃん」

そんなことを言われ、つい「言わないですよ～」って笑ってしまった。

私は昔から桜の木が好きだった。

「桜って、だれかに寄り添う木だと思うんです」

「ほう」

「春の訪れを祝うように満開の花びらをつけてくれます。夏の暑さに負けないように強く葉をつけてくれて、秋は紅葉して落ち着いた季節を彩《いろど》ってくれます。冬は厳しい寒さをいっしょに耐えてくれる気がするんです。そんな木が、どこにでもあるんですよ」

私は空を見上げる。見えない目で桜の木を見た。春夏秋冬の桜の景色が目の前に広がった。

「だから、桜って、好きなんですよねえ」

「とくに東京は桜が多い街だよね」

かけるくんがふと立ち止まった。

「川辺なんか、春の東京は一面桜の花が咲いてさ」

かけるくんは何かを考えているようだった。

「だれかに寄り添うことってさ、いつもそばにいることってさ、簡単そうで、けど、簡単なことじゃないんだよね」

――それこそ意識してがんばらないと、できないことだよね。

そんなことを口にした。

たぶんそれは、かけるくんが私に意識してくれていることだと思った。

いつも私はかけるくんに支えてもらっている。

そのことを意識したときわかった。

そうか。かけるくんは私にとっての桜だったんだ。

私と、四季を乗り越えてくれる桜の木。満開の桜の木が頭に浮かんだ。

右手を添えさせてもらっているかけるくんの左手に抱きついた。

急に抱きついたからか、「わっ」とかけるくんは驚いていた。

夜道は静かだった。

たまに車の走行音がするくらいで、音がない。

いつも音があふれているこの街でここまで静かだとまるでふたりきりの世界だと感じる。

「ねえ、小春。ちょっと止まるよ」

急にかけるくんが止まった。

「どうしました?」

「すごいよ。今日はビルとかマンションとかの光が消えているから、夜空に透明な膜がないんだ。星が見える」

??　透明な?　膜?

「なんですか、透明な膜って」

かけるくんは「やっぱり笑うんだな」って言った。

そして、〝透明な膜〟について教えてくれた。

東京の夜空を見上げたとき、街の光が膜を作って星を見えなくしているような気がしていた。この夜から逃げられないような、そんな気分にさせる夜空だと思っていた。そう話してくれた。

「けど、こうやって時間をずらすと、ちゃんと星々が瞬《またた》く時間があるんだな」

そんなことをかけるくんは言う。

「ねえかけるくん」

「なに？」

「おとうさんと、どんな話をしたんですか？」

んー、とかけるくんはなんて言おうか悩んでいるようだった。

「私は、将来かけるくんと結婚したいから、おかあさんにひとり暮らしさせてくださいってお願いしました」

ちょっと気が早かったですかね。

そう微笑むと、「いや、すごくうれしい」と返ってきた。

「僕は、おとうさんに言ったんだ。小春さんとの結婚を認めてくださいって」

「え。そうなんですか」

「そうだよ」

「おとうさん、なんて？」

「最終的に認めてくれた」

そっか。おとうさん、認めてくれたんだ。

「私も、おかあさんはがんばれって言ってくれました」

「お、よかったじゃん」

「けど、思ったんですけど、かけるくん、順番、逆じゃないですかね？」

「ん？」

「いや、ん？　じゃないです」

ふつう、私たちが婚約してから、両親にお願いするものじゃないだろうか。

「またいつか、ちゃんとプロポーズしてくださいね」

ここまで言わせないでほしいなあ、なんて思いながら、「行きましょう」って言う。

するとかけるくんは、

「いつかじゃなくて、今がいいな」

って、足を止めた。

急なことで心臓が飛び出しそうになった。

今？　って。

「小春、準備はいい？」

「え。今ですか？」

「そう、今」

やさしい声がした。私の好きな声。

「ちょっと心の準備が……」

かけるくんは私の両肩を摑んで、正面に立ったようだった。

「想像してもらえるかな」

「はい」

かけるくんはいつものように私の世界を広げてくれる。

もう見えなくなった私に寄り添って、目になって、どんな世界でも見せてくれる。

私は、目をつむって、想像した。

「もう夜は更《ふ》けていてさ。ここは佃大橋。橋の上には僕たち以外だれもいない。空は満天の星と満月が、下の隅田川には星々が映っていて、橋が銀河の中に浮かんでいるみたいだ。そんな銀河に浮かぶ橋の、ちょうど頂上に僕たちはいて、僕は小春の前にひざまずく」

そう言って、かけるくんは手を取ってくれた。

まるで私たちは銀河の中にいて、かけるくんは王子さまのように手を取ってくれている。

「僕はポケットからあるものを取り出して、小春の指にはめるんだ」

すっと、冷たい感覚が薬指に通った。

「もしかして、指輪ですか？」

私は自分の薬指を触って確かめた。

すると、「え」って、言葉が漏れてしまった。

「どうした？」

「いえ。すっごい大きな宝石が……ついているので」

「そうだよ。今、小春の左手薬指には十カラットの大きな大きなダイヤモンドの指輪がある」

「十カラットは盛りすぎです」

思わず笑ってしまった。十カラットは盛りすぎだけど、私が触ってわかるくらいの、大きな宝石がたしかにある。どうやって用意してくれたのだろうか。私のためだと思うと、想像しただけで胸があたたかくなった。

「想像だよ。ダイヤモンドが小春の指の上で銀河の光を映して輝いている」

左手を目の前にかざし想像する。私の薬指には万華鏡《まんげきょう》のように銀河を映したダイヤモンドの指輪がある。

「わあ、きれいだなあ」

見えない私にも、この瞬間、世界一の輝きを放っている指輪だとわかる。

「いつでもプロポーズできるように、小春といっしょのときはいつも持ってた」

知らなかった、って口をついて出た。目頭が熱くなって、胸がいっぱいになった。

「ねえ、小春」

「はい」

まるでお姫様にするように、かけるくんは告げてくれた。

「僕と、結婚してください」

そう、言ってくれた。

もちろん断る理由なんかなかった。

けど、素直には即答できなかった。

「私でいいですか？」

「小春がいいんだよ」

「目が見えませんよ？」

「何をいまさら」

「すぐ嫉妬《しっと》しますよ」

「なにそれ。かわいいじゃん」

「それに、思ったより世間知らずですよ」

「それは困ったなあ……」

すると、「今度ちゃんと言ってあげるって、言ったと思うけど」ってかけるくんが言った。
すらすらとよどみなく、透き通るような声で言った。

「がんばっているところと、いつも笑っているところ」

まだたくさんあるよって、続けてくれた。

「人にやさしくできるところ。声がいいところ。ほわほわしているところ。その割に努力家なところ。感謝を怠らないところ。丁寧なところ。芯《しん》が強いところ。笑いのツボが同じところ、僕を好きでいてくれるところ。それが、小春の好きなところ」

そう、言ってくれて、

「あ、十一個言ってたね」

って、おどけた。

「小春といっしょにいると、僕もがんばろうって、僕も笑っていようって思うんだよ」

だから、と続けてくれた。

「そういうところぜんぶ、小春がいいんだよ」

心が抱きしめられた気がした。

こんな幸せがあっていいものかと、心の底から湧き上がってくるものがある。

だから。

「かけるくん」

「ん？」

「だっこして」

心だけじゃなく、体も抱きしめてほしかった。

かけるくんは胸の中でぎゅってしてくれた。このままひとつになって、ふたりで溶けてしまいたい。両手からあふれるほどの幸せが心を占めた。あふれた分の幸せが、目元から流れていくように涙があふれた。

「ありがとうございます。最高のプロポーズでした」

こんな幸せをありがとう。出会ってくれてありがとう。

そんな気持ちでいっぱいになった。

「ひとつ、約束してください」

「なに？」

「私が、どんなに面倒でも、大変でも、私を一瞬でも嫌いにならないでください。ずっとずっと、好きでいてください」

じゃないと私は、私でいられなくなる。

それは紛《まぎ》れもない本心だった。

「小春?」

かけるくんがやさしい声を出す。

「それって、すごく簡単なことだよ」

そう言ってくれた。

「だから、安心して」

また、ぎゅっとしてくれた。

約束ですよ、約束ですよ、って言いながら私は泣いていた。

満天の星の銀河の中で、私はかけるくんの体温に溶かされた。

6. 空野香子

†

教会の大きなドアが開いてウエディングドレスを着た小春《こはる》ちゃんとおとうさんが一礼した。パイプオルガンの荘厳《そうごん》な音の中、真《ま》っ赤《か》なバージンロードをゆっくりと歩き始める。ウエディングドレス姿の小春ちゃんはまるで天《あま》の羽衣《はごろも》をまとった天使のように思えた。

私が離婚してしまってから、かけるは愛想《あいそ》笑いするようになった。顔色を窺《うかが》って、人と距離を取って、本心を見せないような、そんな子になってしまった。

もちろん親として心が痛かった。私のせいだと自分を責めた。なるべく私自身はオープンにして、かけると接することを心がけた。しかし、かけるは心を開くことはなかった。

かけるが東京《とうきょう》の大学に行きたいと言ったとき、親なのにその真意は聞けなかった。きっとこの街から出たい。その程度のことしかわからなくて、こんなにもさみしいものかと思った。「かあさんの負担にならないようにするから」との気遣いが、ずしんと私へ追い打ちを掛けた。

上京する当日、北九州空港へ送る車の中で、かけると将来の話をした。「たぶん東京で就職する」とかけるは言って、本格的に私の元から離れていくんだと思った。さみしいを通り越して、もうかけるも大人なんだから、自由にやらせようと達観した考えに至った。

空港の出発ゲートを通るかけるに手を振りながら、今生《こんじょう》の別れのような気持ちになった。

親として、してあげられていないことばかりだと胸が痛かった。

せめてお金に苦労しないようにしてあげよう。

私にできることは、もうそれくらいなんだと思うようになってしまった。

そんなある日だ。

電話ついでにかけるから相談がくるようになった。

はっきり言わないかけるからの断片的な情報をつなぎ合わせると、どうやら好きになった子が体調を崩したらしい。母に相談したいというよりは、自分では処理しきれなくなって、経験豊富な大人にアドバイスをもらいたいって感じだったけど、久しぶりのかけるからの相談に、うれしくないわけがなかった。

それからしばらくして、彼女ができたと報告があった。相談を受けていた子と結局付き合えたらしい。

あ、こんなことは報告してくれるんだと正直驚いた。その報告と合わせて、彼女は目が見えない人だと、かけるは言った。きっと、かけるは認めてほしいんだと思った。

付き合いたてのときから私に言っておこうなんて、それほどかけるは真剣なんだと思った。

正直なことを言えば、「目が見えない彼女」とはじめて聞いたときは驚いた。息子の手前、かけるが選んだ女性ならと毅然《きぜん》と振る舞ったが、内心は気が気じゃなかった。

大丈夫だろうか。なんでだろうか。ふつうの人と付き合う選択肢はなかったのだろうか。

相手を知らなかったとはいえ、そんな失礼なことを自然と考えていた。

だけど、彼女と付き合ってからのかけるは、あきらかに変わっていった。

電話の向こうで沈んだ声を聞く頻度が下がった。どきどき笑うようになっていった。自分の話をするようになった。

かけるを変えてくれた、「小春」という女の子。

会ってみたい。

どんな人なんだろう。

会ってみたいと思うころには、目が見えないことなんてどうでもよくなっていた。

小春ちゃんはどんな人なんだろう。

もしかけるが結婚するなら、やっぱり、かけるが安心できる相手がいい。

なによりも、それが一番だと思った。

そして、かけるが小春ちゃんを連れてきたとき、ああ、かけるはなんてすてきな人と巡り会えたんだろうって、心の底から思った。

たぶん小春ちゃんはすごく苦労してきた人なんだと思った。

苦労してきた分だけ、人を思いやれて、笑顔が絶えない人になったんだと思った。

ダイヤモンドのように、深く険しい環境で輝こうとしてきたからこそ、小春ちゃんの笑顔はどうしようもなく気高い気がした。なんとなく、そう思った。

きっと小春ちゃんとなら、かけるは幸せな家庭を築いていける。

この人なら安心できる。

そんな安堵《あんど》が胸いっぱいにあふれて、満たされるような気分になった。

かけるが小春ちゃんを下関《しものせき》に連れてきたとき、かけるは彼女と結婚したいと相談してきた。

私は二つ返事でかけるを応援することにした。

小春ちゃんなら、私の一番大事なものを託せる。そう信じてやまなかった。

同時に、何かできないかと思った。そのとき、ふっとお義母《かあ》さんからいただいたダイヤモンドが脳裏《のうり》をかすめた。


『あんた、婚約指輪とか買ってるの？』


そう聞くと、かけるは買ったと答えた。アルバイトをして、ブランドのファッションリングを用意したと言った。メレダイヤがいくつかあしらわれたファッションリングだった。

『ほら、小春って目が見えないからさ。本当は触ってわかるくらい大きなダイヤモンドがついた指輪を用意したかったんだけどね』

まあ、一生懸命働いて、十年目の結婚記念日とかでまたプレゼントするよ。

そんなことを言って、かけるは笑っていた。

　大学に入るまでのかけるなら、きっとこんなことを私に話してくれなかった。ひとりで悶々《もんもん》と考えて、勝手に諦《あきら》めるかしていたんだと思う。

　そう考えると、やっぱり、小春ちゃんとの出会いはかけるにとっても宝だったんだ。

『ばかね。なんで相談しないのよ』

　たしかそんなことを私は言った。

　私は箪笥《たんす》の奥から出して、かけるに見せた。

『ネックレス？』

『もう亡《な》くなっちゃったお義母さん、まあかけるにとってはおばあちゃん。そのお義母さんからもらった結婚祝いよ』

『そんなの持ってたんだ。返せとか言われなかったの？』

『お義母さんとは仲がよかったから、あんたが持ってなさいって』

　離婚するときお義母さんはさみしそうにしてくれたことを覚えている。涙まじりに、かけるをよろしくって言ったことをよく覚えている。

『このネックレス、すげえでかいダイヤじゃん』

　かけるがネックレスのダイヤを光に当てて見ているときに、私は言った。

『あんたにあげる』

『え。なに急に』

『このダイヤを取り出して、指輪にリメイクして、小春ちゃんにあげてほしい』

『いいの？』

『いいの。二番目に大事なものも、小春ちゃんに託すわ』

一番はなにさってかけるは言った。

秘密って私は教えなかった。

そういえば、お義母さんからかけるをよろしくと言われたとき、このネックレスはかけるのお嫁さんにあげようって思ったことを忘れていた。触ってわかるくらいのダイヤをプレゼントしたいとかけるが口にして、その自然と出る小春ちゃんへの配慮に触れたとき、ふと、ネックレスが脳裏をよぎった。

それからかけるはネックレスを指輪にリメイクして、小春ちゃんへプロポーズしたと教えてくれた。「小春はよろこんでいたよ」とうれしそうな声を出すかけるに、私の心は満たされた。

ステンドグラスの前で、神父が誓いの言葉を口にしている。

病める時も、健やかなる時も、富める時も、貧しき時も、妻として愛し、敬い、慈《いつく》しむ事を誓いますか、と神父が小春ちゃんに聞いた。それは私にはできなかった誓いだった。

のびのびとした明るい声で、小春ちゃんは「はい、もちろんです！」と言った。

次にかけるも神父に聞かれ、「はい。誓います」と言う。

では指輪の交換を、と神父が言う。

指輪を互いの薬指にはめるこの指輪交換に、小春ちゃんは「あの指輪がいいです」と言ってくれた。

指輪の台座には、ここからでも輝きが見えるほどの大きなダイヤモンドが輝いている。

ふたりの未来が、輝く未来だったらいい。

遠くからでも輝いていることがわかるくらい、すてきな人生だったらいい。

それなら安心して、下関で暮らせるなあ。

そんなことを思うと胸があたたかくなった。

ダイヤモンドの指輪が、小春ちゃんの薬指に通っていく。

小春ちゃんが笑って、かけるも笑っていた。

かけるの笑顔は、あのころの愛想笑いなんかじゃなく、心からの笑顔のように見えた。

その笑顔を見ると、涙腺《るいせん》が決壊したみたいに、次々と涙がこぼれてしまった。

7. 冬月陽華

小春《こはる》が癌《がん》を患《わずら》ったときは、自分を責めた。

失明する可能性があると言われたときは、心が壊れそうになった。

しかし小春はまだ生きていて、生きているなら、やれることをやるしかないと、自分の責任を果たそうと必死だった。

がんに効く漢方があると聞いては専門医に連れていき、目にいい健康食品があると聞けばどこからでも取り寄せた。

しかし、努力もむなしく、病魔は小春の目から光を奪っていった。

小春が失明したとき、私の残りの人生は小春に捧《ささ》げると決めた。

それは当然の償《つぐな》いだと思った。

ごめんなさい。娘に対して、いつもそう思っていた。

強い体に産んであげられなくてごめんなさい。そんな罪悪感を表に出さないよう気をつけて「明るいおかあさん」を演じてきたのかもしれない。

けど、今日小春の披露宴《ひろうえん》を見ることができて、ひとつ肩の荷が下りた気がした。

披露宴には五十人くらいの人が集まってくれて、みんながふたりを祝ってくれた。小春は見えない中、ケーキ入刀やファーストバイトなどすごく楽しそうにしていて、その笑顔を見るだけで満たされるものがあった。

小春は披露宴の真ん中で、ピンク色のウエディングドレスを着て、スポットライトの中心にいる。

あんなにかわいいのに、光を奪ってごめんなさい。

またそんなことを考えてしまう。


「おかあさんへ」


小春が母への手紙を読み始めた。

私はおとうさんといっしょに立って、小春の言葉を受け止める。

小春は手紙が読めない中、すべて暗記した言葉を読み上げてくれた。


「おかあさんはいつも大変だったと思います。

それを私は謝ったことがありました。目が見えなくてたくさん助けてもらったけど、なるべく自分でもできるようになりたいって、ひとり暮らしをさせてくださいって、今まで助けてくれたのにごめんなさいって、謝ったことがありました。

おかあさんはすべて包んでくれるような声で、気にしなくていいと言ってくれました。

かけるくんと幸せになってと背中を押してくれました。
私もそんな母親になりたいと思います。
かけるくんといっしょに、親になっていきたいと思います」

となりで、「こはる～」とおとうさんが泣いている。
だれよりも号泣《ごうきゅう》しているものだから、私まで泣くに泣けなくなってしまった。
もうおとうさんったらとあきれてしまうほどだ。
本当に私から親離れしていくんだ。
そう思うと、自分の半身が抜け落ちていくような、虚無感すらあった。
すると、小春が言った。「おかあさん？」と私に呼びかけるように。

「これまですごく助けてもらいました。
これからは、おかあさんも自分の人生を、楽しんでください。
もう、十分に受け取りました。
これからは、おかあさんにもらったものを、私がこどもに渡していく番です。
今まで、本当にありがとうございます。
おかあさんにもらった幸せを、次は私があげる番なんだ。

そう思うと、楽しみで仕方ありません。
こんなにわくわくすることがあるのだと、私は知ることができました。

おかあさん。
こんな幸せを私にくれてありがとう。
私を、私として産んでくれて、本当に幸せでした。
たくさんの人に支えてもらいました。
たくさんの人がやさしくしてくれました。
そして、かけるくんと出会うことができました。
もう一度言います。
産んでくれて、ありがとうございます。
おかあさんになってくれて、ありがとうございます。
私も、おかあさんのようになりたいと思います」

もう、この言葉はダメだった。
まさか、こんなにつらい人生を与えた私に、「産んでくれてありがとう」と言ってくれるとは思わなくて、次々と涙がこぼれてしまった。手のひらで口を覆《おお》って嗚咽《おえつ》をこらえた。

司会の人が、おかあさんからひと言、とマイクを渡してくる。

もう泣いて泣いて何も話せないのに、なんでマイクを渡してくるのって、困ってしまった。

「こはる」

こちらこそ、生まれてきてくれて、ありがとう。

なんとかそのひと言を絞り出した。

8. 空野小春

♬

なぜだろう。

体調を崩すたび、かけるくんの「アンネの日記」が聞きたくなる。

あのボイスレコーダーを手探りでみつけて、イヤホンをつけて再生する。

出会ったころの若々しいかけるくんの声が耳元に流れる。

一生懸命な言葉を聞くと、安らかな気持ちになった。

今回ばかりは芳《かんば》しくなかった。

かけるくんと結婚して咲良《さくら》が生まれて順風満帆《じゅんぷうまんぱん》に暮らしていたけれど、去年、乳がんが見つかった。治療をがんばってみたけれど、もう手がないとホスピスに移行している。

ホスピスならと、私から在宅ホスピスを選んだ。

不思議と痛みもつらさもなく、よっぽど本気で治そうとしているときの方がつらかった。

今はかけるくんと、たまに咲良と、ゆっくりとした日々を過ごせている。

残り少ないけれど、家族で笑って過ごしたいって思った。

かけるくんが夕食の買い出しに出てくれている間、私はベッドにもたれて、日の光を浴びていた。あたたかな光に包まれて、かけるくんの声を聞いて。昔のことを思い出していた。

ふと思う。

私にたくさんのものをくれたかけるくんに、私も何か残したいと思った。

どうしようかと考えて、そうだと思い立つ。

それからアンネの日記の朗読が終わったころを見計らって、ボイスレコーダーの録音ボタンを押した。

「かけるくんへ。まず、先立つ不孝をお許しください」

なるべく凜《りん》とした声で、このあとの人生も楽しく生きてほしいと願いを込めた。

「ごめんね。たぶん、今回は、むずかしいかな」

本当にごめんね、って思いながら、不思議とそこまでかなしくなかった。

もちろんかけるくんたちを残していくことは残念だけど、私はもうすてきなものをたくさん受け取っている。

そんなことを考えると、幸せで幸せで。

かけるくんからプロポーズを受けて、私たちは婚約したあと、それぞれご近所同士のひとり暮らしを始めた。通い婚のようにお互いの家を行き来するようになってから、なんとこどもができてしまった。

私はまた休学することになったり、おとうさんからは怒られたりしていろいろ大変だったけど、後悔なんてひとつもなく、まさか私が本当におかあさんになれる日がくるとは思わなかった。

同棲《どうせい》を始めて、籍を入れさせてもらった。

そして、おなかが大きくならないうちにと結婚式を開いてもらった。

結婚式の指輪交換ではあの指輪を選んだ。私が触ってわかるくらいの大きなダイヤモンドを用意したかったと言ってくれたかけるくんに、嫁入り道具を私に受け継いでほしいと言ってくれたお義母《かあ》さん。そのふたりの気持ちを聞いて、たまらなくうれしくなってしまった。

披露宴《ひろうえん》ではスポットライトがまぶしいと言いながらかけるくんはスピーチしてくれて、優子《ゆうこ》ちゃんも鳴海《なるみ》さんも来てくれて、多くの人が祝福してくれた。私もおかあさんへの手紙を読んだ。一番泣いていた人はおとうさんだった。

それから出産も経験した。

生まれてくるこどもの顔が見えないことは不安だった。残念だった。そう思っていたけれど、生まれてきた自分のこどもを胸に抱いたとき、すべての心配ごとは胸から消えた。

ああ、生まれてきてくれてありがとう。

ぷにぷにしてる～、と幸せが胸を占めた。

娘には「咲良」と名前をつけた。

だれかに寄り添って笑顔を咲かせる人になってほしい。そう願いを込めて名前を付けた。

かけるくんにも協力してもらって、育児に奮闘した。

時間が一瞬でなくなっていくほど忙しかったけど、幸せでいっぱいだった。

ああ、おとうさんもおかあさんもこういう気持ちだったのだろうか。

親になって、育ててくれたことを一層感謝できるようになった。

大学への復学後はおかあさんに咲良を見てもらって大学へ通った。育児に大学に毎日がバタバタしていたけれど充実感しかなかった。だって帰ったら咲良とかけるくんがいたから。

咲良が三歳になるころ、ようやくバタバタした生活に慣れた年の、夏休み。

かけるくんと下関《しものせき》に帰省した。

お義母さんはなんどか東京《とうきょう》に来てくれたけど、咲良を下関へ連れて行ったことはなかった。

それに、かけるくんが「混むよ～」と言っていた、関門海峡《かんもんかいきょう》花火大会に行ってみたかった。

『そろそろ始まる時間かな』

かけるくんおすすめの壇ノ浦《だんのうら》という関門橋《かんもんきょう》の下あたりで花火が打ち上がるのを待っていた。

咲良の声がした。

『ママ、ママ』

『ごめん、小春《こはる》。ママがいいって』

『大丈夫ですよ。私が抱っこします』

かけるくんから咲良を受け取って胸に抱える。

咲良の温度が伝わってくる。咲良のミルクのような匂《にお》いを感じていると、パン、と弾《はじ》ける音がした。

『お、始まったよ』

かけるくんの声がした。

わっと咲良が泣いた。

大丈夫、大丈夫、とかけるくんが咲良をあやす声がする。

バンバンバン、と連続で花火が割れる音がする。

かけるくんが教えてくれた。

『次々に花火が打ち上がってね、空がいろんな色で埋め尽くされているみたいだよ。あたりには百人はいるかな。水族館前とかもっと人が見える。みんな上を見上げて楽しんでいるよ』

『咲良、見てる？』

『なんか固まってるけど、見てるよ』

そう笑うかけるくん。

『あ、門司港《もじこう》側でもバンバン花火が上がってる』

色とりどりの花火が打ち上がって、たくさんの人の胸に残っていくんだと思った。

そう思うと、なんだかすてきな気持ちになった。
そのときだった。
きゃきゃ、と胸元《むなもと》から笑い声がした。
『咲良、笑ってますか？』
『笑ってる。さっきまで怖がっていたのに』
咲良の笑い声は続く。花火の割れる音もする。
私の頭の中には、花火に染まる夜空が浮かんでいる。
咲良の人生も、どうか、花火が咲くような、彩《いろど》りのある人生でありますように。
そんなことを考えながら、そんなことを思える人生って、幸せだなあ、って感じた。

録音中、なぜかあの日の花火を思い出した。

「かけるくん？
まさかと思うけど、私に心残りがあるとか、そんなことを思っていませんか？
たしかにかけるくんと咲良を置いてこの世を去ることは、残念と言えば残念です。
ですが、十九歳の夏。
そのとき私は死んでいたんです。

それを思うと、なにを思い残すことがありますか。
しつこいかけるくんに観念して、あなたをあきらめることを、あきらめたあの日から。
人生をあきらめないと決めたあの日から。
毎日が楽しくて、楽しくてしかたなかった。
一瞬一瞬が、花火のように私の心に焼き付いています」

そう。
かけるくんが出会ってくれて、私といっしょになってくれて。
そしてあたえてくれたこの日々が、私の中で輝いている。

「ああ、幸せだったな。幸せな人生だったな！
ありがとう、かけるくん。
出会ってくれて、ありがとう。私を選んでくれて、ありがとう」

心の底から、そんな言葉が漏《も》れた。
たまに思うことがある。
幸せってなんだろうって。

それってたぶん、寄り添ってくれる人に出会えることなんじゃないかって私は思う。
たくさんの可能性がある中で、奇跡のように私たちが出会う。
たくさんの人がいる中で、それでも私を選んでもらえる。
それが幸せってことじゃないかな。
目をつむると、かけるくんと過ごした色とりどりの日々が浮かんだ。
かけるくんと出会えて、よかった。

あとがき

みなさま大変お待たせしました。

最初、本作は空野《そらの》かける視点で書きました。

いったん書き上げたあと、担当編集さんへ私はこんなことを言いました。

「すみません。これぜんぶ、冬月小春《ふゆつきこはる》視点で書き直させてもらえないですか」

打ち合わせをしていく中で、「極彩《ごくさい》」は小春の話だったんだと気づいてしまい、どうしても書き直したいと思ってしまいました。ただそんなことを言ってみたものの、スケジュールを全て見直すような提案に、怒られる覚悟もありました。刊行をずらす行為はビジネスマンとして悪だと思っていました。しかし編集さんは、「それ読みたいです」って言ってくれました。「待つので書いてください」とも言ってくれました。

この言葉が、すごくうれしかった。

きっと何気ないひと言だったかもしれません。

しかし、作家に対する言葉として、これ以上うれしい言葉はないんじゃないかと思いました。

編集さんの言葉があったからこそ、本作は本作として刊行できました。

結局、出会いなんじゃないかと思うことがあります。私がＧＡ文庫大賞に応募して、担当さんと出会えたこともそうですし、かけると小春が出会えたことも、彼と彼女にとってなによりの幸せだったのだと思います。

前作『透明な夜に駆ける君と、目に見えない恋をした。』によって、たくさんの出会いをいただきました。ご挨拶させていただいた書店員様、サイン会を開いてくださったアニメイト池袋本店のみなさま、取材させていただいた東京海洋大学のみなさま、コミカライズ関係のみなさま、『このライトノベルがすごい！』で応援くださったみなさま、ＳＮＳで応援してくれるみなさま、作家の先輩みなさま、編集部のみなさま、そしてｒａｅｍｚ様。たくさんの出会いに感謝と、これからの出会いを考えると楽しみでなりません。

あわよくば、本作であなた様がそんなことを感じていただけたなら、書いてよかったなんて思います。

さて、本作も皆様のお手元に届くまでたくさんの方にご助力いただきました。

本作もすばらしい解像度でイラストを描いていただいたｒａｅｍｚ様。

小春が心から笑っていて本当にうれしかった。

担当編集の中村様や、感想コメントを書いてくださったみなさま、本の印刷から販売に関わるすべてのみなさま。たくさんの方に支えられて、私はあなた様に本作を届けられています。大きな、大きな感謝を。本当にありがとうございます。

また、本作と同じ日に、新作『夜が明けたら朝が来る』もお店に並びます。よろしければそちらも手に取っていただけると幸いです。心を込めて書きましたので、何か心に残ればうれしいです。

では、これからもがんばっていきますので、応援いただけると幸いです。

志馬なにがし

〈引用文献〉

『Midstream: My Later Life』 Keller, Helen
訳：岩橋武夫「わたしの生涯」（角川文庫）

〈参考文献〉

『いっしょに走ろう』 道下美里（芸術新聞社）
『ヘレン・ケラー 光の中へ』 訳：島田恵・監修：高橋和夫（めるくまーる）

〈取材協力〉

国立大学法人　東京海洋大学

目には見えないからこそその、
透明な夜に駆ける君と、
目に見えない恋をした。
[原作]志馬なにがし
(GA文庫／SBクリエイティブ刊)
[作画]hat.
[構成]敷 誠一
[キャラクター原案]raemz
©hat./SQUARE ENIX

――ふたりだけの、
特別な恋。
4年ぶりの
《大賞》
受賞作品を堂々の
コミカライズ
!!!!!!!!!!!!
第15回
GA文庫
大賞
マンガUP!
(スクウェア・エニックス)
にて
コミカライズ
連載中!
▲詳細はこちら

「もし私が推しと
取り違えられていたら」
夜が
明けたら
朝が来る
『透明な夜に駆ける君と、
目に見えない恋をした。』
シリーズ著者最新作
同時発売
試読版はこちら

著：志馬なにがし

装画：raemz

あらすじ

本州と九州を隔てる関門海峡。

その九州側——福岡県門司港に住む高校生のアサはママと二人暮らし。

アサには推しの人気歌手「Yoru」がいる。

音痴な自分もいつか歌が上手くなりたいと

スナックで働くママに歌を教わる日々。

そんなある日、推しが突然活動を休止。さらに衝撃の事実が判明する。

「ママは本当のお母さんじゃない」

生まれた時に事故で取り違えられたらしい。

そんなはずない、と動揺するアサは

海峡の向こう側・下関に住む本当のお母さんに会いに行く。

しかし、取り違えられていた相手が「Yoru」だと判明し……。

これは、家族がもう一度家族になるための物語。

ファンレター、作品の
ご感想をお待ちしています

〈あて先〉

〒105-0001
東京都港区虎ノ門2-2-1
SBクリエイティブ（株）
GA文庫編集部 気付

「志馬なにがし先生」係
「raemz先生」係

本書に関するご意見・ご感想は
右のQRコードよりお寄せください。

※アクセスの際や登録時に発生する通信費等はご負担ください。

https://ga.sbcr.jp/

極彩の夜に駆ける君と、目に見えない恋をした。

発　行　　2024年8月31日　初版第一刷発行

著　者　　志馬なにがし
発行者　　出井貴完

発行所　　SBクリエイティブ株式会社
〒105-0001
東京都港区虎ノ門2-2-1

装　丁　　AFTERGLOW

印刷・製本　中央精版印刷株式会社

ISBN978-4-8156-2146-9
Printed in Japan
GA 文庫

第17回 GA文庫大賞
GA文庫では10代～20代のライトノベル読者に向けた
魅力溢れるエンターテインメント作品を募集します！
書く、その先へ。
イラスト／はねこと
大賞賞金300万円+コミカライズ確約！
◆募集内容◆
広義のエンターテインメント小説（ファンタジー、ラブコメ、学園など）で、日本語で書かれた未発表のオリジナル作品を募集します。希望者全員に評価シートを送付します。
※入賞作は当社にて刊行いたします。詳しくは募集要項をご確認下さい。
全入賞作品を刊行までサポート!!
応募の詳細はGA文庫公式ホームページにて
https://ga.sbcr.jp/